公元787年，唐封疆大吏马总集诸子精华，编著成《意林》一书6卷，流传至今
意林：始于公元787年，距今1200余年

青春最美，梦想出发

中国式好看轻小说优鲜品牌

凤诀歌（二）离巢

著 银羽
YIN YU WORKS

吉林摄影出版社
·长春·

图书在版编目（CIP）数据

凤诀歌. 二, 离巢 / 银羽著. -- 长春：吉林摄影出版社, 2017.11
（意林·轻文库. 绘梦古风系列；027号）
ISBN 978-7-5498-3395-5

Ⅰ. ①凤… Ⅱ. ①银… Ⅲ. ①长篇小说 - 中国 - 当代 Ⅳ. ①I247.5

中国版本图书馆CIP数据核字(2017)第279971号

凤诀歌（二）离巢
FENG JUE GE（ER）LI CHAO

著　　者	银　羽
出 版 人	孙洪军
总 策 划	安　雅　张　星
责任编辑	李　彬
图书统筹	空心菜
特约编辑	魏　娜
绘　　图	饼子会飞
书籍装帧	胡静梅
图书设计	赵艳红
开　　本	700mm×1000mm　1/16
字　　数	400千字
印　　张	15
版　　次	2017年11月第1版
印　　次	2017年11月第1次印刷

出　　版	吉林摄影出版社
发　　行	吉林摄影出版社
地　　址	长春市泰来街1825号
	邮编：130062
电　　话	总编办：0431-86012616
	发行科：0431-86012602
网　　址	www.jlsycbs.net
经　　销	全国各地新华书店
印　　刷	北京嘉业印刷厂

书　号　　ISBN 978-7-5498-3395-5　　　　定价：26.00元

版权所有　侵权必究
如发现印装质量问题，请与印务部联系退换，电话：010-51908584

目录

第十八章	倾心如罪	001
第十九章	深宫阴云	011
第二十章	嫁祸夺权	029
第二十一章	诡谲刺杀	045
第二十二章	难分敌友	061
第二十三章	与君别离	073
第二十四章	各怀鬼胎	091
第二十五章	赤心所向	105

目录

第二十六章 黄雀在后 123

第二十七章 血洗皇族 139

第二十八章 梦碎赴死 153

第二十九章 天地无眼 171

第三十章 阴差阳错 191

第三十一章 逐鹿沙漠 205

第三十二章 噩耗如刀 221

人物表

主角

殷琰
身份：愍帝嫡女，人称元亨公主

称呼：乳名玉娃儿，字炎之。亲近的人称呼阿玉、炎之

亲人：愍帝殷硕（父），孝康皇后孟瑶（母，追谥），太子殷琮（胞兄），二皇子殷玒（兄），永贞公主殷琤（妹），三皇子殷瑄（弟）

萧湛
身份：博陵王

称呼：字阳晖，又字无牵

亲人：萧宏道（父，出家），沈涟漪（母，死，实则下落不明），萧越（兄，其父收养），萧凛（从弟），魏嬷嬷（沈涟漪婢女）

宇文渊
身份：汉中王世子

称呼：字伯微

亲人：宇文拓（父），陈阿秀（母），宇文潜（弟），宇文沧（弟），宇文沁（妹）

封锦
身份：庐陵王二公子

称呼：小名如意，人称如意儿，字素君

亲人：封绥（父），楚秀兰（大娘），封瑞（兄），楚煌（表兄），楚屏（表妹）

谢玘
身份：字瑾初，外号穷算子（军师）

皇族

殷琤
身份：愍帝次女永贞公主

殷瑄
身份：三皇子，皇帝殷硕和德贵妃韩甄的儿子

殷玒
身份：二皇子

殷岐
身份：齐王世子

殷峤
身份：齐王二公子

曲灵烟
身份：太子妃，太史令曲桓长女

萧越
身份：前博陵王萧宏道养子，萧家军统领

萧凛
身份：前博陵王萧宏道堂兄萧宏俊之子

封绥
身份：庐陵王

封瑞
身份：庐陵王长子

朝廷

梁温
身份：上邺太守，梁宪长子

梁胜
身份：梁宪幼子

罗中青
身份：太子舍人

冯路之
身份：东宫右詹士

秦廷昭
身份：光禄勋，原为昭阳殿卫尉

秦玄
身份：东宫左詹士，秦廷昭独子

曲灵犀
身份：太史令曲桓次女，被术士认为是能出将入相的人杰，从小被当儿子养大

侍从

玉英
身份：殷琰贴身侍女

刘仪
身份：原太极殿中涓（清扫殿宇），后调任祥福宫内侍

信怜
身份：德贵妃贴身侍女

伴雪
身份：三皇子殷瑄的贴身侍女

怀袖
身份：封锦贴身侍女，同时担当护卫之职

异族

阿苏娜
身份：表面上是宇文渊的侍女，真实身份不明

苏赫
身份：胡人，来历不明

呼其图
身份：胡人，苏赫手下

西子羽
身份：鲜卑少年，身份不明

铁娘
身份：西凉女子，身份不明。儿子小童

"陛下。"

一片喧嚣的欢腾中,冷然的女声好似一柄剔透的利剑,倏忽间就将这浮华的表象剖开。

四周都安静了下来,众人敛气屏息,目光齐齐汇聚到端坐在席上的元亨公主身上。

她的神色还是平静如初,仿佛她所说出的话寻常无比——

"元亨,不能嫁。"

小小的金杯被握得变了形,里头的清水溢了出来,顺着杯壁一滴滴落下,沾湿了桌面。

年轻的博陵王却一无所觉。

他正跟其他人一样,双眼紧紧盯着抛出惊人之语的元亨公主。

今夜的她该是盛装打扮了一番,特意描了时下风行的远山眉。柔细深黛的一双眉,勾得眉下的眼眸都似朦胧烟雨,平生几许多情。两颊也抹了胭脂,晕出的红遮盖了她的真实反应。

一直以来的担忧成了真。他说不清自己心中到底是什么滋味。

对面的封锦似乎也呆住了,他脸上还挂着笑容,眼神却渐渐沉寂下去。

但此时,谁的震惊也不会超过宇文渊。

只见他望着殷琰,眼神仍是惊愕,不敢相信她竟然会说出这样的话。

"为什么?"

殷琰却没有看他,还是如先前一般端坐着,用恰到好处的恭敬说道:"陛下,元亨立过誓,要为亡母守孝十年。"

她的母亲,废后孟氏,死于永和三年,距今已整整九年。

皇帝的面色一下变得阴沉起来,德贵妃娇滴滴的笑脸也僵住了。场面越发冷寂,却见一直埋着脑袋的太子抬起头来,连连点头:"没错,元亨发过誓的。"

有眼睛的人都能看到他那松了一口气的表情，好似一只循着血腥味而来的鬣狗，舔舐着至亲的伤口，还倍觉甜美。

这样懦弱无能又自私自利的人，也配当太子，也配当兄长？

殷琤不知道其他人如何想，但这一瞬间，她几乎想把杯中的酒直接泼到他脸上去。愤怒之余，她不免也有点儿庆幸，幸好她的瑄弟弟不会这样。瑄弟弟不仅足够聪明，还有适当的野心，长大后，他定是个贤明能干的皇子。有朝一日，他会成为太子，最后坐上御座，做一位万民敬仰的明君。

因为提到了孟氏，皇帝的好心情被破坏殆尽。他顾不上德贵妃的暗示，一推桌子站起身，眼神阴鸷："元亨，朕最后问你一遍，你要不要嫁给宇文渊？"

这样的夏夜中，殷琰的双肩却微微抖了抖。她慢慢转头，望向那英朗俊挺的男子。他的眼神如此热切，虽还带着怒意，但其中的期盼却叫她一颗心都揪紧了。

她眼中有光亮在闪动，宇文渊几乎以为她改变主意了，嘴角就要扬起，却见她优美的颈项深深垂下，声音平静得不带任何情绪：

"元亨……不嫁。"

皇帝再也压不住怒火，抬脚踹翻了桌子："好得很！你现在不嫁，以后也都不用嫁了！"他目光一转："宇文渊，你想娶公主，朕便给你一位公主，将永贞公主赐婚于你，如何？"

殷琤无论如何也想不到，这把火会烧到她头上来。她惊愕地抬头，却不是看她的父皇，而是看向宇文渊。只见他神色错愕，下一秒，墨黑的双眉便紧紧皱起，眼睛瞥向一动不动的殷琰，双唇抿成冷厉的线条，就要开口。

"——父皇！"

娇呼声中，一向受皇帝宠爱的永贞公主扭着身子，半边脸朝着暗处，一只手捂住了另半边脸："这是做什么呀？元亨不乐意，便要寻我开心吗？把我当什么了！"

她说着便哭出声来，哽咽着跟德贵妃说："求母亲为女儿做主！女儿待不下去了……"

不待德贵妃阻拦，她就抬脚跑开了。

殷瑄跟着就站起来："姐姐，等等我！"

这场夜宴到这里也毁得差不多了。皇帝瞥了一眼殷琰，见她仍是那副无喜无怒的样子，心中越发厌恶起来。

她是存心的！就像孟瑶一样，她们母女都是存心叫他难受！最叫他难受的，是他

对此毫无办法。

皇帝怒气冲冲地走了，只剩德贵妃还坐在位子上。她的脸色也说不上好看，勉强扯出一丝笑来："陛下先前有口谕，今夜铜爵园火烛不灭、门扉不禁，诸卿尽兴欢乐便是。"她也无心再安抚其他人，就匆匆离开了。

眼见最尊贵的两个人都走了，众人哪还有心思再玩乐？互相告辞纷纷离去。

所有人的心里都在想：元亨公主这是铁了心要护着太子，朝堂的水，怕是要更浑浊了。

"阿玉。"太子来到殷琰面前，语气欢喜，"这世上，还是你对我最好。"

殷琰张了张嘴，声音干涩："阿兄，你回东宫歇息吧。嫂嫂在白马观待了好几天，你们……今后要更加小心。"

殷玒跟在太子身后："真是一场好戏啊，元亨。你送我的那十二字，皇兄现在尽数奉还。"他笑得充满恶意，"战战兢兢，如临深渊，如履薄冰。你呀，可要站稳点儿，别那么快就被人踩到脚底下。"

他还想再说点儿什么，一只玉如意忽然搭上他的肩："二皇子的脸怎么变成这样了？"殷玒的脸色微变，就见封锦的笑脸已经凑到了眼前，"夜色这么好，二皇子不如陪我逛逛这园子？"

"……免了！"殷玒连忙退开，"本王有伤在身，这便回去休息了。"他可不想大晚上的被推到湖里去。封锦这小子……哼，总有一天要收拾了他！

候着殷玒走远了，封锦才挥挥手，让随侍在附近的宫女宦官们都退下。玉英犹豫了下，还是随其他人一起离开了。

"闲杂人等总算都走了。"他看向一直站着没动的宇文渊，"伯微，你过来，跟阿玉把话说清楚。"

"说清楚？"宇文渊嘴角的笑意冰冷，"确实该说清楚。公主殿下，耍人很好玩吗？这么些年，你哄我也哄累了吧？"

"宇文渊！"封锦低喝，面上的笑容消失了，"你说什么混账话！"

宇文渊不理他，径自上前几步，隔着窄窄的木几，他的声音轻得几乎听不见。

"从一开始，你就在骗我，是不是？"

殷琰咬着牙没有出声。

他忽地伸出手，扣着她的脸颊："看着我，说话！"

还坐在位子上的萧湛眼神动了动，几乎要站起身来，却到底忍住了。一旁的封锦

却立刻怒了:"你做什么?"

宇文渊将他推到一旁,双眼紧紧盯着殷琰不放。

"……不是。"殷琰终于说,"我不曾骗你。"

"不曾骗我?那我问你,你打算何时随我去梁州,随我策马大漠?"

意料之中地,殷琰再次说不上话来。宇文渊稍稍侧首,借着灯光凝视这张叫他又爱又恨的脸:"我到今夜才知道,你居然发过誓要守孝十年。十年……呵,若是我等到明年,等你过了十年孝期,那时,你就真会嫁我吗?"

真相总是叫人倍觉难堪。

殷琰的沉默已经说明了一切。

宇文渊静立半晌,忽地松开手,抽身后退。

"殿下真是绝情善忍,宇文渊受教了。"一步步地,他向后退去,"但愿我能恨你。"他转过身,脚步飞快,像是要将这句话跟她一起远远抛在身后。

殷琰定定地站着,直到封锦扶住她的肩,她才发觉自己抖得厉害。

"如意,"她喃喃唤着,"如意……"

"我在这儿。"看她这般失神难过,连胭脂都盖不住那苍白的脸色,封锦的心隐隐作痛。他张开双臂,那模样可笑得像只护崽的母鸡,"我挡着你呢,谁都看不到。"谁都看不到,你的眼泪和脆弱。

孟皇后过世后,年少的他便只能这样护着她,向她保证:"你哭吧,除了我,没有人会知道。"

殷琰摇摇头,发出一声近似于呜咽的声音,身体晃了晃,就软软地跪坐在席上。见她没有更多的反应,封锦低低叹口气,蹲下身来,按着她的头抵在自己肩上。

殷琰只稍稍挣了下,便不再动了。

萧湛静静站在一旁,迟疑着想要走向他们。然而刚踏出一步,他便改了主意,无声地转身走开了。

"姐姐真是个傻瓜。"

小小的皇子咬着手指,在凉亭中踱着步:"就让父皇下旨不就好了?反正你喜欢那位世子。"

"坏嘴巴!"殷琤缩在石椅上,作势要掌他的嘴,"再胡说八道,我真要打你了!"

"姐姐要打我,我还不会躲吗?"殷瑄嗤笑一声,丝毫没打算留情,"事情明明

是你自己搞坏的,怎么这时候又要躲在这儿难过呢?既然会难过,方才就不该拒绝呀!"

"你不懂!"

殷峥的反应出乎意料地激烈,察觉到自己的失态,她压低了声音:"你不懂……"

"什么懂不懂啊?我就知道你喜欢他,他又想娶个公主,这不是正好吗?"殷瑄眨眨眼,搞不懂姐姐的心思。

殷峥本就满心烦恼,被他这么一说更是恼得上火,忍不住推了他一把:"你一个小孩子懂什么?就算我喜欢他,可是他不喜欢我,就算让父皇下旨了,又有什么用?"

"哎呀!"

殷瑄被推得撞在石桌上,背后一阵痛,他也有几分恼了:"这有什么可烦心的?你怎么知道他不喜欢你?哼,我去问他!"

殷峥一惊:"瑄弟弟,你别去……"

却见他转身就跑,殷峥伸手要拦却没拦住。她又羞又悔,只得匆匆追上前去。

十几岁的男孩子一跑起来,简直就跟撒腿的野兔般。以殷峥柔柔弱弱的样子,根本就跟不上。等到她气喘吁吁地来到冰井台附近时,远远地就听到殷瑄的声音:

"世子,请留步。"

他真的遇到宇文渊了?

殷峥不由得睁大了眼,现在前去阻拦肯定来不及了。要紧的是,这样尴尬的光景,万万不能叫宇文渊看到自己。她慌慌张张地跑到一座铜炉后藏起来。

殷瑄的声音渐渐近了:"……我虽然年纪小,还是替世子不平。大姐姐这番做派,任谁瞧了也忍不住呀。世子,你莫要太放在心上……"

"三皇子想说什么?"宇文渊似乎有些不耐烦,"还请三皇子直接示下,宇文渊俯首倾听。"

殷瑄顿了顿,他长到这么大,还没人敢这么不客气地跟他说话呢。

"世子这么说,可吓着我了。"他的语气很是天真,"我就是不懂,世子方才为何不接受父皇的旨意呢?"

宇文渊停下脚步,微微眯起眼睛盯着他。

"偷偷跟你说,我姐姐喜欢你呢。我来便是要问你,你喜欢她吗?"不等宇文渊回答,他就继续说道,"多少有一点儿喜欢吧?我姐姐那样的美人,又温柔聪慧,谁会不喜欢呢?"

沉默一瞬,宇文渊说:"永贞公主很好。"只是还不足以好到让他心动,他也不缺温柔聪慧的美人。

"哦，我知道，你还不够喜欢她。不过没关系，男儿总是要看得更高远些。梁州乃兵家重地，汉中王护卫大弘西北边疆数十载，可算劳苦功高。"殷瑄仰起头，望着面前认真听他说话的青年。对于自己的镇静，他暗暗有点儿得意，"这般的功臣，再多加点儿功劳，更进一步，岂不是更好？"

"三皇子的意思是——"

"不是很简单吗？"殷瑄耸耸肩膀，"只要你做了我姐姐的驸马，不管是殷氏还是韩氏，都会乐意看汉中王爬得更高。"

"爬得更高？"

宇文渊微笑起来，冰井台上的灯火映着他俊朗的侧脸，还有亮白的牙齿：

"我父王已经贵为汉中王，要再往上爬，那就只有……"一瞬间，他的眼神变得十分犀利，仿佛有森冷的剑光划过，"皇位。"

殷瑄一惊，就听他低声笑起来："三皇子这是在怂恿我谋反篡位吗？"他忽地伸手，按住殷瑄的脑袋，"一年不见，三皇子长高了不少。我同你一般年纪时，身量还不如你。不过，那时，我单凭一把匕首，就能杀死沙漠野狼了。"

"你知道怎么杀狼吗？"

殷瑄已经被吓住了，连摇头都不会。

宇文渊弯下腰朝他一笑，压在他头顶的手掌微微使力："就这样，一刀从野狼的脑袋上插下去！"

殷瑄的腿一软，瘫坐在地上。他的眼睛几乎都不敢看向宇文渊，身体忍不住抖动起来。周遭静得可怕，夜色中有莫名恐怖的气息笼罩在宇文渊身上，仿佛站在他面前的不是俊朗的青年，而是正从阴影中步出的猛兽。

这是一头蛰伏已久的猛虎，此时不过獠牙初露，年幼的皇子就被骇得方寸尽失。

到这时，殷瑄才体悟到，那夜殷琤在桥上对他说的话。

原来，他真的不懂。既不懂世道，也不懂人心。

这一次，殷琤是真的哭着跑开了。

她的脚步一向很轻，对谈的两个人并没有发现她的动静。

听到宇文渊说出"永贞公主很好"时，她就觉得不能再待下去了。再听下去，只是加倍的难堪。

太丢脸了,真的太丢脸了……

嘴里这么说着,但是她清楚地知道,这不断滴落的泪珠,并不是为此而流。

泪水模糊了视线,朦胧的光亮中,过往的记忆在脑海中翻腾着,叫她的泪掉得越发凶了。

第一次见到他的那天,是在国子学外,她逞强地想要自己骑马。可当她坐在那暴烈的栗色小马身上时,她却害怕极了,手脚都不知道往哪放,只知道傻乎乎地尖叫。那马受了惊,四处乱跑,她根本坐不稳,眼看就要直接撞到城墙上去时,他却忽然从天而降。

好似一位久经沙场的将军,那少年威风凛凛而又信心十足地操控着缰绳,轻而易举就安抚住了那匹马。

当她看到他和阿玉在马上互不相让地对峙时,她就在心里想,她再也不要学阿玉了。她要做跟阿玉完全不同的姑娘,这样,他才不会跟别人一样,只看着阿玉的好。

可是没用。

脚下绊到了什么东西,她毫无防备地摔在地上。疼痛的感觉传来,不知道是从身体的某个部位,还是从心中传出的。她扑在草地上,哭得不能自已。

不管她做什么,不管她变得多好,都没有用。

他的眼里,从来都只有一个阿玉。

少女的哭声在半空中嘤嘤飘荡,好一会儿,一个略显局促的声音响起:"那个,摔得很痛吗?"

哭声戛然而止。

殷琤蓦地转过头:"谁?"

夜色中,隐约能看到离她几步远的身影。是个男人,不,该说是少年,他的声音年轻得稚嫩。

"真对不住,我不是故意躺在这儿害你摔倒的。"少年挠了挠头,似乎不知道该怎么处理这种场面。

就算是现在心绪纷乱的殷琤,也无法无视他一脸的尴尬。她擦了擦脸,低声说:"没事,是我自己没看清……啊呀!"她刚准备站起身,就觉得脚踝痛得不行。

"咦,脚扭伤了吗?"少年迟疑着走上前,"都是我害的……你就住在铜爵园吧?我送你回去。"

殷琤一愣,到这时才明白自己为什么隐隐觉得不对劲——这个人,竟然不知道她是谁!

不过此时此刻，这却是再好不过了。

见她沉默不语，那少年就误以为她是害怕，连忙解释："我不是坏人，我叫萧凛，是跟着博陵王一同来的。"

博陵王……

她心头微微一松："那就劳烦你，送我到东苑。"那里直通文昌殿，离晖华殿不远。

萧凛立刻答应。他隔着衣袖扶着她，因为伤了右脚，她勉强走了两步，就再动不了了。

"要不，"看她难受的样子，萧凛大着胆子开口，"我背你吧。"

殷琤呆了下，她一向端庄守礼，除了胞弟殷瑄外，从未跟其他男子有什么亲密之举。但现在这种境况，困在这儿却更是麻烦，要是被其他人撞见……

她轻轻咬住唇："好。"

反正，他也不会知道，今夜他遇见的人，就是永贞公主。

深宫阴云

第十九章

深夜，鸿胪寺客馆。

夜色如墨，翻腾着久远的旧梦。沉睡中的萧湛缩在床角处，一只手紧紧按住胸口，原本轻缓的呼吸渐渐变得急促起来。

"娘亲！"

孩童稚嫩但撕心裂肺的呼唤响彻整个梦境，然而蓦然响起的利箭呼啸声却一下盖过了那尖锐的哭声。

当胸一箭，他小小的身体几乎被撞得飞起，翻滚着跌扑在地。

胸口的剧痛扯动着他溃散的神志，他的双眼却还执着地望着前方：

"娘……亲……"

模糊的视线中，那道纤细的绿影转过身来，她的脸上似乎有泪。

他努力地伸着手，等着她像往常一样，飞奔过来牵他的手。娘亲总是那么温柔，若是他哭一哭，她一定舍不得离开……

这么想着，他便真的哭了起来，泪珠滚滚，眼前越发蒙眬。

那清雅柔美的绿衣女子果真迈步朝他走来，刚走了一步，就被她身后的男人扯住。男人低声跟她说了些什么，她站了片刻，便捂住嘴，任凭对方拽着她走了。

"别……走！娘亲，别……走……"

他大哭着，忍痛向前爬去。却终于敌不过那锥心的痛楚，头一歪，昏倒在泥地中。

"呼！"

长长溢出一声叹息，萧湛在黑暗中起身，静悄悄地披上外衣。窗外廊下的灯光照进来，映着他幽暗修长的身形，犹如一抹晦暗的魅影。

他悄无声息地走到门口，拉开门闩：

咔。

睡在外间的萧凛忽然醒了，迷迷糊糊地抬起半个身子："二哥？"才这么唤了一声，他脑中一个激灵，顿时清醒了几分："你又发梦了？"

不等萧湛回答，他就赤脚跳下榻，几步到了萧湛跟前，一下牵住他的袖子："二哥想去哪儿？这附近可没有寺庙。"他打小就跟着萧湛，知道他每次夜里做了噩梦后，不管是什么时辰，都要立刻到博陵城外的浮屠寺听钟。可是这些年来，二哥已经很少去浮屠寺了，怎么现在突然又发梦了？难道是因为昨日挖出了先王妃的妆奁？

听出少年声音中的警惕，萧湛静了静："我想出去走走。"

"我陪二哥一起！"萧凛立刻说。

不光是他，王府中上上下下的人，都有同样的隐忧。他们的大王虽然才十九岁，但那颗心却似乎已经苍老不堪，少有什么事能让他提起兴致。他总是太过安静，于是谁也不敢让他独处。因为幼年受的伤，魏嬷嬷又不肯让他多说话，大家就只能变着法儿地在他面前聒噪。就连萧越那样执掌刀兵的武将，一见到他都会立刻变成个啰唆的老妈子。

萧凛最怕的就是他去浮屠寺，在那一声声悠扬宁静的钟声里，萧凛总是疑心，他的二哥会被那佛钟蛊惑，彻底抛却人世间的重重烦扰。

他正忐忑着，萧湛忽然低声笑了："也好。"

萧凛便唤人牵了马来，两个人一同出了门。

蹄声踏破夜色，身后的街道上传来更鼓的声响。萧凛默默在心中数着，听到更鼓敲了五下。

天色仍是沉暗，巷道中隐约有犬吠声。渐渐地，他们越奔越远，竟到了东城门口。

"我们要出城吗？"萧凛心下惴惴，难道城外有寺庙？

萧湛没有出声，只是控着缰绳一步步走上前。

城门处此时灯火通明，熊熊燃着的火把照着门下立着的武将，他的侧脸被映得通红，汗水滚落，他平凡的面容在这一刻坚毅如铁铸，在烈焰下愈显锋芒。正是那射声校尉王明德。

王明德正低声吩咐身旁的下属，听到马蹄声便转头看来。看到萧湛二人，他就朝其他人打了个手势，快步走到萧湛马前。只见他抬手拉住马辔，神色十分平静，似乎对萧湛的突然出现毫不惊讶。

"趁天还未亮，快出城吧。"

王明德将他们送到城门，转手递过来两支火把，低声道："公主殿下已经过去了。"

萧湛顿了下，朝他点点头："多谢。"

一头雾水的萧凛跟着他奔出城。夏夜的清晨十分凉爽，火把飘忽的光亮很是微弱，黑黢黢的山野树林从两侧掠过，寂静得好似天地间只有他们两人两骑。跑了好一会儿，萧湛忽地策马上了山道。

萧凛满肚子的疑问，刚要出声询问，就听他道："下马，将火把灭了。"

啊？

他还没反应过来，萧湛已经跳下马，将火把朝下插进了泥土中，萧凛只好照做。黑暗一下就将他们包围，好在这时候天际已经有了些许微亮的云霞，隐约能看清山势轮廓。

萧湛钻出林子，向前走了一小段，就站住不动了。

萧凛不明所以地跟上去，循着他的目光看去，却见对面的山坡上插了好些火把，一堆人围在一起，正努力地把一具棺木送进新挖的墓坑中。

"这是……"萧凛睁大眼，"偷葬？"

他听说过这样的习俗，无法按时辰下葬的人，只能在天未亮的时候，偷偷下葬。只是，现在葬的是谁？二哥又怎么会特地跑到这儿来？

似乎知道他的疑惑，萧湛说："那棺中之人乃太子少师梁宪，也是我的恩师。"

"什么？"萧凛之前并不知道这事，脸上全是愕然，"梁少师竟然过世了？二哥之前不是还说要带我去拜会他吗？"

萧湛注视着对面的动静，眼看着那单薄的棺木被拖进深坑中，迅速被泥土覆盖，堆成一个小小的坟包。

"你来送他最后一程，就当是拜会了。"

察觉到这其中似有隐情，萧凛就没再继续问下去了，只是点点头，郑重其事地朝着那边行礼。

那些人竖了块简单的墓碑，就完成了任务。他们熄灭了火把，像一群鬼影般，循着山道渐渐走远了。

萧湛却还站着不动。

又等了一会儿，就见对面有两个人影从山坳中走出来，慢慢爬上山坡，直到坟墓前。他们罩着纱幕，但从那窈窕的身形看来，应该是两名女子。

"是殿下？"萧凛立刻想到了王明德的话。

萧湛嗯了一声，凝目望去，只见其中一人抚着墓碑，低垂的颈项宛如绷紧的弓弦，正努力地压抑着什么。他久久注视着她的身影，藏在袖中的手指一点点握紧，像是要抓住某些东西。

"殿下哭得好伤心啊！"萧凛低声说。

闻言，萧湛的目光转向另一人，那个女子扑在地上，肩膀不停地抖动着，显然十分悲恸。他的嘴角不由得动了动："你说的是玉英。殿下她……不会哭。"不管是他还是宇文渊，都从未见过她落泪。

他语气中的异样连萧凛都察觉了。萧凛忍不住看了他一眼，见他唇边隐隐带着柔和的弧度，心头突地一跳：

二哥他……很在意殿下吧？

铜爵园那场"败兴"的夜宴过后，太子很是过了几天舒服日子。

好似突然之间，所有人都把他忘了。他的父皇既不叫他再到太庙中思过，也没召见他。连元亨公主也好些天没有踏足东宫，让东宫中的属官十分不安，只好一遍遍地催左詹士秦玄去天虚宫走动。秦玄被催得烦了，整天摆了张生人勿近的臭脸，但凡谁多问两句，他就要暴躁地撸袖子。

这回，阿玉大约是真的伤心呢。

殷琮拈了颗葡萄扔进嘴里，漫不经心地想着。

虽然阿玉从没当他的面提过，但关于她和宇文渊的事，他却比旁人更清楚些。他这个喜怒不形于色的妹妹，在马背上拿着剑跟宇文渊你来我往的时候，似乎已经看不到其他人了。一副神采飞扬的样子，简直像是连她自个儿也都忘了。

——更别提躲在暗处的他了。

牙齿微微使力，那薄薄的果皮就被咬破了，香甜的汁液沁向喉间，畅快得不能形容。他吸一口气，用力把口中残存的葡萄皮吐了出去。

现在好了。

阿玉永远也不会走了。

他把脚架在矮几上，双手枕在脑后，眼睛懒洋洋地盯着在身前柔媚舞动的女伶。

那女伶生得娇美玲珑，一双俏目滴溜溜转动，腰肢扭动着，像一尾美人鱼游到太子跟前。

软玉温香在怀，殷琮心中蓦地生出一股冲动：人说秀色可餐，若是一口咬上去，不知道是不是跟葡萄一般水嫩多汁？

"……啊!"

曲灵烟走进来时,看到的就是这么一副景象。

那女伶歪在木几上,挂着金臂钏的手臂上满是牙印。她睁着一双被恐惧淹没的眼睛,哀求地看着曲灵烟。

曲灵烟却看都不看她,只是径自走到半趴在矮几上的殷琮身边,弯腰摸了下他的脸:"这么烫,太子又服丹了吧?"

殷琮抬起头来,他看了老半天,才隐约辨认出对方:"灵烟?"

"是我。"

殷琮的脑袋倚着她的手掌,忽然哭了起来:"灵烟,颜卿不见了……吃了丹药的梦里,也见不着他……"

曲灵烟的手指抖了抖,那一夜的血色似乎还漫在眼前。她亲手握着灯盏,砸碎了那个曾跟她肌肤相亲的男子的脑壳。

那种暴戾的感觉似乎还在震荡着她的心怀,让她满心愤恨,只想着找个地方发泄一番。曲灵烟蓦地扭过头,盯住了那个女伶,另一只手抓住了掉在地上的酒壶。

一个清脆娇嫩的声音忽地响起:"姐姐!"

曲灵烟举着酒壶的手僵在半空中,转头看向一直站在她身后的少年。

他唇红齿白,着一身墨绿锦袍,衬着那张巴掌大的小脸娇弱柔美,我见犹怜。但他身上又有一股凛冽的英气,跟外貌糅合在一起,简直是男女莫辨。

"饶她一命吧。"少年快步走上前,挡在女伶的身前,"姐姐不开心,就把手里的金壶砸到地上去。死物砸烂了也不可惜,人总是不同的。"

被他拦着,曲灵烟心头压着的郁气不能发泄,那张美丽的脸有一瞬间的扭曲。

太子到这时才注意到,面前多了个玉似的小人儿,他眨着眼睛,凑了过来:"真漂亮的小孩儿,跟颜卿一个样儿……"颜浩也是这样,男人的英气中夹着女人的柔媚。

一边说着,他就伸出手去摸那少年的脸。

"叫什么名呀?"

少年微微皱起了眉,后退一步避开他的手。

一旁的曲灵烟见了,脸上的表情变了几变,才说:"太子忘了?这是我的小妹,灵犀。"

"小妹?"殷琮呵呵笑起来,"灵烟你可莫骗我,她穿着男装呢。"

"我这小妹可不是一般人。"曲灵烟将少年拉过来,"她还在娘胎里时,我爹爹就观了天象,又请高人算了卦。高人说这孩子心如灵犀,将来是要光耀门楣、出将入相的。"她微微侧了脸，打量着曲灵犀，眼睛熠熠闪动着，有疯狂的光芒迸射而出，"可惜生下来却是个女孩。我爹爹不甘心，从小便给她穿男装呢。"

曲灵犀秀气的眉头一拧："姐姐说这些做什么？"

她姐姐没有理她，只是转眼看着殷琮，神色温柔："太子喜欢灵犀吗？"

他们夫妻数年，一起干过的荒唐事不知道有多少，只听她这么问，殷琮就什么都明白了，顿时喜形于色："喜欢，自然喜欢！"

"那就叫灵犀好好陪着太子。"曲灵烟诡秘一笑，手上用力，一把将曲灵犀推到他怀中。

殷琮抱了个满怀，曲灵犀挣扎不能，小小的脸上渐渐腾起了恐惧之色，她不可思议地盯着曲灵烟："姐姐！"

曲灵烟却已经站起身来，凉凉地说："爹爹不是想让你出将入相吗？你伺候好了太子，等他继承大统，再封你个女相做做，岂不是好？"

她一步步向外退去，大笑着转身飞奔离开，心中的快意直冲到了头顶。

爹爹是怎么骂她的？不知羞耻、无耻荡妇，令曲家蒙羞，让他这太史令无颜面见同僚，恨不得一头撞死在墙上。

想到曲桓捶着床板怒骂的模样，曲灵烟的脸颊就隐隐生痛。

若不是爹爹一气之下病倒了，怕是要亲手打死她了。他叫小妹到东宫陪她，不过是为了羞辱她。

冰清玉洁的小妹，仁义宽厚的小妹，人见人爱的小妹。

姐姐就送你一个，永生难忘的记忆。

秦玄在宫墙下站了许久，烦躁得团团转。

架不住罗中青和冯路之轮番地磨，他最后还是进宫来了。说到底，他自己也担心得很。只是像这种明为关心实则刺探的举动，他真是打心眼里瞧不起。

明明整个东宫都在为元亨公主当众拒婚的举动暗自高兴，却还要虚情假意地探听她是不是真的伤心难过。

一想到这点，秦玄就像生吞了只臭老鼠般恶心。

太子不过就是仗着他是公主的亲哥哥罢了。而他们这些人，他们这些在东宫中汲汲营营的废物，都是太子的帮凶。正是因为他们的无能，才会一次次将公主逼到那样两难的境地。

可是现在，他却要走进去，假惺惺地劝她放宽心，好像她遭受的一切都微不足道似的。

秦玄痛恨这样的自己。

恨恨地对着朱墙踢了一脚,忽然间,他觉得背后有些异样的感觉。一转身,就见一个年轻的宦官满脸惊奇地看着他。

秦玄眉一拧,刚要发火,那宦官就机灵地躬下身来:"殿下请詹士大人进去。"

"殿下知道我在这儿?"

秦玄心中的无名火顿时都消了,只剩下满满的羞愧。他垂头丧气地跟在年轻的宦官身后,踏进祥福宫中。

上一次到这儿来还是初春时节,道旁的绿茵才刚刚冒了头。他从禁卫中被调出,封为太子左詹士,临出宫前,特地来向公主拜别。

那时公主的脸上还有笑,语气十分轻快:"秦玄,替我好好照顾着太子。若是有差池,我可饶不了你!"

他满口应下。全然想不到,太子早已不是少年时一同嬉戏玩闹的那个人了。

太子十五岁入主东宫,二十一岁立太子妃。离开了天虚宫,他得到了从未有过的自由,于是本该压抑的,就全都放纵了。梁少师只顾着教圣贤书,哪里看得到他私底下的样子?而当时的公主还不到十岁,又怎么会知道,自己的兄长在另一方天地中,已长成了不同的模样。

等到公主长大了,在天虚宫中能挣得一口气时,太子已经走得太远太偏了。

思绪纷乱中,不知不觉已来到后庭。

秦玄一只脚刚跨过门槛,半空中就砸下来一柄短刀。他有点儿慌乱地躲了下,却见那个宦官一伸手,准确地抓住了落下的短刀。

"刘仪,接得好!"

清朗的女声传来,秦玄闻声望去,就见一身玄色劲装的殷琰挂剑立在庭中。她的目光转到他身上,脸上赞许的神情就变得有些玩味:

"秦玄,你方才的反应要让你爹看到了,非得押着你练上十天半个月不可。"

秦玄的脸皮顿时涨红了,好半天才瓮声瓮气地说:"我这是故意站着让殿下打呢。"

"……还真说得出口。"殷琰安静地笑了笑,"想挨打还不容易?拔刀就是。"

刘仪将短刀呈到他面前,秦玄握住刀柄,缓缓将刀抽出。

"殿下……"他踟躇着,慢腾腾走上前,有句话哽在心头已久,却一直问不出口。

殷琰"铿"的一声拔剑出鞘,剑横至眉间,做一个起手式,眼神陡然变得冷厉起来:"注意了!"

话音未落，她的身影就如离弦之箭般猛地射来，手中利剑如秋水游鸿，凛冽刺向他左肩。秦玄慌忙举刀相抗，刀剑交击出刺耳的声响，秦玄退了两步，还未站定，利剑又连绵攻来。他被逼出几分狼狈，就无心想旁的事，渐渐地也认真起来。

两个人刀来剑往，看着出手都十分狠辣，招招都往致命处袭去。但彼此又都能在千钧一发之际拦住对方，在别人看来是危险万分，在他们自己却是酣畅淋漓。

一旁的刘仪几乎看不清他们的动作，他屏着呼吸，暗暗决定今晚要多练一个时辰的刀法。

不知过了多久，在殷琰犀利的攻势下，秦玄终于露出了破绽，被她一脚踢中膝盖，身子一歪便跪在了地上。殷琰一剑直指他咽喉，他下意识挥刀削去，只听得清脆的断裂声中，那长剑竟被削掉了三分之一。断掉的剑尖飞了出去，撞在青石板上，惊得凝神观战的刘仪差点儿跳起来。

秦玄怔怔地盯着眼前的断剑，一时反应不过来。

殷琰扬眉一笑："看来你的锐气还在。"她撒手收剑，将断剑递给快步上前的刘仪，"虽然断了，但毕竟用了好长的时间，就收到库里去吧。"说着，她朝秦玄抬了抬下巴，"带秦詹士去整理仪容，稍后我们一起到东宫去。"

说完，她就径自转身进了内殿。

秦玄站在原地，目光落在那柄断剑上，若有所思。

"秦詹士请随我来。"刘仪将剑收回鞘中，见这位英俊峭拔的少年郎还愣着，便低声说，"既然殿下决心放下过往，秦詹士又何必耿耿于怀？"

"殿下的决定无人能置喙。我耿耿于怀的，不过是自己的无能罢了。"秦玄抬眼看他，眼神中的警惕一闪而过，"刘内侍是前些天才从太极殿调来的吧？听闻你为了向殿下报信，险些丢了性命。我记得在那之前，刘内侍一直待在钟楼，连天虚宫都没进过，更未见过玉英和殿下，却能为她们豁出性命，这等勇气实在叫人敬佩。"

这样的话，刘仪并不是第一次听到。对于他这个突然插进祥福宫的小角色，不管是谁，都能嗅出其中的不寻常，就连玉英一开始也带着防备。

起初他还会发怒，但渐渐地，他已经习惯了人们或猜疑或戒备的目光。在祥福宫中，最容易学到的就是习惯。习惯了谨慎小心，习惯了东宫层出不穷的麻烦，习惯了或明或暗的诡谲人心。就连他的身体，也在短短十来天中，习惯了骑马和对练。

刘仪能清楚地感觉到发生在自己身上的变化。他正在朝着他完全预想不到的方向飞快改变，但他却还不满足于这样的速度。

"小人的勇气不是凭空而来的。"他微笑着对秦玄说,"刘仪原本是微不足道的蝼蚁,因着意料之外的机会,偶然沐到了光亮,便生了奢望,想做个真正的人。因为太卑贱,性命反倒是不值钱的。真要说起来,小人可算不上勇士,最多只是一个赌徒罢了。"

秦玄深深地看了他一眼:"就算是赌徒,刘内侍也是位叫人印象深刻的赌徒。"

"痴言妄语,叫您见笑了。"刘仪躬身一引,"秦詹士,请。"

他们这边耽搁了一会儿,等到梳洗出来时,殷琰已经换好衣服在外等着了。

秦玄观察她的神态,只觉得她和往日没什么不同,他心下才稍稍定了几分。殿下毕竟不是寻常女子,儿女情长最是消磨意气,就这样彻底了断了,未必不是好事。

各自上了车驾,直往东宫奔去。

东宫今日十分安静,平日里萦绕在楼阁之间的靡靡之音都不见踪影。想来是罗中青他们跟太子提了醒,省得公主撞见他恣意享乐的模样。

秦玄暗暗撇撇嘴:他们还真是有先见之明,这么确信他一定能将公主请来?

殷琰没有往主殿走,而是直接朝太子宴饮宾客的东阁行去。阿兄的脾性,她清楚得很。这些日子她没来"巡查",他定是乐得轻松。

一路走来,东阁周遭竟连一个宫人都没见到。

这倒是有些蹊跷。秦玄忍不住皱眉,罗中青他们在搞什么鬼?

殷琰的步子渐渐加快了,几步迈上台阶,里面的景象便都映入了眼中。

——满地狼藉。

抱柱上像是被泼了水,湿淋淋一片。缠绕在上头的龙纹布幔撕裂开来,晃晃悠悠地垂在半空中。木几横翻在地,酒菜散在周围。

一个少女立在堂中。

她十分娇小,看起来不过十来岁。满头长发散乱着,身上的衣服凌乱不堪。她手中拽着一条布幔,显然是刚从抱柱上扯下来的。听见脚步声,她抬头瞥了一眼,第一反应是蹲下身,将布幔盖在靠着柱子坐着的女人身上。

那女人显然是个舞姬,她正急剧地喘着气,脸上的惊恐之色还未散去。

虽然少女很快就用布幔将她遮住了,但以秦玄的眼力,足够他看清那女人满身的血污和伤痕了。

他立刻背过身去,刘仪也低下了头,只剩殷琰跟那少女相对。

少女迟疑地看了她一眼,勉强拢了下身上残破的衣服,又站起身走到抱柱下,想要再撕一块布幔下来。但她身量不足,力气又小,只拽着布幔的一角,怎么都撕不下来。

周围安静得几乎能听见她咬牙的声音。

殷琰大步迈上前,拽住布幔用力一扯。"哗"的一声响,一整条布幔都被她拉了下来。她扬手抖开,双手绕到少女身后,将她整个人都团团包裹起来。

少女战栗着,惊疑不定地看着殷琰。却见殷琰面色青白,嘴唇抖得比她还要厉害。

"你……"殷琰的手指紧紧抓着布幔,似乎只要她一松手,眼前的女孩就会消失一样,"你怎么会……太子他……"

她说不下去了。

眼角的余光瞥到抱柱后面的阴影中,一个人仰面倒在地上。他一动不动,好似全没了声息。他脚上的金薄履在明暗交界处,上头硕大的珍珠明晃晃的,微微颤动着。

一瞬间,全身的血液都倒冲向脑中,她只觉得脑袋涨得快炸了,血管"突突"地跳动。

阿兄……死了?

殷琰几乎站不住,按在曲灵犀肩头的双手无力地松开,像在寻求某种支撑般,趔趄着扶住了身旁的柱子。

曲灵犀循着她的目光看去,忽然矮身跪下:"殿下恕罪,都是灵犀不懂事,误伤了太子!"

"……误伤?"殷琰费了好大的功夫,才听懂了她的话,"你是说,太子……"嘴里问着,她却等不及曲灵犀回答,几步冲过去,将手指探到殷琮的鼻下。

温热的气息吹拂在手指上的刹那,她蓦地放松下来,悲喜都哽在喉间,一时间什么话也说不出来。

"太子只是昏过去了,并无大碍。"看她的反应,曲灵犀明白她方才是误会了,便膝行着到她跟前,伏身一拜,"求殿下恕罪!"

这娇小的女孩整个人伏在地上,因为这个动作,她腰间的伤口便露了出来。那是被人用手指狠狠掐过的青紫,在雪白柔嫩的皮肤上格外触目惊心。

殷琰闭了闭眼:"刘仪,将太医请来。秦玄,取两套衣服过来。"

秦玄刚应下,曲灵犀忽地开口:"劳烦秦詹士,男装、女装各寻一套来。"

秦玄脚步顿了下,没有回头:"……我明白。"

他们走后,东阁中又安静下来。

好一会儿,殷琰才开口道:"你叫灵犀?"

曲灵犀抬起头道:"家父曲桓。"这个女孩有一双沉静剔透的眼睛,跟殷琰深邃

的眉目不同,她的五官如同最柔软的春光,天生就该被放在手心中怜爱把玩。但那清亮的双眸却像是精妙的画笔点出来般,光华蕴在其中,冷冷中自有一股叫人心头微凉的冷意。

"曲桓?"殷琰一惊,"那你岂不是——"

"我的姐姐是太子妃。"曲灵犀轻轻咬着下唇,大胆地直视着她,"正如同,殿下的兄长是太子。今日,是太子妃将我领到此处。"她平静地说出这龌龊的真相。

殷琰错愕地盯着她,只觉得那种熟悉的作呕感又涌上喉咙。空气中弥漫着的酒气、熏香,混着未散的血腥味,甜腻得叫人肠胃翻涌。

"先前慌乱之下,我用酒壶砸伤了太子。"曲灵犀深深地俯身,"灵犀自知罪该万死,但灵犀还不想死,求殿下救命!"

殷琰看着她,心中渐渐生出些怜意来,便伸手扶起她:"你多大了?"

"十二岁。"曲灵犀乖巧地答道。

"还这么小……"殷琰忍不住咬牙,"太子他,有没有真的对你……"

"没有。"曲灵犀虽然回答得很快,但眼中还是泛起了恐惧之色。

"那就好,那就好。"

殷琰动作轻柔地抚着她凌乱的发丝:"待会儿,你换好了衣服,我就叫秦玄送你回家。记住,你今日没来过东宫,也没见过太子。等你到家后,会生一场大病,几个月都出不了房门。又怕害别人染病,就什么人都不能见,就连你的父母姐姐,也见不了。这样,好不好?"

曲灵犀眨了下眼,眼眶迅速地红了起来,一直压着的泪珠倏忽滑落。她猛地扑在殷琰膝上,哽咽得不能成声。

"灵犀……谢殿下大恩!"

"谢什么?是我们兄妹对不住你。"殷琰轻轻拍着她不停颤动的后背,转头看了眼还在昏睡的太子,头一次,她的心中泛起了抑制不住的厌恶。想了想,她伸手到衣领中,拽出挂在脖子上的玉蝉。

"这东西你拿着。若是日后,免不了再跟太子相见时,你就将它带在身上。"

曲灵犀接过去,只见这玉蝉十分粗糙,雕工很拙劣,笔触之间生疏迟疑,似乎是个新手所作。但质地却是上佳,入手温润细腻,还带着些许暖意。她心知这便是自己今后的护身符,也不推辞,直接挂在颈上,藏在衣服最里面。

忽听得故意加重的脚步声传来,少顷,就听秦玄在门外道:"殿下,衣服送来了。"

他低着头将衣服放在门口，又退了出去。

曲灵犀起身走过去，翻看了下，就抖开放在上层的男装，动作利落地穿起来。对她来说，这身衣服明显是太大了。看来秦玄仓促之下顾不得尺寸，随便捡了一套来。她将腰间的革带紧了又紧，还是像个偷穿大人衣服的小姑娘，可怜兮兮地站在那儿。

"殿下，我想把那位女伶带走。"

殷琰愣了下，看向靠着抱柱的女人。如果说，曲灵犀的遭遇只是显出了太子的肮脏，那么，这个女伶身上的伤，却昭示了他的残暴。

曲灵犀低声说："我关在家中，也需要有人照顾。出了这样的事，她留在东宫，怕是活不下去……"

殷琰沉默地听着，半晌才道："她伤得不轻，先叫太医瞧瞧吧。"

"殿下，她的伤，恐怕不宜叫其他人看到。"见殷琰点头应允，曲灵犀的神情中便多了些雀跃，"灵犀略懂岐黄之术，正好可以照料她。"

"看来你都想好了。"殷琰沉郁的心情被她带得松快了些，"就都依你。"

曲灵犀展颜一笑，笑容中带着少女独有的天真和娇俏。她拿起那套女装，努力想帮那女伶穿上。只是她男装穿得熟练，对女装却显得毫无办法，半天都没找到头绪。还是殷琰看不下去，自己动手帮她。

好不容易都打理好了，殷琰唤秦玄进来，将女伶先抱出去。她看着曲灵犀，这个刚到她肩头的少女似乎已经将片刻前的恐怖经历抛到脑后了。

"灵犀，你跟你姐姐很不一样。"她不由得慨叹道。

曲灵犀认真地注视着她："殿下也是，跟太子一点儿也不像。"

她眼中的理解和惋惜之色，叫殷琰心酸又难过。殷琰背过身去："快走吧。"

身后静了一下，随后曲灵犀低声说："殿下保重。"便走出门去了。

脚步声迅速远去，周遭沉寂着，只剩殷琰站着，还有这满室的狼藉，以及太子。只要转身向外迈出一步，便是宽广的天地。然而她停留许久，还是一步一步，走到太子身边。

就算在昏睡中，他似乎也充满了畏惧。面孔始终瑟缩着，如同幼年时一般，害怕着梦境中那些隐匿在黑暗里的鬼怪。

殷琰注视着他许久，才在他身旁跪坐下来，抱着他的脑袋放置在自己膝上。

"阿兄，你心中，到底在想什么？这些年，你又对自己做了什么？"她用衣袖拭去他额头的汗水，手掌下移，轻轻地、缓缓地，扣住他的脖子，一点点收紧，"我真

怕你变成父皇那样。母后若是知道了，该有多伤心……"

气息受制，殷琮下意识挣扎起来，他无力地摇晃着脑袋，胡乱道："母后，你别走，琮儿害怕……母后，别扔下琮儿……救我！母后，救我……救我，阿玉！"

最后一声，震得殷琰忍不住松开手。她捂着嘴，扑在兄长身上："我救你，不管怎样都救你！阿兄，你让我救你好不好？莫丢下我，莫再丢下我了……"

心碎的呜咽有谁来听？

不过是一室的冷，还有那叫不醒的人。

夜已深，皇帝殷硕却未回到寝宫，仍是靠在太极殿东堂的龙椅上。

这张椅子他已经太久没有坐过，全身每一处都对它生疏得很，怎么坐都不舒服。

先皇在世时，常年通宵达旦，在这里处理政事。就连这龙椅一侧的扶手，都被磨得光滑许多。

那时候，殷硕经常站在案旁，胆战心惊地向他汇报自己对政事的心得想法。每每有不如先皇心意的时候，先皇便不再说话，只是用手指轻轻叩着书案。一声一声，都像是敲打在殷硕心头。

即便是殷硕继位后，坐在这张椅子上，那种畏惧的感觉还是浸在每一个毛孔中。仿佛先皇就在这周围，皱着眉头审视着他。

就如此刻一般。

殷硕终于忍受不了浑身的难受，站起身来。

东堂的布置都如同先皇在时一样，不曾变过。经史子集、兵甲武经，先皇殷穹人如其名，是心比天高、雄才大略的一代豪杰。

太祖高皇帝殷政初建大弘时，天下仍是纷乱不堪，四方起义者众多，自立为王者互相征战杀伐，战乱频频。当时殷穹以太子身份统领诸军，多次出征，连灭隋、龙腾、赵等国，又将在江东苟延残喘的东齐彻底击溃，让大弘的疆域拓展到与前朝相近的程度。

到他登基后，更是厉兵秣马，趁西北匈奴新王未立爆发内乱时，出兵突袭。不仅大破盘踞在上谷、渔阳等地的匈奴，成功收复兖州失地，更乘胜追击，直击匈奴王庭。

彼时，匈奴左贤王渠耶邪和右贤王昆巴罗正为了王位打得你死我活。抚军将军孟恒趁夜率兵攻破王庭时，匈奴人都没有意识到是汉人打来了，还当是对手来袭，不少人糊里糊涂地就掉了脑袋。渠耶邪被杀，昆巴罗虽然勉强逃出生天，却在慌乱中误入了沼泽地，连尸首都没见着。

这场大仗后，匈奴元气大伤，被俘被杀者不计其数，只剩些残部逃往漠北。

孟恒声震西北，被封为西海公，永镇西北边陲。

扫除了异族祸乱，殷穹遂论功行赏，分封诸王，以此来巩固殷氏江山。当时的大弘国，真可谓是万民归心，天下顺服。

只可惜，他的继位者却是如此无能。

殷硕逡巡许久，终于还是站在了书案左侧的角落。

唯有这个熟悉的位置叫他觉得自在。多少个日夜，他都站在这儿，看着自己英伟的父皇批阅数不清的奏章，在朝臣纷乱的言语中攫取最关键的信息，为天下万民谋划安排。那时的父皇，简直犹如神祇一般，无所不能。

而无能的他，却听得晕头转向，分不清是非对错，只能惶惶然地看着父皇，生怕他会突然转过头来考校自己。

那时候，他真的以为，只有父皇才配坐在龙椅上。

直到他自己坐上正殿的御座时，才蓦然发现，原来皇帝，并不都是父皇那样的。当所有人都匍匐在他脚下，连目光都不敢触到他时，他才真正明白"皇帝"这两个字的真意。

皇帝，就是这人世间的神，是可以逆人伦、乱纲常、混黑白、泯对错、无章法，可以恣意妄为的神。

既然是神，就不该有所畏惧，更不该受到任何束缚。

"游贵，"他唤着犹如影子般立在窗前的贴身侍从，"这些年，朕一直在想，先皇真的将传国玉玺交给那个女人了吗？"

已过不惑之年的中常侍躬下身，声音是一贯的顺从中带着点儿谄媚："小人只远远地见过先皇几回，哪里敢揣度他的心思呢？"游贵成为殷硕的侍从时，先皇已经病得非常严重了。人越接近死亡时，大概疑心也会越重，即便是召见诸位皇子，先皇也不允许他们带任何侍从。

"不错。"殷硕点点头，"就算朕是他的嫡长子，也从不敢说能揣摩出他真正的想法。偌大的天虚宫中，大概也只有孟瑶知他的心思。"说到这个名字，他就压不住心头的嫉恨了，"所以，他才会把传国玉玺交给她，以此来挟制朕！"

他一掌拍在书案上，长袖扫落了案头摆放着的书册，连悬在笔架上的数支御笔也被扫得晃动不休。

殷硕的怒气一起就压不下去，他恨恨地踱着步，径自踩过掉在地上的书册。

"那个女人!那个女人,竟然到死都不肯交出来!她竟敢威胁朕!"

眼前仿佛又出现了他的皇后临死前的模样,那张清瘦的脸白得没有一丝血色,明明没有什么力气,却还要挣扎着靠坐在床头。就算要死了,她也不肯在他面前低头。

"陛下。"那时她竟还能笑,眼角还是微微扬起,就如同初见时她在马上眺望远方后,低头落向他的目光,居高临下,像在金玉堆中瞧见了不起眼的沙石般,满是嘲弄的惊奇,"先皇的意思,你还没弄懂吗?"

"这皇位,不是给你的,是给我的儿女的。"

她咳着血,神情却越发愉悦起来:"陛下,这是我最后一次劝谏你了,你可一定要记着。我的儿女好,你才能好。他们要是有半点儿差池——"

一瞬间,她的脸骤然变得酷厉无比,似乎当年那个在战场上杀伐无情的女将军又活了过来:"你就会从御座上摔下来,掉进地狱里!"

那样杀气凛冽的眼神,吓得殷硕慌忙后退,踩空了玉阶,一屁股坐在地上。

"我在下面等着你。"

孟瑶大笑着说完这句话,就不出声了。

等到殷硕抖着腿爬起来时,才发现她已经咽了气。

到最后,他也没能赢她一分半毫。

每每想起来,殷硕都觉得有莫大的羞辱。这个女人,活着的时候折磨他,连死了也不让他好过!

"她能把传国玉玺藏到哪里去?"殷硕喃喃自语着,"朕将她关在昭阳殿整整半年,不让她见任何人,她能把东西给谁?只有太子和元亨兄妹俩了。太子没那个胆子和本事,只有元亨了。没错,只有元亨。"

他忽地转头:"游贵,你说!"

游贵的身体猛地震了一下,回了回神,才答道:"陛下说的极是,元亨公主自小便心思难测,玉玺若是在她手中,只怕早被她藏在妥当的地方了。"他抬头看一眼殷硕,"上回元亨公主在铜爵园中拒了汉中王世子,便是铁了心要保太子了。以她的手段和能力,短时间内陛下想要易储,怕是……"

这一层殷硕自然早就想到了。因此也越发愤怒:"祥福宫中的人呢?就一点儿线索都没查到?"

"祥福宫外松内紧,陛下虽派了不少人入驻祥福宫,却没一个能得到公主的信任。"顿了下,游贵似乎不经意想到了什么,"倒是那个刘仪,虽然刚入祥福宫不久,却颇得公主喜欢呢。"

"刘仪？"

"就是那个半个月前被公主调进祥福宫的内侍。"游贵露出一丝笑，"小人已经查过了，此人无父无母，自小流落邺都。十来岁时无处安身，便自愿入宫，在宫城外围做些粗使杂事。"

殷硕侧头想了想："你能让他为朕所用？"孟瑶母女俩行事上颇为相似，说也奇怪，她们周围竟都是些忠心不移的主。也不知道她们是有什么邪能魅术，竟能迷惑这许多人。

"陛下让小人试上一试。"游贵的眼睛笑得眯了起来，"毕竟，小人和他，都是同一类人呀！"

"好，便交给你！"

殷硕心情大好，话锋一转："德贵妃可有派人来？"

"派了，小人打发了他，说陛下今夜政务繁忙，要宿在西堂。"

"回得好。"殷硕咧着嘴笑起来，"那些胡女呢？"

"陛下最喜欢的那两个，小人将她们放在鸣鹤堂。"游贵堆着笑，"陛下今夜，可要好好品尝这氏胡珍酿的滋味。"

想到此，殷硕顿时心痒难耐，抬脚便向外走去："朕这便去，瞧瞧这氏胡珍酿到底有多劲辣！"

看他走出门，游贵并没有立刻跟上去。

他站在原地，一直躬着的背渐渐挺直，拢在袖中的手也放了下来。然后，他走过去，将地上的书册捡起来，小心地拍去上头的脚印尘土，又将褶皱的地方一一抚平，一本一本地码在原来的位置。

做完这些，他又躬下身，一步步后退到门口。

像是在聆听某种无声的指示般，他在门口静立了片刻，随后朝着龙椅的方向微微点头，才转身离开。

　　临湖的八角凉亭掩在茂密的柳枝后，丝丝绿绦拂动亭角下悬着的铜铃，"叮当、叮当"，生生敲碎了这午后的沉寂。

　　信怜守在亭外，听着偶尔响起的铃声，不觉痴了。

　　直到身后传来熟悉的脚步声，她才骤然回过神来，恭敬地垂首："见过长公主。"

　　贺芳长公主殷涟的步子一如既往地快，她总是匆匆行走在天虚宫中，像一阵风，卷着残留在空气中的某些信息，辗转于各处。只见她漫不经心地点了下头，随手一挥："站远点儿，莫教人靠近。"

　　对于她的做派，信怜早就习惯了，乖巧地躬身退开。

　　倚在石栏上的德贵妃微微侧过脸，似笑非笑的："你也太小心了。怎么，连我的人都信不过？"

　　殷涟径自走到她身旁，目光穿过柳枝的间隙，望向明亮平静的湖面。粼粼的波光似无数银片，随着涟漪起伏晃动，璀璨得叫人头晕目眩。

　　"您瞧，那湖水看着多美。"殷涟的语气柔和，目光却十分冰冷，"打我记事起，在这湖中捞出的死人就有数十个。我母亲也在其中，她被人发现时，脸肿得我都认不出来了。"

　　太宁四年，殷涟的母亲李淑仪坠湖而死，有人说她是被人所害，有人说她是自己投湖。先皇对此并不上心，只说她是意外落湖而亡，草草地将她葬入妃陵一角。又将当时的二皇子远封至南海，明升暗贬。宫中旧人私下传言，都道是这李淑仪触怒了先皇，才会落得母死子贬的下场。

　　德贵妃不由得打了个寒噤，方才还有些燥热的空气，此时竟觉出几分阴冷。

　　她不自在地转了话头："我今日请你来，是有一事。"她将一直握着的白绢放到殷涟手中，"大雩①之事，就照你上回说的做吧。"

　　"娘娘英明。"

　　殷涟将白绢收入袖中："如今的局面可不乐观，娘娘要是再迟疑不决，我就真

要急死了。"

"有什么可急的?"德贵妃不以为意,"元亨在打什么主意,我清楚得很。她不过是想让太子安静一段时日,好叫陛下寻不到错处。一个时辰前东宫就上了折子,说太子夜间邪燥入心,一病不起呢。陛下竟然还好生安抚了一通,哼!她想不出错,哪有这么容易?"

"我们这位公主,做的可不止这点儿事。"殷涟转身在石椅上坐下,拿起桌上的八角玉柄海棠纨扇,一边把玩着玉柄下垂着的璎珞,一边瞥向德贵妃,"娘娘可知道,元亨已经飞书传信给安定王,要他带兵入京之事?"

德贵妃微惊:"怎么可能?未得陛下召唤,诸王怎能擅自带兵入京?"

一说起安定王殷磊,德贵妃就有点儿心悸。

他常年在军中,言语中常带粗鲁之气,一向被娇宠着的德贵妃根本招架不住,吃了几次亏后,再见他便有些畏惧。

殷涟眼睑一抬,那面无表情的样子看着有些可怖:"怎么不可能?安定王入京的名目,可是要清君侧!"

清——君——侧?

这三个字撞入德贵妃耳中,她忍不住瞪大了眼睛,惊愕之下,竟是怔怔笑起来。

"他想清掉哪个?我吗?"

殷涟不说话,只是递给她一张皱巴巴的字条。德贵妃打开一看,字条上用蝇头小字略述了她的三大罪状:

一是勾结贺芳长公主,意图谋害太子。

二是其兄韩鹏在义阳嚣张跋扈,网罗爪牙,自称"小韩王",有不臣之心。

三是永和九年以祝诅之名构陷废后孟氏。

德贵妃的手指微微发抖,隐忍再三,还是压不住怒火,几下将字条撕个粉碎。只见她一张玉容含霜带雪,眼睛中都似要喷出火来:

"好个元亨!竟敢动到我头上来!"

她气得团团转,嘴里飞快地说道:"她会找人,我难道就不会吗?我这就联络兄长,叫他也派人来——"

"娘娘!"

突地一声大喝,德贵妃吓得浑身一震,愕然看向殷涟。

"娘娘莫不是气昏了头?这时候叫韩大人来,岂不是坐实了韩大人有'不臣之

心'?"殷涟的目光冰冷深幽,"就算是陛下,也绝不会容忍胆敢犯上作乱的乱臣贼子!"

德贵妃讷讷地说不出话来,好半天才一屁股在石桌旁坐下,喃喃道:"是我昏了头,一时胡言乱语。只是……安定王向来对我不善,若真叫他进了邺都,就真是大事不妙了。"

见她脸上都冒了汗,殷涟便挥着手中的纨扇,为她扇风:"娘娘方才不是说了,她元亨会找人,难道我们就不会吗?"

德贵妃呆了呆:"还能找谁?我兄长又不能来。"

殷涟扑哧一下笑起来,神色很是柔媚:"这殷氏天下,可不止一个安定王呀!"

"你是说……"

德贵妃双眼一亮:"齐王、广陵王和南海王?"

"亏您还把南海王也算进去呢!"殷涟用纨扇遮着嘴,"哧哧"笑道,"我那亲哥哥长年累月地卧病在床呢,这事他可帮不上忙。齐王和广陵王才是咱们真正可以借用的力量。"

德贵妃还有些犹疑:"陛下一直不喜齐王,邀他入京妥当吗?"

齐王殷兆掌控青州,是诸王中战功最为卓著之人,也是唯一被先皇授予一字并肩王②称号的人。若不是依祖制要立长立嫡,先皇恐怕就将皇位传给他了。

这样一个人,自然叫皇帝百般猜忌。连带着他的胞弟广陵王殷祥,也不受皇帝待见。

"生死关头,哪还顾得上陛下高兴不高兴呢?"殷涟凑近了些,"娘娘,您还没想明白关键吗?安定王既然应了元亨那丫头,他就是存了心要置您于死地了。他这次来,定不会带太多兵将,只要叫齐王他们的人马拦住安定王,定他一个谋反叛乱的罪名,趁机将他杀了,彻底除掉这心头大患,才是一劳永逸的法子。失去了这个靠山后,元亨还有什么可倚仗的?她跟汉中王世子闹翻了,封锦不过是个不中用的纨绔,剩下个体弱多病的博陵王远在冀州,远水救不了近火。到那时,这天虚宫中,还不是您来做主?"

她这一通话,说得德贵妃彻底惊住了。

好一会儿,德贵妃才看了殷涟一眼,神色有些莫名:"贺芳,我是第一次知道,你这般深谋远虑。"并且心狠手辣。按她所说,到时候邺都内外,只怕会死伤无数。

殷涟微微一愣,才笑道:"娘娘会这么说,是因为您跟我不同。我嫁给东阳侯时,简直像是一条被赶出天虚宫的狗。这世上,男人的心最是靠不住。不管是父亲、兄弟,还是夫君,他们喜爱你时,就如同宠着什么小玩意一般;到烦了腻了,扔掉时,也绝不会有半点儿惋惜。贺芳什么都不想,只想活着。"

她这笑容叫德贵妃忍不住心头发凉。德贵妃曾偶然窥见殷涟的后背,那些陈年的鞭痕触目惊心地蜿蜒交错在上头，像无数噬咬血肉的毒蛇。这么一分神，德贵妃竟有点儿不敢看她。

殷涟似乎也察觉到了，便站起身来："此事倒是不急，娘娘再多加斟酌，贺芳先告退了。"

德贵妃点点头，见她走了几步，忽地回过身来："哎呀，差点儿忘了，这扇子可是娘娘的呢！"这么说着，她却没有放下的意思。

德贵妃只得道："你喜欢，拿走便是。"

她现在要倚仗殷涟的地方太多了。

韩甄这辈子的心思，都放在了后宫中。男人们的世界，她从不敢轻易染指。这或许也是皇帝这么多年来对她宠爱不变的原因之一。

像孟瑶那样，不管在何处都自在无畏的女人，总是会叫男人心中生畏、生惧、生厌，最后，生恨。

丝履踏过石级，悄悄地迈上黑黢黢的长廊。月色将这无人的废殿映得越发荒凉，窗棂上包着的铜皮闪着幽冷的光，隐约能看到上头雕刻着的龙凤花纹。

信怜屏着呼吸。虽然已经不是第一次到这儿来了，但她心中还是怕得紧。平日里听来的杂七杂八的宫中秘闻，总在她独自走在这黑暗中时，从脑袋里争先恐后地冒出来。

吊死的妃嫔，乱棍打死的宫女，出生不久的婴孩……诸如此类的故事一个接一个，好似到处都是冤死的亡魂，在惨叫着、哭号着，却没有半点儿声息。

正在她战战兢兢的时候，一只手忽然从黑暗中伸出来，将她拽了进去。

信怜刚发出一声短促的低叫，就被人捂住了嘴。她被压在了墙上，空气中隐隐有木头朽烂的味道。

"信怜，信怜……"

男人喃喃唤着她的名字，忽而在齿缝中迸出笑意："想我了吗？"

见她不出声，他恶狠狠地叱问："不想吗？我要去了义阳，咱们可就难见着了。要是我死了，你连我的尸首都见不到——"

他的话还没说完，信怜就扑了上去，用手捂住他的嘴，模糊地说："殿下，别说死……信怜不会让您死的……"她的手胡乱在他背上摸着，不知道碰到了哪里，他突然痛叫了一声。

信怜吓住了："怎么了？"

"上回被太子打的伤还没好全。"他的热气拂在她耳畔,"你瞧瞧,为了留下来,我多辛苦。信怜,你不心疼我吗?"

信怜抬头看他,眼睛微微闪动着:"心疼。信怜心疼得恨不得代您受罪。"

"好信怜,我怎么舍得你遭罪?"他俯下身,贴在她耳边道,"我只要你帮帮我。等事成了,我们就能光明正大在一起了。好不好?"

信怜瞪大了眼睛,用力盯着他并不明晰的轮廓,寻找那双被夜色遮掩的双眸,像是要从那里面找到某些能叫她不惜一切的东西。但黑暗太浓太重,她什么都看不清。她顺从地靠在他的胸前,像一株菟丝花,柔软地攀附在他身上,缠绵又深情。

"……好。我什么都答应你。"

一晃眼便是十来天。

这些日子里,邺都倒是十分平静。所有人都放下了其他的事,专注于眼前最重要的事上——大雩求雨。

干旱已经持续了足足三个月,各地的祈雨祭祀都不知道做了多少回。可老天爷似乎还是不满意,仍是一滴雨也不肯落。朝臣们都认为只有身为天子的皇帝亲自行雩礼求告上天,才能得到响应,让天帝怜悯四方为旱情所苦的百姓。梁宪还在世时,就率领太常寺、大农寺、太府寺、太仆寺并大宗正寺各属官员联名上表,请皇帝以天下万民为重,行大雩,下罪己诏,恳祈上天洒降甘霖,一保五谷秋收。

皇帝耐不住他们一天天地在跟前重复提这事,就答应了。但对于梁宪要他下罪己诏的事,却大为光火。他被梁宪惹恼已经不是一天两天了,若不是梁宪是先皇为太子定下的师长,恐怕皇帝早就将他赶出了朝堂。此事便成了皇帝杀梁宪的诱因。

这日天还未亮,蒙蒙的烛光将立在屏风后的男子身影投在窗户上。只见他展开双臂,眼睛微合着,任由侍女为他穿上繁复的礼服。远游冠的青绥从脸颊两侧垂下,随着他的动作轻轻晃动。

"宇文渊!"

人未到声先到。清脆的胡语像歌声一般,嘹亮又肆无忌惮地从屋外飘进来。

几个侍女的动作顿时都停了下来,却听宇文渊淡淡说一声:"继续。"她们互相看了看,速度都快了几分,束腰的束腰、理冠的理冠,好似有谁在边上催促一般。

只听着轻快的脚步声迫近,一身汉女装扮的阿苏娜从屏风外冲进来,兴奋地喊:"宇文渊,你今日起这么早,是要带我出城玩吗?"

她一抬眼，就见宇文渊身穿赤色礼服，头戴三梁远游冠，长袖高冠，衬着他颀长的身躯和俊朗的相貌，一股不怒自威的气势油然而生。

她顿时呆了呆："你怎么穿成这样了？"

看着收拾得差不多了，宇文渊便挥手示意侍女们退下。他正了正头上的冠弁，才抬起手，将那青緌系在颌下。细长的冠缨柔软地缠在他的指间，全然不知这双手握着兵刃时，是如何有力且冷酷。

阿苏娜有些着迷地盯着他的动作，忽然走上前："哎呀，你弄歪了，我帮你！"

说着，她便伸手探向宇文渊的脖子，宇文渊一下抓住了她的手，见她一脸娇蛮无邪的样子，就放松了劲道，将她稍稍推开了些。

"阿苏娜，汉人的女子可不会像你这般，随便对男人动手动脚。"宇文渊径自调整好冠缨，"若是学不会矜持，就算你穿着汉人的衣服，也不过是披了层鄙陋的伪装，一戳就破。"

阿苏娜一边揉着手腕，一边笑嘻嘻地说："谁说我要学汉人女子了？我穿这衣服，不过是觉着有趣。"

"有趣？"

宇文渊轻笑："这十来天，你把邺都转了个遍，大理寺、相国府、戚里、廷尉府，你一个都没落下。六大营的位置，各城门的兵力布置，想来你也大概摸清了。真说起来，你倒是叫我觉着有趣了。"

他这番话说得十分轻快，不知道的人，还以为他在说什么好玩的事呢。阿苏娜的笑脸微微僵了僵，目光从他身上移开，迅速眨了眨眼："咦，你是真心的吗？那不如我嫁给你好了，以后你就会发现，我的有趣，可不止这点儿哦。"

宇文渊嗤笑一声，并不说话。

原本只是想转移话题的少女忽地有些怒了，她走到他跟前，仰起头，语气挑衅："笑什么！那个公主当众说不要嫁给你，你就只会躲在这别院里喝酒练剑，真是窝囊透了。我阿爸说你们宇文家的男人身体里流着的是匈奴的血，草原的好汉可不是这等没脾气的人。喜欢的姑娘，去抢来就是！"

宇文渊冷冷地盯着她，脸上一点儿表情也没有。

他的样子让阿苏娜瑟缩了下，却还是硬着头皮跟他对视。

"第二次了。"他微微低下头，高大的身形带着强烈的压迫感，笼罩在她上方，"我对你的容忍，不是无限度的。"他上前一步，阿苏娜下意识地往后退去，"阿苏娜，

听清楚了,莫要再拿她来惹怒我。"他忽地出手,用力抓住她的左肩,"你阿爸没跟你说过吗?有秘密的人,更要谨言慎行、少惹麻烦。"

他手掌所按的位置,正是她文着狼云刺青的地方。阿苏娜猛地一个激灵,不知哪儿来的力气,一挥手挣开了他。

"你……"

她的脸色发白,右手按在左肩肩头,像要保护什么。

宇文渊已经不再看她,转身向外走去。

天穹仍是深黑一片,东方太白星的光芒十分明亮。院落里已经站了人,他眯起眼睛看去,只见封锦站在萧湛边上,正抚着下巴说着什么。

他一抬头瞥见了宇文渊,立时绽出一抹笑来:"伯微,叫我们等这么久,莫不是软玉温香舍不得走?"

这些天,宇文渊净陪着那胡女四下游玩,谁都看得出他对那胡女不一般。三日前,殷琰偷空到鸿胪寺来,也没见到宇文渊。殷琰并没有多过问,神色平静地跟封锦、萧湛品茗闲谈了一番,就打道回宫了。不用说也知道,她对宇文渊的行踪清楚得很。

眼看着他们两个人就这么僵着,封锦自个儿就烦恼上了。真说起来,这状况的根子还在殷琰身上。不过封锦可不会觉着她有什么不对,反倒是对宇文渊这样跟个胡女厮混百般恼火。这时候一开腔,自然就带着嘲讽。

宇文渊微微一笑,并不反驳:"是我的不是。时辰不早了,赶往圜丘吧。"

自从铜爵园那晚过后,他便一直是这样的态度。他的怒气显而易见,然而他不说、不问,将自己的心思压在最深处,就算是同他相交多年的封锦,也摸不清他到底在想什么。

眼睁睁地看着他登上了马车,封锦脸上的笑容敛去,沉默了片刻,忽地低咒了声:"现在倒会拿乔了!若不是我不能……"他猛地住了口,有些狼狈地转头看向萧湛,见他垂着眼似乎并没有注意到他方才的话,便掩饰地咳了咳,"该上车了。"说着,便匆匆走了。

直到坐在车中,身处车厢围成的安全之地,封锦才长长吁了口气,歪在软榻上,伸手盖住了眼睛。苦涩的笑声逸出唇角,方才一瞬间涌上心头的不甘如此清晰:

命运惯会捉弄人。

若不是生为封家人,他便不会同阿玉结缘;可正因为他姓封,这一生就跟殷氏的女儿无缘。

那位在他记忆中已经有些模糊不清的先皇,轻飘飘的一句话,就断了他所有的可能。封氏三代,不得同皇室联姻。

离日出还有一个时辰,南郊的圜丘早已是旌旗连绵,人马齐备。肃穆庄严的乐声回荡在四周,皇帝的车驾缓缓停在圜丘坛前,随扈的侍从百官们山呼万岁后,身着赤色冕服的殷硕便步下车来。

太常卿仰头观察着天色,见时间差不多了,便高声道:"时辰已到,请陛下登坛,向诸神进香、献玉帛福酒!"

于是皇帝便迈上九重白玉阶,一步步走上高处的蓝色琉璃圜丘台。圜丘台正中供奉着诸神牌位,祭献天神的牺牲祭品一应在列,皇帝朝正位、配位诸神进香后,又一一献上玉帛、美酒等。

太子、二皇子、三皇子站在坛前,身后是萧湛、宇文渊和封锦三人,再之后百官各居其位,众人一同随皇帝行礼。

献祭已毕,便是"望燎",皇帝要亲自到坛外的燎炉,点火焚柴,告知上天。

皇帝步下坛来,祭舞的优人们便哄围上来,簇拥着他来到燎炉。"咚咚"的鼓声响彻天际,太常卿奉上火把,皇帝接过去,肥硕的脸上已沁出了汗水。

这等烦琐的祭祀着实累人,他只想着早早结束,好回宫去休息。他举着火把,前行几步到燎炉前,堆得高高的柴火上早就浇了桐油,那味道冲得叫他忍不住皱眉。他不愿再走近,扬手将火把扔到柴堆上。

只听"轰"的一声,烈焰冲天而起。骤起的火光惊得皇帝慌忙后退,见他转身就要走,太常卿忙低声提醒:"陛下,还要行礼祷告上天呢。"

皇帝无奈,只得朝燎炉躬身致礼,其余众人便一重重矮身跪下去,好似被劲风压倒的草丛。

就在所有人都低下头去的时候,木柴燃烧的"哔啵"脆响中,忽然多出了几道锐响。

咻咻咻!

利箭撕破晨光,直接射穿了站在皇帝身后的太常卿。他一个跌扑,撞在皇帝身上。

皇帝大怒回头:"放肆——"

紧随而来的第二箭,"啵"的一声击飞了他头上的十二旒冕冠,翠旒断裂,玉珠飞溅。皇帝勃然色变,大叫一声:"有刺客!"便蹲下身,往还在舞动的优人们中间钻去。

众人这才反应过来,禁卫军在外头,一时不能冲进来。飞箭来袭,站在最前面的

太子立刻转身，奔到一面大鼓下躲着。

二皇子殷玘将还懵懂的三皇子殷瑄往身后一推，纵身上前："父皇！"

却听得躲在优人堆里的皇帝蓦地惨叫起来："来人！救驾！救驾……啊！"

殷玘奋不顾身冲上前，顺手从燎炉中抽出一根半燃的木柴，挥舞着击向那些优人们。

"谁敢伤我父皇？"

那木柴上火焰熊熊，谁沾上立刻就烧起来。那些优人们纷纷惨叫着在地上打滚，皇帝倒在地上，一个优人不顾身上着火，握着手中磨得锋利的金簪，凶狠地捅进他前胸。

"父皇！"殷玘双目皆赤，用力一棒将他砸开。

此时禁卫们终于冲了进来，长枪利刃齐出，便要将那些优人们屠在刀下。

殷玘跪在皇帝身前，含泪怒吼："留活口！"

不料这些人竟是悍不畏死，或扑在刀上而死，或引刀自戮。

那个被殷玘砸开的优人狂笑："昏君已伏诛！速速护送主上离开！"说完，他便将手中金簪插入心口，倒地而亡。

"主上？"殷玘一愣，"什么主上？"

只听铿锵刀剑出鞘，十几名身着禁卫军服的人忽地冲向右侧，将躲在大鼓下的太子拽出：

"主上，快走！"

太子茫然不知状况，只见着禁卫军来救他，便欣喜地直点头："快！快！快带我走！"

宣明殿的铜灯几乎点了一整夜。

皇帝的车驾刚驶出宫门，德贵妃就带着内外命妇们齐聚在宣明殿外。圜丘祭大雩是男人们的事，留在宫中的女人们，却也不得闲。

本朝没有皇后，宫中的一应祭祀便都由德贵妃操办。她对这些事早已驾轻就熟，只跟着女官的唱词一步步进行，或跪拜敬香，或祝祷祈福，行动上虽是分毫不差，心思却渐渐地飘开了。

"娘娘，该饮甘露了。"

侍女信怜端着金杯上前，见她没有动作，只得开口提醒。

德贵妃回过神来，接过金杯，转身面向众位命妇。

天色不知何时已然大亮，金阳如火，将这些妆饰华贵的女人们都照得灿烂非凡，看不清她们的面容神情。殷琰跪在最前头，离德贵妃不过三步远。她正稍稍侧过头，

从宫女奉上的玉盘中端出一杯甘露来。

元亨的侧脸轮廓跟孟皇后极为相像,从这个角度看去,简直像是孟瑶跪在她面前似的。

因为这个发现,德贵妃的嘴角忍不住微微扬起。从前,就算元亨向她屈身,她也总是带着警惕,对这张沉静难明的面孔心生畏惧。然而如今,情势不同了。

她看向殷涟,两个人的脸上都有同样蠢蠢欲动的喜色:现在,就等着圜丘的消息了!

"天降甘霖,福祉苍生!"

德贵妃用手指沾了杯中的水,弹向半空中。众女依样照做。

祝祷完毕,德贵妃举杯:"众卿同饮甘露,祈求上天降福!"正待喝下甘露,忽地看到一个人影匆匆奔过来,是一早就被她派到宫门处等候消息的内侍陈明。

来了吗?

德贵妃几乎要迎上前去,到底还是忍住了,没做出这等不妥的举动,只强自镇定着,仰首喝尽杯中水,眼睛努力不去看陈明。

底下众人一同举杯,正在此时,却听陈明大呼:"娘娘,大事不好了!"

众人顿时惊诧,纷纷看去,只见他气喘吁吁地奔上前来,隔了丈余远就扑跪在地。因为惶恐,他浑身抖个不停,原本就尖厉的嗓音更是直戳耳膜:

"娘娘,陛下……陛下遇刺了!"

"什么?"

德贵妃手中的金杯恰到好处地砸落在地。她一抚额头,整个人便软软倒向一旁:"陛下……陛下……"

几个宫女慌忙扶住她,其他命妇都被这突然的消息惊呆了,一时间惶惶对视,不知该作何反应。

殷琰从人群中站起身,大步走到陈明跟前,一把拽住他的领子:"陛下如何了?可有伤到?刺杀者捉到了吗?"

陈明整个人几乎半挂在她手上,颤声道:"传信的卫尉说,陛下受了重伤,就近送到了南郊的屯骑军营中……"他的目光畏缩着,晃向"晕倒"的德贵妃,努力提高声音,"整个太医署的人都被叫过去了!"

在场众人都是一怔。皇帝受了伤,却不是直接送回天虚宫,反倒是送进了军营中,又把太医调过去,这……难道陛下的伤势严重到连回宫都做不到了吗?

殷琰的心沉了下去。

她丢下陈明，一边快步向外奔去，一边高声吩咐道："来人，备马！"

殷琰前脚刚走，德贵妃就软绵绵醒转过来。她看一眼瘫在地上的陈明，他立刻连滚带爬地上前来："娘娘，小人有事禀报。"

殷涟见状，便向殷琤说："永贞，你带众人到前殿暂歇。"

殷琤看了看德贵妃那张妆容精致的脸庞，隐约地，她察觉到她的母亲此刻有些掩不住的慌张躁动。但这也是应当，父皇遇刺，这可是能叫朝堂动荡的大事。不再多想，她点点头："是。"

她转身就要走，殷涟却忽地抓住她的手，压低了声音："没有娘娘的命令，谁都不许离开。"

殷琤惊讶地抬眼，却见殷涟神色阴沉，那模样简直像是择人欲噬的毒蛇。她吓得后退一步，惊疑不定地看向德贵妃，见她只是面无表情地站着，殷琤心中越发犹疑起来。这是要将百官的家眷都软禁在宫内吗？

"……永贞明白。"

眼见着命妇们都随殷琤离开了，殷涟又将宫女们遣走，只让信怜留着。

"到底怎么回事？"德贵妃的惊慌之色再也压不住，急忙问道。

陈明从袖中取出一封信："娘娘，右卫军孙将军的急件！"

德贵妃一把抢过来，飞快打开来，刚看到一句"陛下胸口被刺重伤不醒"，就腿一软，惊慌失措地落下泪来："怎会如此？怎会如此……"

"娘娘？"殷涟从她手中拿过信，正要细看，就被德贵妃抓住了手。

"贺芳！你不是说陛下最多只是受点儿轻伤吗？现在怎么会伤成这样？"德贵妃情绪激动，她只不过是想演一出假刺杀的戏码，好嫁祸给太子，万万没想到竟会演变成这样的局面。皇帝一向待她不薄，她不敢想象，要是他真的死了……

殷涟也被这境况给惊住了，但她毕竟经历过许多风浪，很快就镇定下来。

"娘娘，现在不是想这些的时候。"殷涟挣开德贵妃，迅速扫了眼信中的内容，"这事既是危机，也是转机！我们已经失了先机，必须得加紧补救！"

"你、你在说什么……"德贵妃一脸茫然。

"您还没看出来吗？"殷涟一抖信纸，"孙谅在信中说得很明白了，陛下重伤昏迷，二皇子英勇护驾，为保陛下安危，将陛下送入屯骑营中，文武百官都被禁营中，不得擅离。"

"殷玨他，是想借机夺权！"

德贵妃愕然张着嘴，好一会儿才蓦然叫起来："瑄儿！瑄儿也在他手中吗？"

"当然。"殷涟的眼睛闪了闪，"太子已经变成了犯上作乱的反贼，陛下、三皇子和朝臣们都被殷玒控制。一旦陛下驾崩，就没人能拦得住他登基了！"

殷玒啊殷玒，你用尽方法留在邺都，就为了等这样的机会吗？

一瞬间，殷涟的心中多了丝恐惧。她们这么久以来的筹划，难道都只是为他人做嫁衣裳吗？

殷涟下意识看向德贵妃，只见她面色青白地倚在信怜身上，看起来随时都会昏死过去一般。两个人惶惶对视，一时间都不知该如何是好了。

啪！

皮鞭狠狠抽打在马屁股上，一向在乘黄厩中养尊处优的黄骠马痛得高声嘶鸣起来，撒开了四蹄狂奔向前。蹄声敲碎了天虚宫内压抑的寂静，守在司马门的禁卫军们齐齐抬眼望来，只见着马上少女金冠华服，环佩在风中凌乱舞动，声声脆响震得人心弦紧绷。

是元亨公主！

禁卫们一拥而上，长戟交叉着拦住宫门："殿下留步！"

殷琰眉头微拧，双腿夹紧马肚子，一言不发地强冲上前。

见她丝毫没有停下的打算，禁卫们顿时有些着慌。元亨公主在宫廷中一向威势赫赫，暗地里如何且不说，至少明面上可没人敢直撄其锋。此时她要硬闯，他们若是拦着不放，万一伤了她，恐怕就难以善了了。

正为难的时候，一道低沉浑厚的男声忽然从楼宇的阴影中传出来：

"殿下，请听臣一言。"

殷琰猛地拉紧缰绳，那可怜的黄骠马被勒得马头高高仰起，前蹄踢到了半空中，离长戟的锋刃只有三尺远。待到马蹄落了地，黄骠马暴躁地踢着石砖，鼻子还呼呼地喷着气。殷琰回过身，眯起眼睛看向来人："光禄勋怎会在此？"

作为总领天虚宫内事务的大臣，秦廷昭一向只对皇帝负责。他深居简出，平日里除了朝政议事外，极少出现在众人面前。就连这次大雩祭天，他也以守卫宫廷为由，没有跟随在皇帝身畔。现在他却站在这里，毫无疑问，他是特地在这儿等殷琰的。

秦廷昭挥手让禁卫们退开，他径自走上前来，牵了黄骠马的辔头，缓缓朝门外走去。殷琰心知他有话要说，便随他去了。出了宫门，沿着宫墙走了一段，秦廷昭方才停住脚步，稍稍退开了两步。

"殿下请下马。"

殷琰依言跳下马来:"光禄勋想说什么?"

"殿下匆匆出宫,是想去哪儿?"秦廷昭不答反问。

"陛下遇刺,伤情不明,我自然是要赶去屯骑营。"

听她这么说,秦廷昭点点头:"这么看来,殿下想必还不知道刺客的身份吧?"

殷琰一怔:"已经抓到刺客了吗?"先前听到皇帝受了重伤后,她就顾不上再问其他了。

"还未抓到。"秦廷昭轻轻叹口气,"不过主谋者的身份,早已尽人皆知了。"他的眼神有些奇异,殷琰正觉得不妙,就听他低声道:"东宫卫率军在祭祀中突然发难,重伤陛下后,护卫着太子逃出了圜丘。眼下,禁军和屯骑营正出城追捕这帮逆贼呢。"

有那么一会儿,殷琰觉得自己完全听不懂他在说什么。她张了张嘴,却什么声音也没发出。

"……逆贼?太子?"怔了许久,她突然抑制不住地骇笑起来,"秦师父,您怎么也会说这些不着调的笑话了?"

秦廷昭安静地看着她。自从孟皇后过世后,她便不再称他为"师父",只用一声疏远的"光禄勋"提醒他,他们的师徒情分从此断了。眼见着她脸上惊骇的笑意渐渐消失,嘴里却还喃喃着:"一点儿都不好笑……"

即便是秦廷昭,此时也忍不住怜悯起她来。

"殿下,现在能救太子的人,只有你了。"他的双目湛湛,清俊的面容跟秦玄十分相像,却比秦玄多了几分成熟冷静,叫人不由自主就心生信赖,"不论太子有没有参与这次的事件,若是他被禁军或屯骑营抓住,那整个东宫都要为他陪葬了。更有甚者,太子会因反抗而当场被诛杀。"

"要知道,屯骑营现在可都在二皇子的掌控中。"

殷琰面无表情地盯着他:"光禄勋为何这次肯帮我了?"她扯着嘴角一笑,"是因为秦玄吗?看来,当初我让秦玄入驻东宫,果然是个正确的决定。"她翻身上马,一扯缰绳,"我知道该怎么做了。多谢光禄勋提醒。"

她纵马奔出,秦廷昭望着马蹄扬起的尘土,许久,才捻着颔下的长须笑叹:

"筹码在手,权衡在心。秦廷昭从不是孤注一掷的人哪!"

注释：

①大雩：也叫"雩礼"，简称"雩"，古代吉礼的一种。所祀对象为被认为能兴云降雨的"山川百源"。周代雩礼分为两种：孟夏四月由天子举行的常规雩礼，称"大雩帝"。另一种是因天旱而雩，不定时，用巫舞而不用乐，气氛严肃，祈祷殷切。

②一字并肩王：按字面意思即拥有与皇帝比肩的地位的一字王。属于王爵的最高一种。通常在其王爵前冠以古代国家的名称，如"韩王""齐王""赵王"等。王爵名称往往和其本人历史功绩及出身有关。

"哗啦啦——"

游贵擎着陶瓶,小心地将清水倒在木盆中。随后把干净的布巾浸湿,绞得半干后,才走到矮榻前,仔细地为昏迷中的皇帝擦拭起来。

皇帝一动不动地躺着,只有鼻翼微微翕动着,像即将熄灭的风箱,虚弱地呼着气。胸口上插着的金簪触目惊心,好似一杆利枪,将尊贵的天子钉在了死地上。

"博陵王,陛下看着可不大好。"游贵看向一旁沉静的年轻人。

只见萧湛已经将皇帝的外衣割开,让他袒露着胸口,然后两手交叉,轻轻按压着伤口四周的皮肉。

眼看着皇帝白腻肥厚的胸脯颤动着,鲜血从伤口中不停渗出,游贵忍不住道:"依小人看,还是等太医们来了,再将凶器拔出来,更为稳妥些。"

"中常侍不必担忧。"萧湛将游贵手中的布巾拿过来,覆在金簪周围,"陛下只不过是受了点儿皮肉之伤——"

话音未落,他忽地握住了簪子,一用力将之拔出。鲜血立刻汩汩涌出,他一边用布巾擦去血渍,一边将早就准备好的药粉撒在伤口上。

"啊……啊!"游贵惊得声音都变了调,把皇帝吃痛发出的哼哼声都盖住了。游贵难得这么慌张,一时间连话都说不齐全了,"这、这……"

萧湛却已经动作利落地为皇帝包扎好伤口,转身走到木盆前洗手了。

"中常侍放心,陛下洪福齐天,凶器并未刺中要害。"

游贵盯着皇帝看了好一会儿,确定他气息平稳后,才吁了一口气,抬手擦擦额头的冷汗。

"博陵王可吓坏小人了。"游贵还是不解,"这金簪都刺在心口上了,为何会没刺中要害?"

"陛下身体强健,那刺客慌乱之下,金簪刺得并不深。"

游贵默默地看了眼皇帝肥硕的身躯,也就不再说话了。那刺客怕是怎么也想不到,他拼了命的这一击，却败在了皇帝的这身肥肉上。

萧湛正擦干双手，房门忽地被推开。二皇子殷玒气势汹汹地就要迈进来，赤色长袍外挂了银色锁甲，斑斑血迹溅在上头，红得刺眼。

"我要见我父皇，谁敢拦我？"

封锦半个身子挡在他面前，脸上虽还是惫懒地笑着，右手却揪住了殷玒的银甲。

"二皇子，博陵王正在为陛下疗伤，贸然打扰不太好吧？"说话间，他转了下眼睛，看到站在榻前的萧湛和游贵，眉头一扬，便笑了起来，揪着殷玒的手顺势一带，"看来陛下已经无碍了，您请、您请。"

殷玒哼了一声，挣脱他的手，朝矮榻走去："我父皇如何了？"

萧湛还未开口，游贵便抢先道："回二皇子，博陵王已经为陛下取出凶器，包扎妥当了。陛下圣体虽然略有损伤，但伤口并不深，有太医们看护，只要回宫将养个几日，相信很快就会痊愈。"他的声音又高又尖，不光是房间中的几人，连站在外头的众人也都听得一清二楚。

殷玒的脸色立时沉了三分，他阴晴不定地看了游贵一眼，目光转向神色淡漠的萧湛，眼睛微微闪烁了下，才略显浮夸地笑道："那就好。没想到博陵王医术竟然如此了得，真是叫小王吃惊。"

"二皇子谬赞了，不过是久病成医罢了。"萧湛不以为意道。

殷玒趋近矮榻，观察了半晌，便道："为了救治父皇，真是辛苦博陵王了。我已经安排好地方供诸位休憩。来人哪，带博陵王他们到房间去。"

门外几个兵甲俱全的士兵应声出现。

游贵倒抽口气："二皇子，不先把陛下送回天虚宫吗？"

"当然不。"殷玒凉凉地瞥他，眼神中似带着警告，"此次刺杀跟禁卫有关，宫中可能还藏有刺客同党。若是父皇回宫，很可能会再被反贼加害。小王现在谁都不信，只有在这屯骑营中，才能护卫父皇周全。在肃清全部反贼之前，父皇都不能回宫！至于文武百官——"

他转身看向外头："虽然有些不便，但也只好委屈大家暂且留在营中了。好在屯骑营够大，便是营房不够，地牢也还是够的。"

外面乱糟糟的众人顿时都安静了下来。看来二皇子是要借这次刺杀的事大做文章了，若是不如他意的，恐怕就会被扣上反贼的帽子。

"住在这儿倒是没什么，本公子睡过皇宫，睡过马车，还真没睡过军营。"封锦

笑嘻嘻道,"不过,二皇子得先把我的侍女随从调过来呀,没有他们,我可连衣服都穿不好呢。"

"哦?"殷玒冷笑,"那你得自己学着穿衣服了,那些个侍女随从,都要统一安置。说不定,小王还得找他们问问话。"见萧湛的面色微微冷下来,他又补充道,"博陵王放心,萧将军和小公子小王都另做安排了,绝不会亏待他们。"

他一个眼神示意,门口打头的郎将便上前来,强硬地一伸手:"博陵王,请。"

萧湛也不多言,抛下手巾走出门外。营房外并不大的院落内挤满了人,一个个都像是还没从一个时辰前的混乱中回过神来。这时候抬头看过来,眼睛中全是慌乱和茫然。

这场刺杀,会改变多少人的命运?

不远处,宇文渊正仰起头,望着越来越炽烈的日头。他身旁也围了四五个士兵,将他与其他朝臣们隔开。

一个士兵靠近他,说了几句话,他便转过头,看到萧湛走出来,脸上就浮现出似笑非笑的表情来。

二皇子这是要将他们软禁,连同文武百官在内。只要皇帝一日不醒,他就不会放他们离开。

若是皇帝再也醒不过来……

萧湛垂下眼。先前游贵的话所有人都听到了,除非殷玒丧心病狂到将在场的人全杀光,要不然他还不敢明目张胆让皇帝出现什么"意外"。再者,殷玒掌控的势力并不多,眼下就算皇帝驾崩,他要登上皇位恐怕也没那么容易。反倒是皇帝昏迷不醒,更便于他行事。

在士兵们的"簇拥"下,萧湛和宇文渊分别被带到了两处不同的营房中。

至于封锦,殷玒随便摆摆手,就叫人将他塞进一旁的斗室中。

封锦气得直砸门,半真半假地骂:"这差别也太大了吧?好歹我老爹也是堂堂庐陵王,二皇子莫不是瞧不上我们江东人?"

殷玒隔着门嘲笑他:"庐陵王老了,世子可还年轻。关了你,还怕世子不领情?你好好在这儿享受吧!"

封锦皱皱眉,直觉他话中有话。但还没等他再设法套问几句,殷玒就急匆匆地走了。

正主不在,他也没有闹的心思,便盘腿倚着门坐下。

房中一片黑暗,想来这儿原先是关人禁闭的暗室,不仅腥臭难当,更随着时辰推移,越发燥热,直如在火炉中烘烤般煎熬。

第二十一章

封锦只觉得每一口呼出的气都热烫烫的，他渐渐地已不能思考，只模糊想着：这样的局面，阿玉该怎么办呀？弑父谋逆的死罪，还有谁，救得了太子？

"你要救太子。"

德贵妃刚走进幽寂的内殿，就被忽然响起的声音吓了一跳。她定定神，才看向来人："你不是出宫去了吗？为何又约我到此处来，元亨？"

烛影晃动中，殷琰从黑暗中走出来。这处宫殿是以前孟皇后还在时偶尔休闲的地方，现在虽然不算废弃，但也是人迹罕至了。

"贵妃，时间紧迫，你我就不必再虚伪客套了吧？"

待她走近了，德贵妃才发现她穿了一身束袖的劲装，腰畔还悬着剑。

那个不久前跪在自己跟前金妆玉饰的公主，此刻已褪下伪装，准备奔赴那个只属于男人们的战场——就如同她的母亲曾做过的那般。

德贵妃心中忽然起了畏惧，又带着莫名的钦羡。她攥紧了手中的丝巾："……我不懂你在说什么。"

"明人不说暗话。你想必也得到消息了，不管这次刺杀是谁搞的鬼，你我都清楚，此事绝不会是太子所为。太子既没有那个胆子，也没有那个能力行事。"殷琰的声音冷得没有一丝温度，"此次，太子固然是栽了，但对贵妃来说，恐怕也不算什么好事吧？"

德贵妃的脸色不由得一变，殷琰又道："现在父皇身在屯骑营中，至今没有消息。多耽搁一刻，便多一分危险。更不用说三皇子也在那儿，他年纪尚小，突遭大变，身边又没有可信可靠的人，万一……"

"别说了！"

殷琰微微一笑，听话地收了声，没有再说下去。她也不用再说下去了。

德贵妃一颗心本就担惊受怕得不能自主了，再听殷琰这一番话，句句都戳中她的软肋。

"你要我怎么做？"

"我要你救太子。"殷琰叹口气，"我们兄妹同贵妃之间的事，暂且搁下。如今真正棘手的人，可是我那位二皇兄啊！贵妃真是养了位好皇子！"

"你无须如此嘲讽我。我一向知道殷玒藏着野心，却没料到他如此胆大包天！"说到恨处，德贵妃忍不住咬牙。

"您怎会不知？"殷琰嘴角挂着笑，眼神有些恍惚，"当初我母后将他视若己出，

他小小年纪,却敢狠心陷害我母后。这些事,贵妃不是最清楚吗?"

被她一句句地逼问,德贵妃终于恼羞成怒了:"元亨!你方才还说时间紧迫,怎么,现在反倒有时间跟我算旧账了?"

"不不不,我只是提醒贵妃,莫要小看了二皇兄。"殷琰的神色转为严肃,"更要提醒贵妃,如今这局面,对太子来说,再坏也不过是身首异处。但对贵妃和三皇子,还有永贞,却是大大不同了。只要贵妃助我,救太子一命。我自然会帮贵妃,渡过眼前的难关。比如说,光禄勋秦廷昭,就是一大助力……"

殷琮终于知道不对劲了。

在他第六次说口渴要求喝水时,周围的士兵们不仅没有一个人理他,反倒都显出一副责难的表情来。

领头的郎将看着才二十岁出头,虽然年轻,但那宽额吊眼,让他的面相天生就带了五分凶狠。再加上满头满脸的汗,暴躁的气息油然而生。这时候眼睛一瞪,直把殷琮吓得整个人都缩了缩。

此时,他们正躲在城南的一片小树林中。之前追击的禁卫们似乎已经被甩脱了,这座小丘安静得能听到阳光落在树叶上的"沙沙"声。

……情况有点儿不妙。

殷琮的喉咙又干又渴,要冒烟似的灼痛难忍。

从凌晨出宫开始,他就没有喝过一口水。起初他好像在混乱中看到了东宫卫率军中的熟面孔,但现在环视左右,这十几号人,竟没有一个是他有印象的。就连眼前这个郎将,除了听旁人唤他"赵哥"外,其他的,殷琮是半点儿不知。

他们是谁?为什么带他到这儿来?

汗水遍布了手掌,黏腻的感觉十分不舒服。他往衣服上抹去,却抹了一手的泥。

"……晦气!"

那赵郎将闻声转过头来:"还请殿下再稍作忍耐,眼下追兵在后,无暇分心寻水,待出了城便好了。"他的嘴唇干得发白,下意识舔了舔,看看四周,脸上便显出沉痛的神情,"英波,就剩这些兄弟了吗?"

"是。"一个眉目清秀的士兵低声道,"突出圜丘时,咱们的人就被冲散了大半,之后又被禁卫们穷追猛打了老远……"

赵郎将抬手示意他自己知道了,转过脸朝殷琮道:"还请殿下示下,我等是继续在这儿等东宫救援，还是直接冲出城去？"

"冲、冲出城去？"殷琮不解地睁着眼睛，完全不知道对方在说什么，"为何要冲出城去？刺客还未抓住，当然是先回东宫更安全啊！"

在场众人一时哑然。

吴英波皱起眉头："殿下怎能说这种话？什么抓住刺客？"说到这儿，他忍不住冷笑起来，"我们就是刺客！"

殷琮吃惊地后退几步，目光落向不远处拴在树干上的十来匹马，又在众人身上转了又转，忽地大喝道："你们这些反贼！是谁派你们来的？竟敢掳劫本太子，这可是抄家灭族的死罪！"

这话一出口，所有人都盯着他，仿佛是看到了什么怪物般。那些犹如实质的目光，似乎在他身上燃起了无形的火苗，灼得他浑身刺痛。

一片死寂中，赵郎将脚步沉缓地上前一步，逼到殷琮面前。看到他两颊的肌肉明显地抽动了一下，殷琮吓得瞪大了眼睛。

"你、你想做什么？我、我、我可是太子……"

这样虚张声势的言辞只会更招来众人的鄙夷。眼见着赵郎将眉峰直跳，边上一个看着机灵点儿的士兵赶紧拽住他："赵哥，别冲动！现在可不是闹事的时候！"

赵郎将顿了顿，才伸出一只手来，慢慢将那人推到一边。他的双眼仍盯着殷琮不放，殷琮嘴角的皮肉抖个不停，生怕这人会出手打他。

却见赵郎将从怀中抽出一条白绢来，摊开在手掌上，沉声道："殿下，我等都是东宫卫率军所属。平日虽然没有机会面见殿下，但众人皆是一片赤诚，若能助殿下登基，我等赴汤蹈火也在所不辞！"

殷琮莫名其妙地瞥了眼那白绢，再看赵郎将虽然低着头，但面容坚毅，脸上只有勉强做出的恭敬——这副样子他早已经在不同的人脸上看够了！

一股厌烦之情忽地涌起，他蓦地大怒，抬手将白绢挥落，"别净会说好听的！本太子现在什么都不要，只想立刻回东宫！"

赵郎将空落落的手掌在半空中静了好一会儿，才落回身侧。他捏着拳头，直起身来："既然如此，那属下就送殿下回东宫。"

殷琮大喜，却见那机灵士兵急了："赵哥，不能去！现在去东宫简直是找死呀！"

太子殿下哪能容忍旁人阻他回宫？当下抬脚就将对方踹倒："滚开！"

他们站的位置正好在一个小坡上，这一脚踢出，那士兵毫无防备地就滚了下去。

其他几人连忙冲过去扶他起来，再抬头看殷琮时，脸上都带了怒意。

吴英波冷冷瞧着殷琮，秀气的面容因为愤怒显得扭曲，眼睛中更有凛冽的光芒激烈地窜动："殿下可知，先前冲出包围时，他为保护您，差点儿被斩断一只手臂？殿下又知不知道，我们五十号兄弟，已经折损了三十多人！他们流的血，殿下都看不到吗？"

殷琮在宫中虽然唯唯诺诺软弱可欺，但在东宫中可就完全不同了。眼前这小小的东宫卫率军士兵竟敢这样质问自己，殷琮觉得十分可笑，他两颊上的肉团颤了颤，说："三十多人？我东宫左右卫率军近万人，死这么点儿人算什么？要是再敢忤逆本太子，待我回到东宫，非把你们一个个都剥皮抽筋不可！"

整个林子都陷入了死寂中。

看着众人木然的样子，殷琮不由得心中得意，自觉自己威风赫赫，将这些小兵都震住了。

吴英波只轻声唤道："赵哥……"

赵郎将默默点了下头："我明白。"他话虽少，却极为果决。当下便朝众人道："兄弟们，收拾兵器，我们出城！"

士兵们顿时都振奋起来，他们并没有发出什么声音，只是同时举起手臂，在空中挥舞了下拳头。

殷琮怒气冲冲地扯住赵郎将："你聋了吗？本太子要回东宫！"

"属下没聋。太子要回东宫自然可以，不过，在那之前，还得先请太子送我等出城。"

看着赵郎将面无表情的脸，殷琮这下是真的慌了，他紧紧抓着赵郎将的衣袖不放："只要你放了本太子，我什么都给你！金银珠宝好不好？东宫的美人也随你挑！对了，我还可以封你做将军，我……"

赵郎将盯着他，像是要从他这虚软鄙陋的表皮直看到他内心最深处。好一会儿，他才微一用劲，挣开殷琮的手，低声道："赵獬不是殿下想的那种人。殿下你，也不是赵獬以为的明主。即便如此，我也不会害殿下。"

说着，他转头叫道："拿绳子来，绑上！"

"你们、你们敢……"殷琮傻站着，眼见着有人跳下小丘，从马背的囊袋中取出绳索，他才想起来自己应该逃跑。

没等他跑两步，就被人揪住了，两手被反扣到背后，疼得他杀驴般叫。

回头一看，却是那个秀气的吴英波，他的力气出乎意料地大，殷琮的肩臂被他扣住，一分也动不了。

"殿下莫要挣扎，省得受苦。"吴英波稍稍靠近了些，声音压得很低，"赵哥心气正，我跟他不同，我可是个恶毒小人。"

殷琮还没明白他话中的意思，就被捂住了嘴，紧接着肩胛骨处猛地一股大力扣来，他似乎听到了什么东西断裂的声音。

下一瞬，平生从未感受过的剧烈痛楚在神经中炸裂，他"呜呜"地惨叫着，眼一翻，就晕了过去。

吴英波不以为意地笑笑，接着卸掉了他另一只手臂的关节。

看到殷琮再次被痛醒，吴英波才向边上拿着绳索的人道："绑紧点儿。"他松开手，看着肥胖的太子像一头笨熊一样，面朝下重重砸在地上："殿下可莫怨小人，我们这都是为了救您。"

殷琮痛得浑身发抖，他转动着眼珠，却不敢去看吴英波。眼泪不停地流着，在他沾满尘土的脸颊上冲出泥泞的痕迹。

救命……阿玉救我！

当殷琮在剧痛中期盼着自己的胞妹来救命时，赵獬也在眺望着远处——南城大门。

驻守南门的是翊军校尉尹金泗。尹校尉年过五十，人老精猾，守着邺都的南大门十多年，油水捞足了，人情赚够了，倒也知道见好就收，现在逢人上门就端出一副无欲无求甘于平淡的长者范儿来。

就算此时对着二皇子的侍卫长袁虎，他也依旧老神在在地打着哈哈。

"老夫可真叫袁卫尉弄糊涂了。"尹金泗端着茶碗，慢吞吞抿一口，"圜丘有人刺杀圣上，太子下落不明，出了这等大事，朝中无人做主，怎不进宫请德贵妃的手谕，封锁邺都呢？"

袁虎眯着眼睛，一字一顿强调："尹校尉方才莫不是没听清在下的话？太子，就是刺客主谋——"

"袁卫尉！"尹金泗茶碗一顿，"咚"地落在桌上，"卫尉请慎言。太子殿下乃大弘储君，没有真凭实据的事，可不能胡说。"

袁虎冷笑："这还要什么真凭实据？文武百官都是亲眼瞧见的——"

他的话再一次被尹金泗打断："文武百官？在哪儿？圜丘吗？"

袁虎顿时语塞。

尹金泗慢慢站起身："您瞧，这同一件事，一张嘴就能说出百般的花样来。老夫

年纪大了,旁的事管不了。若二皇子想要封锁南门,只需拿着尚书台盖金印的诏令或是德贵妃的手谕来,老夫二话不说就会照办。"

不等袁虎出声,他就抬手扶住了额头:"哎呀呀,起得猛了,眼冒金星。老了老了,不中用喽!熊奇,代老夫送袁卫尉出去。"

一直随侍在旁的高大青年听命将气得脸色煞白的袁虎送出去,不多久就转回来了。只见尹金泗依旧坐在位子上,半合着眼睛,似乎在打着小盹。

"义父不愿助二皇子?"熊奇身形健壮,即便是躬着身,也像座小山似的。

尹金泗没有回答,只是慢慢睁开眼睛。虽然上了年纪,但他双目中的光芒并未有半分浑浊,仍是精光闪闪。

"熊奇,你猜这场夺嫡之争,谁会是真正的赢家?"

熊奇一愣,斟酌着答道:"若没有此次刺杀,德贵妃应该能顺利易储;但现在,二皇子恐怕更有胜算。"

"错喽!"尹金泗哈哈一笑,"二皇子虽然捡了巧,但他根基太弱,支持者也太少。所以他现在只敢押着文武百官蹲在屯骑营中,一旦离开了屯骑营,哼,那些受了气的官员们能给他找出一万个错处来。"

"大丈夫行事当心狠手辣,二皇子空有野心,不敢下狠手。他若是借刺杀的机会,将两个兄弟一并解决了,老夫说不定还会挺他一挺。"尹金泗淡淡冷笑,"机会稍纵即逝,现在他是骑虎难下。等宫里头反应过来了,他就会是败得最惨的那个。"

熊奇并不是第一次听他这么说话,早已见怪不怪了。他这义父是前朝豪族尹氏的后人,当初天下大乱时,尹氏曾有机会执掌天下,后来却败给了殷氏,从此屈居人下。

尹金泗三十多岁时就当上了翊军校尉,这么多年却没有得到任何提拔的机会,他心中明白自己不可能再有机会往上爬了。

"那依您之见,我们该如何做?现在已经得罪了二皇子,太子虽然还未现身,但按推断来看,应在南城附近。太子若想出城,只有从南门走。"

尹金泗的胡须动了动:"太子未必能出城,那位公主殿下可不是傻瓜。不过……"似乎想到了什么,他微微一顿,转了语气,"你亲自去城门守着,记住,外紧内松,真碰上要强行出城的,随便拦拦就行。"

"刺杀这么有趣的事,太快结束就没意思了。"

被绑成了个粽子的殷琮趴在马背上,每一次颠簸,都伴着双肩的剧痛。相比较起来,胸腹间被马鞍磨破的痛楚简直不值一提。他竟然没有晕厥过去，几次三番要撑不住时，吴英波就会低声提醒：

"到了南门，若是殿下醒不过来，属下就只好削掉您的手指来唤醒殿下了。"

一想到自己的手指会被剁掉，殷琮就忍不住打哆嗦。他平生没吃过这样的苦，更没受过这样的罪，这时为了活命，却硬是忍住了痛。因为他更怕，要是他昏过去了，这些恶人说不定会直接将他掳出城！

他们这十几骑冲向南门，蹄声重重叠叠，隔着老远，扬起的尘土就叫城门的守卫们起了戒备。

熊奇在城墙上看了一眼，便转身下到城门处，跳上马背，抓一柄狼牙槊在手，横在城门前。

他身形健硕，神情冷峻，这么一拨马头，当真有一夫当关万夫莫开的气势。

赵獬等人远远地就看到这人铁塔似的拦在前头，便都放慢了速度。赵獬一骑当先，扬声高喝："前方可是熊都尉？"

"正是熊某。尔等何人？这般策马冲撞，莫不是想闯中阳门？"熊奇正高声叱喝，却已看清赵獬的模样，当下"咦"了一声，"是东宫的赵旅帅？"

赵獬乃是东宫右卫率军所属，跟熊奇有过数面之缘。

这时见他忽然出现在这儿，熊奇心中便有了计较，一双利眼朝赵獬身后扫了扫，便瞧见了趴在马背上的太子。

虽然看不清面容，但那身赤金蟒袍鲜明得叫人无法忽视。

熊奇的眼皮跳了跳。

"赵旅帅——"

话刚出口，忽见赵獬扬眉一笑，兽一般咧开嘴，雪亮刀光映着骄阳，风一般挥落！

当！

刺耳的响声中，狼牙槊稳稳架住赵獬手中的环首刀。

熊奇的眼睛都像是被刀光照亮了般，冷锐的光带着惊奇："原来，你是圜丘叛变者。"

赵獬握着刀缓缓下压，口中道："陛下昏庸，赵某不过是看不过眼。"

"如此大逆不道……赵獬，你以为就凭你们，就能让太子登基？"熊奇双臂一振，便将环首刀荡开。

赵獬身下的棕马受不住余劲，连连后退。赵獬扯住缰绳，退到吴英波身侧，刻意

提高了声音："太子？也是不堪用的货色！殷氏无能，我赵獬只忠于自己！"

他神色乍冷，反手一指，刀口将将落在马背上的太子脑袋上方："劳烦熊都尉打开城门，让我等离去。不然，就只好叫太子殿下先行一步了。"

未料到有这一出，熊奇顿在原地。他反复打量着赵獬，似在分辨他话中真假。赵獬兀自冷笑着，刀刃下落两分，贴上殷琮脖颈。

皮肤传来的冰冷触感把殷琮吓得魂飞魄散，嘶声大叫起来："开门！快开门！别杀我！别杀我！"

窸窸窣窣的衣料摩擦声中，一股热臭的黄色液体从他两腿间稀稀拉拉地滴落，淋湿了地面。

吴英波嫌弃地把左脚往后缩了缩，省得沾上这腌臜物。

"看来太子吓坏了。"赵獬道，"莫要再耽搁时间了。若是太子死了，别的暂且不说，光元亨公主的怒火，就不是谁都担得起的。"

看着太子的狼狈样子，熊奇的眼睛闪了闪，便不再迟疑。

"翊军听令，打开城门，让他们出去！"

被惊住的守卫们慌忙去开门。熊奇看向赵獬："把太子放下，我让你们走。"

赵獬收起刀，一伸手，竟直接将两百多斤的殷琮拎了起来，让他坐在自己身前。殷琮早已浑身酥软，又双手被缚，根本稳不住身子。一坐上马背，就软绵绵地向前栽倒在马颈上。

"到城外十里处，赵某自会放了太子。"

听到这话，熊奇还没说什么，殷琮就惊恐地叫道："不行不行！出了城他们就会杀了我！我不要出城！"

"殿下还是莫说话的好。"赵獬一只手扣在殷琮后颈，立刻就止住了他的声音，随后缰绳一荡，"驾！"

却在此时，风中忽有凌厉的破空声呼啸而来——

一支利箭划破长空，从左侧直朝马背上的太子射去！

"小心！"

惊呼声中，熊奇抬手扔出狼牙槊，槊身沉重，到底慢了几分。

赵獬下意识倾身向前，用身体护住太子。

眼见着那箭已射到近前，突地一枚羽箭自赵獬身后飞出，于千钧一发间击中那支箭的箭杆，将之一断为二后，"当"的一声撞在熊奇抛出的狼牙槊上。

众人惊愕中都只瞪大了眼，片刻后才猛地看向那救命之箭飞来的方向。

只见十数丈开外，一人一骑立在大道正中。她握着弓，还在急促地喘着气，似乎奔波了许久。但她没有一丝迟疑，反手又抽出羽箭来，搭箭上弓，弓弦紧绷：

"再敢动手，我就杀了你！"

被她羽箭所指的人赤袍银甲，正是二皇子殷玒。

殷玒手中也握着弓，方才那一箭竟然落空，他一时也惊诧莫名。待听见这话，他脸上的肌肉抽动了下，露出一个扭曲的笑容："元亨，又是你……"他追到南城来，就是想在元亨反应过来前杀掉太子，让"弑君"的罪名落定。眼看着就要成功了，却在这里功亏一篑，殷玒的表情变得狰狞起来。跟孤身一人的殷琰不同，他身后跟着他的心腹和屯骑营的精锐。

"诛杀逆贼！谁人敢挡？"殷玒暴喝一声，"都给本王上！论功行赏！"

吴英波等人反应十分快，已经集结成弯刀阵，将赵獬和太子挡在身后。

熊奇稍一迟疑，又看了看前方怒气凛然的劲装少女，便驱马上前，弯腰拾起狼牙槊，拦在东宫众人前头，口中喝道："翊军都尉熊奇，拜见太子、二皇子、元亨公主！众兵士听令，保护三位殿下！"

殷玒气得几乎吐血，先前袁虎回报尹金泗那老匹夫不肯关闭城门，他就暗恨在心。这才亲自带兵前来，想在此截杀太子，没想到这小小都尉竟然也敢来这一出。

屯骑营和翊军营同为六大营，殷玒此时带的人并不多，就算他想跟熊奇硬来，胜算也不大。更何况……

看到这般阵仗，原先还杀气凛凛的殷琰也有些讶异。

翊军校尉一向油滑，哪边都不沾，这次看起来倒是站在自己这边的。她心中稍稍定了些，便放下弓，策马上前去。

"二皇兄。"殷琰寒声道，"圜丘出了这等大事，你居然不知会宫里，将陛下和百官禁在屯骑营中，是何道理？"

殷玒冷笑："太子犯上作乱，禁军中出了刺客，为父皇安危着想，我哪敢让他回宫？万一有些人一心想推太子上位，合谋加害父皇，可怎生了得？"这番话他今天已经说了许多遍，这时候说出口，简直如赌咒发誓一般叫人信服，再疾言厉色地叱喝，"倒是你，阻拦我捉拿逆贼，是何居心？"

殷玒心中早已想好，就算不能将太子毙于当场，也要将之捉拿下狱。这叛逆的大罪，不管谁主审，下场都只有死。元亨再有能耐，还能大过天去？

他心里想得好,神色便越发骄狂,咄咄逼人地盯着殷琰。

却见殷琰用弓身轻轻拍打着掌心,也不理他,径自转过身,目光越过熊奇和吴英波,看向被围在中间的赵獬:"太子呢?"

东宫的人都见过她,更知道在很大程度上,这位公主才是东宫真正的掌控者。他们缓缓让出一条路,赵獬便带着太子上前来。

几番惊吓,太子早已吓得涕泪横流,一见着胞妹,顿时号啕大哭:"阿玉!你可算来救我了!呜呜,他们折断了我的手,痛煞我呀!"

太子的惨状一看便知。他浑身脏兮兮的,脸上有瘀青,又被绳索捆紧了双手,怎么看,都是一个被绑架的可怜虫。谁要说他是胆敢刺杀皇帝的主谋,只怕要笑掉人大牙。

殷玒的脸当时就绿了。

殷琰安静了下,才问:"谁弄断了他的手?"

赵獬镇定地回答:"太子想要逃走,为了让他安分点儿,只好出此下策。"他看着殷琰,"公主肯定也不想看到玉石俱焚的结局,我们只想活命。只要太子送我们到城外十里,我保证他平安无虞。"

殷玒在一旁叫道:"只要说出是谁指使你们行刺,本王不仅保你们不死,还重重有赏!"

"二皇子说笑了。"赵獬嘲讽地笑,"你恐怕连我们的全尸都保不住。"

殷玒气得要抽箭射他,就听"砰"的一记弓弦响声,一支羽箭堪堪射在他肩头银甲缝隙中。虽未见血,却也惊出了他一身冷汗。

"元亨,你!"

只见殷琰已经将下一支箭搭上,瞄准他:"二皇兄,如果我是你,就不会在这里浪费时间。现在,德贵妃应该已经到屯骑营了。"

殷玒顿时面色大变,再顾不得其他,掉转马头就往屯骑营的方向奔去。

见他带人走了,众人都松了一口气。

殷琰这才看向赵獬:"太子身上有伤,不便行动。你们将太子放下,我送你们出城。"

"公主——"

赵獬惊讶地抬眼,殷琰已转身吩咐道:"熊奇,我将太子交给你,即刻命人为太子疗伤。"她的语气完全是不容置疑的决断,说着便当先朝城外行去:"跟我来。"

赵獬微愕之后,也不多说,示意吴英波带众人先跟上去。然后才将殷琮放下马,朝熊奇拱拱手:"熊都尉,后会无期了。"

熊奇哼道:"既然要跑,就跑得远远的,莫叫我捉住。"

赵獬哈哈笑道:"放心,赵某定不会给熊都尉添麻烦。"他一夹马肚子,飞快地冲向外头。

见他绝尘而去,熊奇摇摇头,这场刺杀,果真是诡谲难辨。谁才是幕后的那个人?他的目光落在一旁"哎哎"痛叫的太子身上,只见殷琮一边痛骂着为他解开绳索的守卫笨手笨脚,一边叫着要人去杀了赵獬等人。

——他甚至都没想过,随赵獬出城的殷琰是否能安全归来。

熊奇忍不住想:不管是谁,都不会是这个太子。这驴一样蠢笨、蛇一样冷血的胖子。

殷琰并没有真的送出十里远。

熊奇派出的士兵远远缀在身后,身旁这个叫赵獬的旅帅沉默许久,低声道:"到这里便可以了。殿下请回吧。"

殷琰望着不远处的金水河,往年的波光粼粼丰茂水草全然不见,只有干裂的河床像枯死的尸体般,裸露在天地间。

"我本想问问你,到底是谁操纵了这场刺杀。"她的脸颊因为在烈日下暴晒过,而透出异样的红晕,眼珠子十分明亮,像能洞悉一切,"但仔细想想,你们知道的恐怕也不多。"她侧过脸,目光炯炯地盯住他,"告诉我,是谁联络的你们?"

方才这一路,她已经知道,他们这些人分属东宫前、后、左、右卫率军,并不在同一队伍,平时也没有多少交集。东宫卫士近万人,他们是怎么聚到一起的?是谁将他们从万人中挑选出来的?

赵獬双唇紧闭,呼吸微微加快,显然内心在做着抉择。顿了顿,他掏出那块白绢:"我不知道。但这个东西,殿下可以看一看。"他与兄们原本都抱着一腔热血,如今想来,怕是被人利用了。但他实在不能相信,那个人会骗他。更担忧的是,若是那个人也是被蒙在鼓里的,那真正的幕后主使,又会是谁?

殷琰展开白绢,第一眼便看到了那鲜红的"皇太子印"。不须细看内容,她脑中只有一个声音:东宫有内奸!

这东西是什么时候弄出来的?是那个被太子妃亲手砸死的优人颜浩吗?还是有其他人?

皇太子印玺有专人看管,颜浩能拿到的可能性太小,一定还有人隐藏在东宫中……会是谁?又是谁安插进去的?是德贵妃还是二皇子?

一瞬间,她转过无数个念头。

见她久久不语,赵獬便自嘲道:"说来也许殿下不信,但赵獬并非不忠不义之人,只恨我太过蠢笨,害得兄弟们死伤……"

"走。"

殷琰忽然开口:"走得越远越好。今天的死伤,只是刚刚开始。"她将白绢叠好放入袖中,语气冷得叫人害怕,"邺都将会血流成河。整个东宫甚至天虚宫禁军,都会面临大清洗。"

赵獬一下子说不出任何话来。

这个冷硬的青年终于显出了惶恐的神态,痛苦和恐惧浸透他的双眼:"都、都是因为我吗?我造的孽……"

他身后的十来个人也呆呆地看着她。年轻的热血易洒,头颅可抛,死并不可怕,但要活着面对被连累的无辜者的死,这样的未来,让这些原本无所畏惧的年轻人也觉得可怖了。

殷琰无言地跟他们对视着,许久,才道:"走吧,我也要回去了。"

她刚转身,却被人拽住了衣袖:"殿下!"那是个面目清秀的士兵,一直紧跟在赵獬身边,他说:"殿下不杀我们,是因为殿下也明白,即便我们犯了弑君的大罪,但这全都是为了太子。这一点,殿下您最清楚,不是吗?"

他的眼神太过放肆,殷琰几乎有被冒犯的感觉。她皱了皱眉,挣开他的手,挥动马鞭,一言不发地离开了。

被她挥开手的吴英波看了看自己的手掌,那叠得小小的白绢柔软地贴在掌心中。他握着白绢,嘴角渐渐扬起,露出一丝浅浅的、得意的笑来。

"赵哥,咱们走!"

硕大的绛引幡停在屯骑营前,长长垂下的幡旗微微晃动,铜铃声脆响,晃得二皇子的侍卫长袁虎的心都像井上的吊桶般七上八下。

德贵妃端坐在凤舆中,明黄绣缎的车帘被挽起,跪在凤舆左侧的袁虎大着胆子抬起头,就清楚地看到她优美精致的侧脸。

此时那张美丽的面容冷若冰霜,红唇吐字如刀:"我来接陛下回宫。袁虎,尔等蓄意阻拦,是何道理?"

袁虎的额上已经见汗,二皇子迟迟不归,这边德贵妃又如此迅速地逼上门来,真叫他招架不住。

"娘娘明鉴,就算给小人一百个胆子,小人也不敢拦阻凤驾呀!只是刺客还未全部伏法,二皇子担心刺客余孽会再危害陛下,这才命我等守住大营。"他小心答道,"还

请娘娘先到营中休憩，待二皇子赶回后……"

"放肆！陛下如今伤势不明，岂能在这里耽搁？万一有差池，谁能担责？"德贵妃怒声叱喝，"玒儿年轻，不免犯糊涂，你跟在他身边，也不知道规劝吗？"

袁虎诺诺应着，不时偷偷看向营外官道，只盼着二皇子立刻就出现。

德贵妃看在眼里，暗暗冷笑，说："还愣着做什么？退下！"

袁虎还想再拦着不放，却见随侍在凤舆前后的禁卫气势汹汹地上前来，大有硬闯的架势。边上屯骑营的士兵顿时不敢挡着，纷纷退开，让凤舆通行。德贵妃毕竟是现今宫中最尊贵的妃子，她亲自前来，就足以吓退这些极少见到天家贵气的小兵了。再加上屯骑营的校尉朱逸飞又随二皇子一同走了，他不在，单凭袁虎自己，根本就没法号令屯骑营。

被两个高大的禁卫挤到一旁的袁虎无法，只能眼睁睁看着德贵妃的凤舆进入。他们显然不准备再让他进去，袁虎只得守在门口，焦急地等着殷玒回来。

似乎上天真的听到了他的心声，不多时，就听见急促的马蹄声匆匆而来。高坐马背的殷玒早已看到德贵妃的仪仗，脸上的表情只能用气急败坏来形容。他一眨眼就到了营前，也不停顿，直接挥鞭冲了进去。

凤舆停在院中的空地上，皇帝所在的房间前已经围满了天虚宫的禁卫军。这些行走在天下最尊贵之所的禁卫们大多出身贵介，在门前一站，那股子傲气就叫屯骑营的人平白矮了一大截。

殷玒铁青着脸走过去，禁卫们齐齐行礼："参见二皇子！"

游贵站在榻前打扇，德贵妃坐在榻旁，闻声转过头来，还未开口，眼眶就红了："玒儿来了？我都听游贵说了，这次要不是有你在，陛下可就危险了，我真是后怕……"

殷玒迅速转换了心情，快步上前："哎呀，是哪个多嘴的把娘娘招到这儿来的？儿臣就是不想让您担惊受怕，才没叫人传消息回宫。"

"这么大的事，哪拦得住啊？"德贵妃用手绢拭了拭眼角，"真是上天保佑，陛下只是受了点儿小伤，回宫养养就好了。"

"父皇不能回宫！"殷玒面色不变。

"为何？陛下不回宫，还能去哪儿？难不成还要待在这儿？"德贵妃纤细的眉蹙起，嫌弃地扫了扫周围，"这屯骑营到底是兵将住所，粗糙得很，哪比得上宫中舒适？"

"娘娘有所不知，今晨的圜丘刺杀，刺客都来自东宫卫率军和禁卫军，难保宫中没有刺客同党。在肃清禁卫军中的可疑分子前，儿臣实在不放心让父皇回天虚宫。"

德贵妃斜睨着他，语气不咸不淡的："听你的意思，现在天虚宫倒是最危险的地方了。我是不是也要搬到这军营中侍奉陛下呀？还是说，你觉得我让陛下回宫是想害陛下？"

"儿臣不敢！"

"哼！"

德贵妃腾地一下站起身，将手绢扔在地上："殷玒，你知道自己在做什么吗？"

她突然的怒气震住了殷玒，他迟疑道："……还请娘娘示下。"

"你将文武百官都禁在大营中，邺都的风言风语都传成什么样了，你知道吗？"德贵妃恨恨地踱着步，"我知道你孝顺，一心为陛下安危着想。但凡事不能做得太过火！你这样的做法，让别人怎么想？外人恐怕都以为你想趁机登基做皇帝了！就我出宫的当口儿，宫人来报，元亨已经调动其他各营人马，准备围攻屯骑营！"

"什、什么？"

殷玒一怔之后便慌了起来，怪不得方才元亨会独自前往中阳门，原来她的手下都忙着去召集人手了。她竟然掌控了其他五营的力量……明明线报中只说射声校尉王明德效忠于她，另外四营又是什么时候倒向她那边的？

没有尽快杀掉太子，真是个致命错误！真是一步错、步步错。原本计划进行得很顺利，刺客顺利发动，父皇被刺伤，太子出逃。不料东宫的那些杂碎竟出乎意料地拼命，他一时不防，竟让他们带着太子突围出去。更没料到的是，父皇的伤势竟比预料的要轻得多……

见他脸上有动摇之色，德贵妃又放软了声调："元亨是什么性子，你该清楚。谁要是敢动太子，她可是什么手段都会使出来的。"说到这儿，她自嘲地笑笑，"这么多年，我都没能斗赢她。来日方长，玒儿，莫要太逞强。"

她话中似在暗示什么，殷玒眼神几番闪烁，终于道："娘娘教诲的是。儿臣实在是关心则乱，其实有娘娘在，父皇在宫中定是安全无虞。"

"你明白就好。"德贵妃含笑道，"我看，你还是先去安抚一下诸位大臣吧，省得他们事后跟陛下告状。让他们早点儿回去，免得他们人心惶惶。"

"儿臣这就去办。"殷玒懊丧地走出去。这么好的机会，却还是功亏一篑。他还能恭恭敬敬地跟德贵妃交谈，已经费尽他所有的自制力了。

看他离开，德贵妃才松了一口气，重新坐回榻旁。

她有几分得意，自己跟元亨估计得不错，殷玒的性子就是瞻前顾后、前怕狼后怕虎，一旦见形势不妙，他肯定会改变想法，想回到稳妥的状况下。

虽然这次刺杀的剧本不如她所想，但到最后，还是她的赢面大一些。太子就算不被冠上谋逆作乱的罪名，也好不到哪里去。

至于殷玘……德贵妃的眼睛中倏地闪过一缕寒光，必须尽快将他外放到义阳去，决不能再让他留在邺都！

日头西沉的时候，宇文渊便站在窗前，眯着眼睛看那透窗而入的艳丽余晖。他的心情挺好，丝毫不在意自己此刻像个阶下囚般，被软禁在这间房中。

今日的连番好戏，他看得十分有趣，忍不住会想：若是殷琰在场，她又会是什么感受呢？

皇帝倒下的那一刻，所有人都像是站在戏台上。怯懦地缩在大鼓后只想着保命的太子、"英勇杀敌"的二皇子，还有茫然不知所措的三皇子……群臣像混乱的羊群，晕头转向，只有尖叫声格外有力。

若是在战场上，这样的弱者，他一刀能横扫一大片。可他们却掌控着大弘千千万万子民的过去、现在和未来。就像见着小孩儿手捧宝玉，一会儿上上下下抛着玩，一会儿拿来砸石头，叫人看得心惊胆战、愤恨不甘，直想把这宝贝抢到手中，细心呵护把玩。

——只有在适合的人手中，宝贝才能展现出其精华之处。物如此，人如此，天下亦如此。

秦失其鹿，天下共逐之。

戏台上的这些人，又会在什么时候，弄丢大弘的"鹿"呢？

宇文渊想得出了神，直到身后传来房门轻响声，他才收回目光，转过身来：

"二皇子。"

殷玘此时已经没有之前那般志得意满，但还是装模作样地随手翻捡着案上的书册。

"世子在这儿待得如何？"他歉意道，"今日事出突然，小王不得已之下只好出此下策，还望世子海涵。此处布置虽比不上鸿胪寺精美，但世子是久居军中之人，想来应该更习惯才是。"

"除了不能出去外，都十分合我意，二皇子费心了。"宇文渊敲了敲窗棂，"听外头的动静，莫不是情况有变？您此刻过来，是准备让我们离开吗？"

殷玘的表情僵了一下，旋即又恢复："不错，德贵妃要接陛下回宫，小王自然不用再把朝臣们拘着，就命人送他们回去。世子身份尊贵，与旁人不同，小王想亲自向你致歉。"

"二皇子言重了。"宇文渊不以为意地笑笑,"若论身份,博陵王才真称得上尊贵。"

"世子此言差矣。"

殷玒脸上显出鄙薄的表情:"博陵王不过是依着父辈的荫蔽才能得到尊位,哪像世子您,威名震慑西北呢?若依小王说,这天下英雄中,世子堪称是一等一的豪杰。博陵王那等柔弱身骨,能成得了什么事?圜丘刺客出现时,只有世子和小王立刻出身迎敌,至于博陵王和二公子,就像太子和三皇子,除了缩在一旁,其他什么都做不了。"

听他一直想跟自己扯上关系,宇文渊微笑着没有说话。

殷玒扯了一通,没见他有什么反应,渐渐有点儿焦躁起来:"小王知道世子跟元亨要好,但太子实非明主。世子乃真英雄,若是奉这等懦弱蠢笨之人为君,岂不郁闷?小王觍颜,若世子肯助小王一臂之力,小王愿与世子共天下!"

共天下?

宇文渊默默咀嚼着这三个字,忽地迈步走到矮几前,执起茶壶倒上两杯水。

"伯微不才,岂敢妄言共天下?"他将一杯水送到殷玒手中,"日后若有用得上伯微的地方,二皇子尽管吩咐便是。"

銮驾驶出屯骑营时,殷玒已经骑在马背上,准备护送皇帝和德贵妃回宫。事已至此,他不能再做其他动作,只有先巩固下自己"英武救驾"的事实,等皇帝醒来,他才能借机将屯骑营的事蒙混过去。

不想他刚靠近銮驾,德贵妃就命人传下话来:"二皇子不必一同回宫,先将营中之事处理妥当,待陛下苏醒后再行召见。"

殷玒一愣:"此处离天虚宫颇有段路程,为父皇和娘娘的安全着想,小王还是随行在旁才能安心。"

传话的内侍原本一直低着头,听到这话时才稍稍抬头:"殿下不必担心,光禄勋秦大人早已在前方迎候。"

"秦大人来了?"殷玒倒抽口气,颓丧之气再也压不住,自双眼中泄露出来。他只能勉强笑道,"那便好,那便好。"

秦廷昭手握天虚宫两万禁军,在这邺都中,只要他站定了位置,谁都别想再搅起什么风浪来。这些年来他一直沉寂在宫中,对于储位之争,他一直没有明显的偏向。看起来,他似乎只忠于皇帝一人,但即便皇帝多次透露出想要易储的心思,他也不曾因此而对德贵妃有所偏重。

正因如此，殷玒才敢这么大胆，暗插一脚坏了德贵妃的算计，直接将众人困在屯骑营中。

但此时秦廷昭既然亲自来迎，殷玒不得不猜想，他和德贵妃之间已有了共识。以德贵妃的个性，一旦拿回了主动权，就绝不会再容忍殷玒在她眼皮子底下搞鬼了。恐怕过不了多久，他就要被赶到义阳去了……

思及此，殷玒整个人抑郁得说不出话来，只能眼睁睁地看着銮驾缓缓驶离。

车中，德贵妃握着手巾，动作轻柔地擦拭着皇帝的面容。方才车外的动静她听在耳中，只是冷冷一笑。

她跟元亨斗了这么久，再怎么样，也不可能让殷玒在旁渔翁得利。她下了手谕让邺都其他几营的人配合元亨救回太子，元亨则请秦廷昭为她护航。殷玒还真以为他单凭一个屯骑营就能成事？

这场交易她甚至都没跟贺芳长公主殷涟提起。其实从一开始，她就不该听殷涟的话，行这着刺杀的险棋。陛下是她最大的保障，只要陛下在，她就会是最后的赢家。瑄儿还年少，她实在无须那般心急。

德贵妃轻轻吁了一口气，放下手巾，俯身倚在皇帝身侧闭目养神。这一天她实在也是心力交瘁了，几番惊吓，到现在放松下来，困倦之意便席卷而来。

待到銮驾入了宫停妥后，游贵掀起帘子，见德贵妃正安睡着，一直昏迷不醒的皇帝却睁开了眼睛。他的眼神十分清醒，不像是刚醒来的样子。

游贵触到他的目光，顿时一激灵："陛下——"

皇帝微微摇头，瞥了眼身旁的德贵妃，随后就闭上双眼。

游贵跟随他多年，已明白他的意思，便轻声将德贵妃唤醒："娘娘累了，就回长清宫休息吧。"

德贵妃坐起身来，抚着额头道："不行，陛下还未醒来，我要在他身边照顾他。"

"陛下有小人和太医看顾着就好。"游贵贴心地递上手巾，"若是陛下醒来了，娘娘却又累坏了，定会责罚小人。"见德贵妃默默擦拭着手巾不语，他又道，"再说，今日发生了这许多事，三皇子定然吓坏了。先前在圜丘混乱之时，他似乎也受了点儿伤。"

最是慈母心难挨。在屯骑营时，德贵妃为了不引起殷玒的警惕，特意没有提殷瑄，到现在也没见过他。这时听到儿子受了伤，她一颗心都焦灼起来。回身看了眼皇帝，看他面色虽有点儿发白，但呼吸平稳有力，便也不再坚持。

"我确实该去看看三皇子。游贵，你好好照顾陛下，有什么情况，立刻通知我。"

第二十二章

德贵妃走下车，却是一怔，"这是……太武殿？"

銮驾并没有停在皇帝平日常住的显阳殿，却到了这太武殿。

太武殿是先帝时期建造的宫殿，光基座就高达二丈八尺，全部用名贵的大理石铺设而成。殿中金柱银联，玉璧珠饰，在阳光照射下愈显恢宏威武。先帝病重后就一直住在太武殿中，一直到最后宾天，他都不曾离开过这里。据说这座宫殿的基座下暗藏密室，潜藏着数百卫兵，日夜守护着他。

殷硕一向畏惧他父皇，自登基后，就极少进入太武殿。这宫殿虽然空着，但守卫一如既往，从未懈怠。如今他遇刺回宫，却是要住进太武殿中，由不得德贵妃不深思。

"游贵，陛下遇刺昏迷后，可曾醒来过？"入住太武殿，会是陛下授意的吗？

"不曾。太医说，陛下虽然伤势不重，但受了惊吓，一时半会儿还不会醒来。"游贵道，"还请娘娘放宽心。"

德贵妃点点头，又看了眼面前巍峨肃穆的宫殿，才转身上了步辇，直奔殷瑄的琨华殿。

游贵眯起眼睛，看她的步辇离开，才指挥侍卫们将皇帝送入太武殿。等安顿妥当，他屏退众人，趋近到龙榻跟前。

"陛下。"

殷硕仍是闭着眼睛，像哼哼一样轻声道："叫秦廷昭来。"他胸口受了伤，稍出点儿动静就发痛。

"是。"

游贵到门外吩咐了侍卫几句，又回到内殿，伺候殷硕喝了水。

好半天，殷硕才喘着气，吐出一个字："说。"

游贵便将这一日来的事情详细说了一遍，他不做任何删减，只是一一叙述自己的所见所闻。殷硕静静听着，末了，才问："他们在何处？"

"二皇子在屯骑营中善后，太子他……"游贵顿了下，才道，"翊军校尉派人来报，太子被逆贼掳劫出城，幸好元亨公主赶到，将太子救下。据说太子伤势不轻，如今已被送入祥福宫，正让太医们救治。"

"元亨呢？"

"公主她——"

游贵刚要回答，殷硕就冷笑道："她想必正忙着替太子善后。"他仰起头，盯着明黄的帷帐，说，"朕挨了这一刺，几乎丧命，却没有一个人真正在乎朕的死活。"

只有活着的皇帝，才是这世间的神。一旦死去，就算是先帝那样英明神武的人，也会渐渐被人淡忘。有那么一瞬间，他怀念起了孟瑶。那个女人就算再厌恶他，遇到危险时，也会第一时间挡在他身前。

就像先帝曾对他说过的那般："身为帝王，不能相信任何人；但同时，却必须要有值得相信的人。"

可在这天虚宫中，值得他相信的人又有谁？

不期然地，殷硕的眼前浮现出长女那张沉静的面容。随后他就摇摇头，告诉自己：没用的，在"父"与"兄"之间，元亨一早就选择了她的兄长。就如同孟瑶，她的心中最重要的，始终是天下和她的儿女。

这宫中肯护着他的人数不胜数，因为他是皇帝。可有哪一个是愿意为殷硕拼命的？

他心中冷到极致，到这一刻，才真正懂得了"孤家寡人"这四个字。

秦廷昭走进来时，就见着皇帝出神地看着帷帐，他屈膝行礼："臣秦廷昭参见陛下。"

"秦廷昭，"皇帝说，"九年了，朕还能再相信你吗？"

他问出这话后，才缓缓转过头，看向榻前的光禄勋。秦廷昭没有直接回答，反倒大胆地抬起头直视着他："臣从未忘记，自己是如何坐上这个位置的。陛下呢？"

殷硕自然更忘不了。眼前这淡定从容的光禄勋，当初也不过是昭阳殿中的一名卫尉罢了。若不是有他在内策应，殷硕又怎能轻易封锁住昭阳殿、软禁孟瑶大半年呢？

"秦廷昭是陛下的臣子，只要陛下愿意，无论何时，臣都能为陛下所用。"

光是看他那双冷静而毫不动摇的眼睛，就足以叫人相信他的话了。游贵瞥了他一眼，再看皇帝，果然露出了满意的微笑。

"很好。"皇帝挪动了下身体，更舒服地倚在软垫上，"朕已经烦了。谁想要皇位，就让他们去抢好了。朕要看看，他们会做到什么地步。"

"陛下的意思，臣只需在一旁看着？"秦廷昭沉思道，"那么这次刺杀的事……"

"交给你了。"不知想到了什么，皇帝嘴角的笑意微微扭曲，"你想怎么做，就怎么做吧。"

日头已显得衰颓，惨淡地挂在天边。屯骑校尉朱逸飞送萧湛走出大营时，脸色比天色更颓败。

"博陵王受惊了，下官照顾不周，还望海涵。"朱逸飞涩声道。

萧湛点点头，看见等在门口的萧越萧凛兄弟俩。萧凛正着急地乱转着，一看到他，立刻高兴地冲过来："二哥！"

抬脚迎上去前，萧湛忽地轻声说了句："既然赌输了一局，不妨换个边下注。"

朱逸飞一惊，抬头看去，只见着他平静的侧脸，似乎根本不曾说过什么。不容朱逸飞多想，他已经迈步向前，径自登上车驾。

萧凛紧跟着他走进车中，少顷，萧越竟也来了。

倒把萧湛弄得怔住："怎么？"萧越一向谨守尊卑，往常叫他一同乘车，他都会严词拒绝。

"大王无事吧？"萧越入得车中，回身吩咐随从驾车，便将车门关上。从车板缝隙中漏过的光将他的脸映得明一道暗一道，看着很有几分凶狠。

"嗯。"

"二皇子这般胆大妄为，竟敢软禁大王。"萧越的语声中透着狠劲，"幸好大王平安无事，若不然——"在他心中，天大地大都不如萧湛大。谁要敢动大王一根汗毛，他决不会善罢甘休。

"我没事，你放心。"熟知他的脾性，萧湛低声安抚了一句，又看向一旁沉默的少年："阿凛怎么不说话？"

"二哥，陛下的伤势严重吗？"

因为身份的关系，刺杀发生的时候，萧凛的位置并不算靠前。他只见着前头的人忽然大叫着乱成一团，之后他们就被送到了屯骑营中。

萧凛先前只远远见过皇帝，虽然皇帝并不像想象中的那般雄伟英武，但总归是这天底下最尊贵的人，他一倒下，所有人都慌乱得不知所措。萧凛站在混乱的人群中，忽然间想起了那日在城外仓皇无依的流民们。

"陛下的伤势不严重，严重的是局势……"

萧湛说到一半就停下了，萧凛本来不在意，二哥一向如此，心里想得多，却很少愿意说出来。但此时他的沉默不同以往，停顿许久，却是长长叹了一声。萧凛有些吃惊，忍不住问："二哥在烦恼什么？"

话音刚落，忽听外头蹄声疾劲，倏然来到车前。驾车的随从迅速将马车停住，敲着门道："大王，是公主殿下。"

车中三人都是一惊，不待萧越和萧凛两人反应过来，萧湛便起身推门出去了。

一看见他走出来，殷琰劈头就问："你见着如意了吗？"

落日余晖已尽，微暗的天光下，周遭的人都好似蒙上了一层灰，只有马背上的少

女鲜明夺目,探询的眼眸专注而焦急。

萧湛不自觉地摩挲着衣袖上的纹路,像是要借此抚平心中突起的骚动。

眼前的人却不知他如暗流般兜转的心思,只是问:"萧湛,如意没有同你一起吗?"

萧湛移开眼睛:"没有,二皇子将我们几人分开关押。伯微已经先行回鸿胪寺了,或许封锦也在那儿。你急着寻他是何事?"

"如意不在鸿胪寺。"殷琰皱紧眉头,"他的侍女怀袖一刻钟前来找玉英,说是寻不到他。看来,他还在屯骑营中。"殷玒一向跟封锦不对付,指不定会故意折腾他。

想到这儿,她拨转马头:"你先回鸿胪寺吧,我去屯骑营看看。"

她走得急,一转眼就到了数丈开外。萧湛站在原地,忽地沉下眼眸,也不说话,直接伸手将一名随从自马背上拽下,紧跟着腾身上马,挥鞭跟了上去。

这突然的举动将一众侍从都惊呆了,直到马车中的萧越怒吼一声:"还不快追?"大家才慌慌张张地转了方向,沿着方才行来的路奔去。

萧凛攀着车窗,懵懂地问:"二哥这是怎么了?那个封如意出事了?"他在余晖中望向前方的两骑,只觉得萧湛那翻飞的长袖好似鸟儿伸展开的羽翼,紧紧地护在那位公主身后。

与君别离

《第二十三章》

狭小的暗室中连一丝光亮也无，只有细细的呼吸缓慢地起伏，像蜿蜒的水流，轻轻冲刷着记忆的堤岸。

"你算什么东西，也配做我弟弟？"

那时候的封瑞虽然只有十三岁，但身为庐陵王世子的他，身上的气势已经十分凌人，瘦而俊俏的下巴微微扬起，脸上嫌恶的表情像是看到了什么脏东西。

封锦清楚地记得，那是永和三年的小寒，湿冷的江东之地寒气透骨。雪花稀稀疏疏地飘着，将后院的栖蜻湖装点得纯澈无瑕。

八岁的他第一次离开天虚宫，来到这名为"家"的庐陵王府。

王妃楚秀兰神情淡淡，看到他只是不冷不热地应答着，直到听他唤她"母亲"时，才微微变了色。

在天虚宫中时，封锦就听人说庐陵王与王妃感情甚笃，简直到了惧内的程度，他只觉得好玩，从没觉得跟自己有什么相干。

那时他跟阿玉住在祥福宫中，太子妃孟氏待他如己出，还有先皇宠着，整个天虚宫都是他和阿玉的玩乐场，快乐好似无边无际，永远都用不完。

但这世上，终究是没有什么永远的。

到他六岁时，先皇驾崩了。还是太子的殷硕登上了帝位，太子妃孟氏成了孟皇后，小胖墩殷琮成了太子。

再后来，孟皇后因病故去。

所有的一切就都变了。

殷琮搬出了天虚宫，住到了东宫中。阿玉渐渐地很少笑了，她也不再跟他一起胡闹，夜里缩在床角时，不管是醒着还是梦着，都会悄悄掉眼泪。她读书、练剑、骑马、摔跤，像个不会痛的木头人，不知疲倦地学着孟皇后擅长的每一样东西。仿佛只要这样做了，她的母亲就不会离去，还会守在她身边一般。

而他连继续陪在她身边都做不到。

第二十三章

还是德淑媛的韩甄劝说皇帝，说元亨公主年纪渐长，男女有别，封锦不适合在宫中长住了。于是给了些封赏，打发他回了江南的庐陵王府。

在那之前，封锦曾不止一次见过庐陵王封绥和世子封瑞。

封绥谦和有礼，就算是对着他这个小儿子，也显得小心而疏远。至于封瑞，从来就没有给过他好脸色看。

于是他恍然想起，他是母不详的私生子，是封绥不愿承认的存在，是惹得庐陵王妃不悦的罪魁祸首。

离开天虚宫前，他笑着跟阿玉说："你瞧，我也是有哥哥的人哦。以后谁敢欺负你，我就带着我哥哥一起帮你打架！"

他也是有爹、有娘、有哥哥的人了。他要对他们很好很好，让他们都喜欢他。这样，再见到阿玉时，他就能把所有积攒的开心都跟她分享，把他的父母兄长都分给她一半，好让她不再那么难过。

所以当他在栖蜻湖畔遇到封瑞时，就端着甜丝丝的笑容，恭恭敬敬地唤他："大哥。"

封瑞却像是被踩到了尾巴的猫似的，他端起世子的架势，将封锦讨好地送到面前的手炉一巴掌打翻。

猩红的炭火飞溅出来，星星点点地落在封锦雪白的狐裘和精巧的七宝履上。

"我的狐裘！"

封锦顾不得手背上溅了火星，胡乱拍打着狐裘。只是这一会儿的工夫，上头已经烧出了许多小黑点。

"一件破衣服，值得这般大惊小怪吗？"封瑞冷嘲道，"不过，天冷了，这破衣服倒可以给我的狗做垫子。你，脱下来。"

"大哥……"八岁的封锦努力地笑，"我另外找件更好的给你，好不好？"

"不好，本世子就要这件。"封瑞存了心要羞辱他，仗着身量高大，伸手就来扯他的衣领。

封锦力量敌不过他，很快就被扒下了狐裘。

他死死地抓着狐裘一角，怎么都不肯放手。这是临行前阿玉从身上解下来送他的，谁抢也不能给！

他咬着牙，脸上的笑早就散了，却并没有哀求的样子，只是低声说："不能给你，不能给你。"

封瑞拽了半天没拽过来，就有点儿不耐烦了。他看着封锦，脸上慢慢浮现出恶意

的笑容:"不给我?那算了,还你。"

他的手猛地一松,封锦猝不及防下来不及收力,登时连连后退。退了三步后,脚下突地一空——

他已经退到了湖边。

那水真冷啊!

好似坠入了冰窟,所有的温度都被剥夺。

湖水冷得透彻,灰蒙蒙的天空中雪仍在下,天地寂静得没有声音。他看到封瑞挂着笑,慢吞吞地转过身走了。

"如意!如意!"

熟悉的声音由远及近,带着些许焦急。封锦忍不住伸出手,想要从那透彻心扉的寒冷中逃脱出来。

砰!

暗室的门被用力踹开,封闭了一整天的燥热之气轰地涌出,站在门口的殷琰和萧湛都觉得呼吸一窒,气闷难当。

火把的光亮照进这窄小的斗室,照出了缩在墙角的锦衣少年。

殷琰的瞳孔缩了缩,一个箭步冲进去,她刚伸手搭上他的肩膀,就觉得掌心一片湿热。他浑身都被汗水浸透了,脸上也是汗涔涔的,在火光下显得蜡黄无神。

殷琰抬手为他擦汗,立时就发现他额头滚烫。

"如意,你犯热病了?"她低呼一声,一手伸到他腋下,想将他架起。

萧湛却走了过来:"我来。"

他平日里看着虚弱无力,这时候手臂一抬,就轻易将浑身绵软的封锦抱了起来,快步朝外头的马车走去。

殷琰紧跟在后,等在门外的屯骑校尉朱逸飞有些不安地出声:"殿下,这、这个……"封锦被关进暗室的事他并不知道,后来又忙着将朝臣们送走,哪里会想到这位二公子差点儿被闷死在里面?

"我今日才知道,原来,朱校尉对二皇兄如此忠心。"殷琰冷淡地瞥了他一眼,"倒叫我开了眼界。"

朱逸飞的冷汗立时下来了。先前博陵王提点的那一句,他翻来覆去想了许久,觉得那是教他改投公主。这次的事,二皇子自然无妨,但他身为屯骑校尉,却围困陛下和百官，真要深究起来，他这罪过可就大了！想要保命的话，只有投奔公主或德贵妃两条路了。

他本来还在踌躇，这时候听到殷琰冷冰冰的话，立刻跪了下去："殿下明鉴！下官效忠的自然是陛下，是整个大弘！"

"是吗？"

"下官肺腑之言，绝无半点儿虚假！"

朱逸飞十二万分的心虚，他偷偷看向殷琰，却见她只是眯着眼嗤着笑，目光冷冷的："我还真不知道，朱校尉的话，我能信几分呢。"

朱逸飞连忙表忠心："但凡是殿下想知道的，下官知道的，绝无一丝隐瞒。"

"哦？那等我有空了，再找朱校尉好好聊聊。"

"下官随时恭候！"

殷琰不置可否地点点头，也无心在这儿继续耽搁了。她担心着封锦的状况，便匆匆向外行去。

候着她走远了，朱逸飞才站起来，擦了擦脸上的汗。

据说封锦跟公主的关系极好，这次怕是大大得罪了公主，她心思如此难测，总叫他心里惶恐难安。

或许应该去求求德贵妃……

殷琰来到车驾前，拉开门走进去，车壁上挂了颗夜明珠，将车厢都照亮了。封锦躺在软榻上，面色潮红、呼吸紧促，似乎难受得紧，连眉头都紧紧皱起。

萧湛正为他把脉，见她来了，就稍稍往里让了下，好让她坐下。

"只是闷坏了，热邪入体发了烧。待回到鸿胪寺，用烈酒擦身散热，再服些汤药，就没事了。"

"那就好。"

殷琰稍稍松了口气，倾身去看封锦，却见他浑身都在抖动，似乎很冷的样子。

"怎么会这样？"她握住他的手，"明明手烫得很。"

"暑热发烧后，有的人会觉得浑身发冷——"

殷琰正听着，封锦忽然睁开了眼睛，柔柔地唤："阿玉。"

她登时欢喜起来："你醒了？是不是觉着冷？"

"不冷。"他看着她，眼睛亮亮的，好似星子在其中闪烁，"我梦到我们一起堆雪人，手都冻僵了，可是心里头暖暖的。不冷，一点儿都不冷。"

不冷的。

掉进了栖蜻湖,他也能爬上来。

在庐陵王府一个人,他也能笑出来。

因为他的心始终是暖的。

殷琰安静地听着,抿起嘴朝他笑了一笑,眼眶莫名地有些发烫,她说不出话,只好掩饰地低下了头。

封锦一瞬不瞬地凝视着她,慢慢地拉着她的手放到心口上,带着十分满足的笑,偏过头沉沉睡过去了。

就这么坐了许久,直到他的呼吸变得轻缓而绵长,殷琰才轻声道:"你们要尽快离开上邺。"

萧湛倚着车壁,不知想什么出了神,好一会儿都没出声。

殷琰奇怪地看向他:"萧湛?"

他惊了一下,怔忡的目光慢慢聚焦在她脸上,这深黛的眉、幽静的眼,明明看着近在咫尺,却离他的心有千万里远,不能想,不能碰。

"上邺的局势……"一开口,连他自己都惊讶这低哑的音色,"你能控制吗?"

一天的疲惫,殷琰终于也无法挺着腰坐着了。她一只手被封锦握着,为了不吵醒他,就侧过身靠着软榻,面向萧湛。

对他没什么可隐瞒的,她的忧虑溢于言表:"东宫卫率军只怕要有大变动了。眼下只能走一步算一步,先保着太子的命再说。"

"然后呢?再回到跟德贵妃互相防备刺探的形势?"萧湛还是这样一针见血,他微垂了眼,目光落在她被封锦抱在怀中的右手上,"殿下,不管这场刺杀是谁炮制出来的,你若再不肯下定决心起而行事,恐怕……你会保不住太子。"

殷琰浑身一震,这是她心中最害怕的事。只是,起而行事……她轻叹一声:"连你也认为,应该走那一步吗?"

"自古当太子的,只有御座和坟墓两条路。你既然……"他正要提起她拒婚之事,她就飞快地看了他一眼,那紧张的样子叫他的心不由得一软,"……既然做了那么多了,总归要有所得。"

"不管是哪条路,都没那么容易。宫中两万多禁军,我能用的不多,六大营中也是如此。"殷琰避开了他的注视,"经此一事,禁军定然会有一番整顿,或许可以借机再做些安排。总归是要费些时日。无论如何,你们再留在邺都,对你们都十分不利。"

第二十三章

像今日这样的事，我不愿再看到。"

马车前行的速度渐渐慢了下来，金铃摇动，不远处的鸿胪寺灯火通明，朱门大开，见到车驾来到，门前等着的人都动了。

听到外头的人声，殷琰轻轻将手从封锦身上移开，低声道："今后我怕是难有机会再来见你们了，此事你跟伯微和如意商量，就在这两日，上表辞行回封地吧。"

她起身要走，萧湛忽地伸手拉住她。

他的神色跟平日有些不同，像在压抑着什么。

"怎么了？"

看到她不解的样子，萧湛只能压下混乱的心绪，道："三天后我们就离开，我会随封锦走一路。到时候，殿下若得空了，就来送送我们。"他低头看了眼沉睡的封锦，声音发涩，"若不然，只怕他会闹着不肯走。"

确实，要是她不去送他们，封锦肯定会赖着发脾气的。

殷琰不由得笑起来："知道了，我会的。"

说着她便跳下车。隔着车壁，仍能听到她吩咐鸿胪寺众人好好照顾封锦。然后马蹄声从车旁风一般掠过，越来越远、越来越轻……

萧湛坐在软垫上，呆了一会儿，忽地伸手入怀，摸出脖子上挂着的玉蝉。

夜明珠温润的光落在这小小的玉蝉上头，照得它通透碧绿，连那拙劣粗糙的刀工都显得浑然天成，颇有几分古朴之趣。

他瞧了许久，又看向封锦，淡漠平静的俊脸上扬起一丝快意的笑：

"谁叫你当初输给我？总归，它是我的了。"

睡梦中的封锦似有所觉，稍稍挣动了下身子。

萧湛握着玉蝉，看着看着，快意就成了苦涩。

他吐出一口气，垂下了脑袋，有些变形的身影映在车壁上，随着车驾前行微微晃动，莫名地有些凄凉。

接连三日，东宫中皆是一片肃杀。

左右卫率军都被一一盘查，但凡有所牵连者，一律下到廷尉府中讯问拷打。

罗中青、冯路之和秦玄三人以疏忽职守之罪各领杖刑三十。

这些命令都是由元亨公主亲口所下。执行三位属官的杖刑时，她更是亲临监督，有她在场，无人敢手下留情。

冯路之身体不如另外两个人强健，打到二十杖时就晕死了过去。

元亨公主命人将他泼醒，继续打完剩下十杖。

她如此不留情面，东宫中人却没有一句怨怼。眼下东宫中人人自危，谁都知道此事由她处置已是分外留情，若是换到其他人手里严格彻查，只怕整个东宫会尽数覆灭。史书上的"巫蛊之祸"惨烈如斯，无辜被牵连者死伤无数，但凡想到这前车之鉴，任谁都会忍不住战栗胆寒。

太子一直都没回过东宫。圜丘之乱后，他差点儿被乱贼挟持出城，幸有元亨公主和翊军校尉相助，才将他从贼人手中救下。

因他身上带伤，元亨公主就命人将他直接送入祥福宫中疗养。

待他苏醒后，他便到太武殿请罪，连太子妃曲灵烟也自请入宫，到今日，他们夫妻俩已在太武殿前跪了整整三天。

皇帝却一直没有召见他们。他待在太武殿中，不肯见任何人，就连德贵妃也只能日日在殿前徘徊。

每日的朝议自然暂停了，一应事务全部交由尚书台处置，需要由皇帝裁夺的，再将折子送入太武殿中。

对于皇帝这古怪的态度，百官们一时都摸不准他的真实心思，一个个的便都谨言慎行。

这等多事之秋，还是静静观望方为上策。

也因此，整个邺都的局势倒是呈现出了某种诡异的平静。

天虚宫中也分外安静。

这日辰时刚过，青石路两侧的铜首熏炉上，一缕缕香烟正袅袅飘起，氤氲着的树影中，三驾青盖车缓缓驶了出来。

刘仪坐在车架上，手腕微微用力收住缰绳，远远地看向太武殿前跪着的两人，禁不住暗暗摇头。

太子这次终于尝到了苦头，知道自己要是不警醒点儿，小命恐怕就要不保，因此对于公主让他长跪请罪的建议倒是认真听进去了。眼下陛下越是不表态，对太子来说就越好。

他一扬缰绳，车驾便加快了速度。一路过了数道宫门，很快就到了司马门。守门的禁军一眼看到他坐在车头，便恭敬地趋上前来：

"刘内侍又要出宫啊？"

这几日为了东宫之事，刘仪随殷琰进出宫门多次，同这些戍守门禁的兵将们略熟了些。

　　刘仪一边将腰牌递给他，一边点头笑道："汉中王世子今日便要离京了，这便赶去为他饯行呢。"

　　听到这话，守卫们都露出了"原来如此"的表情。那位世子也是位可怜人，铜爵园求亲被拒的事已是尽人皆知。他跟公主过去的那一段情，倒成了世家子弟们明嘲暗讽的好料。

　　腰牌验证无误，守卫们便放了行。

　　刘仪随意拱拱手，扬鞭催动马儿冲出宫门。他不过跟李烁学了几天驾车，技艺尚不娴熟，不敢跑得太快，只稳着马车奔向城西的建春门。

　　宇文渊已经在那里等了许久。

　　自迈出鸿胪寺后，他骑在马背上，施施然前行，硬是沿着长明沟晃了大半个时辰。连前来送行的鸿胪寺治礼郎都忍不住纳罕："世子对邺都还真是恋恋不舍。"

　　宇文渊正看着长明沟岸边的翠柳，听他这般说只是一笑："邺都多的是叫人念念不忘的好东西。似这般柔细的柳枝，在西北之地是见不到的。"

　　落后他两步的阿苏娜哼道："草原上有美丽的格桑梅朵，沙漠里的胡杨也不比这软绵绵的柳树差，有什么可舍不得的？"

　　治礼郎知道宇文渊对这胡女颇为宠爱，虽觉得她言语无礼，倒也没跟她较劲。

　　便这般到了建春门，驻守此门的是长水校尉方广志。

　　他一早便备好了酒水，等着为众人饯行。眼见着礼数已毕，却不见宇文渊有动身的意思。

　　方广志跟治礼郎对视一眼，都有些莫名。

　　见方广志一个劲地朝自己使眼色，治礼郎只能尴尬地赔着笑。就算给他一百个胆子，他也不敢问世子"为何还不上路"啊！

　　日头渐渐烈了，方广志脾气暴躁，陪着干站了一会儿就十分不耐了。但对方不走，他又不能明目张胆地赶人，急得脸都憋了个通红。

　　宇文渊只做不知，仍是老神在在地同他们闲谈些进京时路上的见闻趣事。

　　这大热的天站在太阳底下，实在是热得难受。

　　那治礼郎终于忍不住抬手擦了擦汗，用袖子扇起了风。

　　正难熬时，忽听得身后传来车轮滚动的声音。站在他面前的宇文渊收了声，连面

上那淡淡的笑容也敛去了。

回头看去,只见三驾青盖车稳稳驶来,挂在车篷下的木牌不停晃动,隐约可见一个"琰"字。

是元亨公主的车驾。

到这时候,治礼郎还有什么不明白的?他偷偷觑一眼毫无表情的宇文渊,便随方广志一同迎上前去。

驾车的是元亨公主近日极为宠信的内侍刘仪,他口中轻斥着缓缓收紧缰绳,将车驾停住。只见他捞住衣服下摆,轻巧地跃下车,笑盈盈地朝众人拱手:"见过世子和诸位大人。"他朝宇文渊一礼:"世子请到车上去,殿下有东西要交给您。"

宇文渊顿了顿,目光复杂地看向刘仪身后的马车,车门仍是紧闭着,不知内中的人,此时的心情是否跟他一样难以言表。

他慢慢走过去,其他人早就知趣地躲到一边,送了酒水让刘仪消暑解渴。

宇文渊在车前站了一会儿,隔着薄薄的车门听着里头浅浅的呼吸。

这些天他想了许多,现今的局势,于她而言确实是两难。要她应承婚约,就等于是让她不顾兄长的死活,这确实是强人所难了。易地而处,他也不会愿意。想到这些,他心里头那股郁积的愤恨之气就淡了许多。

其实,只要她心中有他,有些事便不急在一时。人心思变,邺都的乱象恐怕会越演越烈,到那时,再要行事就会简单许多……

"世子,请进来吧。"车门被推开,露出一张妍丽柔美的秀容,是玉英。

看到她,宇文渊就笑了起来,弯腰迈入车中。

但车中并没有其他人,只有玉英跪在他面前,恭敬道:"殿下因事不能前来,派奴婢为世子送行。"

大抵希望越大,失望就越大。

宇文渊忽然觉得自己是如此可笑,他的那些拖延等待现在看来简直是傻瓜作为。他缓缓落了座,一双眼睛暗沉沉地盯着玉英的头顶,好半晌才说:"玉英,亏得是你。若今日来的是其他人,可不见得能平安回去了。"

玉英惊了一惊,抬起头来,见他寒着脸,眉峰上压着暴戾之气,心知他是动了真怒。想到殷琰的交代,更是暗暗叫苦,只得小心地赔不是:"世子请息怒,宫中事务繁忙,殿下这些天一直忙碌……"

"她此时身在何处?"宇文渊出声打断她,也不等她回答,就兀自冷笑起来,"是去送封锦了吧？你真当我不知道吗？"他的手指掐住窗棂，一点点用力，生生将那漆金的木条掰断了。

这样下去，他们怕是真的要决裂了。玉英心头"突突"地跳，公主对别的人都妥帖照顾，唯有对世子，却这样狠得下心。不，应该说，公主是对自己狠心。

天还未亮的时候，玉英起身掌灯，就见着殷琰倚在榻上，在黑暗中久久地摩挲着那柄精美的弯刀。

刀光映在殷琰脸上，清凌凌地颤动，似乎连那双沉静的眸子都被刺痛了。

"世子，请听奴婢一言。"玉英俯首拜下，"殿下心中的苦楚，别人不清楚，您难道还会不知道？她打小就是自苦的人，为了太子，她是连命都能豁出去的！如今宫中这样混乱，殿下陷在里头脱身不得，她想不出法子来，只能学人家慧剑斩情丝。可这哪里是慧剑？她不过是乱得不得法了，哭也哭不得，只能自己硬撑着罢了。"

说到这些难言的苦，她的声音都哽咽了，含着泪望向宇文渊："世子便多担待些，好不好？您跟殿下可说是自小一块儿长大的，就多心疼她些、忍让她些，待眼下这些事了了，再请陛下赐婚，不是两全其美吗？"

她本就容色清艳，此时带了泪，更是犹如清水芙蓉，艳色之中又显柔婉可人。

宇文渊瞧着她，终于忍不住叹出声来："若是她说出这些话来，就是有天大的事，我也都应了。只可惜……"他笑了一笑，"我们的公主殿下铁石心肠，又同我一样，做事不留余地。她既然不肯来见我，又派你来，绝不是为了叫你在我面前为她求情。玉英，她交代了什么，你一一照做就是。不必遮掩。"

最后这四字，他是咬着牙说出口的。他太了解殷琰了，她下定了决心的事，没人可以更改。

方才走进车来没有见到她，他就知道，她已经自个儿把他们之间的情了断了。这样的冷酷果决，这样的蛮横霸道，这样的轻忽随意，激得他瞬间起了杀意。

那一刻他真想直接拧断玉英的脖子，就像掐住殷琰那细嫩的颈项，好叫她再也说不出那些伤人的话来。

玉英嗫嚅地看看他，被他的目光逼着转过身去，从软垫下摸出一把弯刀。刀身金银错丝，那颗红宝石深幽剔透，她握在手中只觉沉重非常。

"原来，是要还这把刀。"

宇文渊探手拿过弯刀，在手中把玩了一番，忽地笑了笑："她不要便不要了。我送出去的东西，断没有收回的道理。"就见他手腕一转，这弯刀倏地飞射出去，竟直

接穿破了车壁，"扑通"一声掉进了外头的长明沟中。

刘仪和方广志等人正站在柳荫下纳凉，忽见银光一闪，就见一物落入水中。方广志瞪了瞪眼："奶奶的，连车板都弄破了，世子该不会跟公主在车里打起来了吧？"

自家长官这么口无遮拦的，边上的部将都吓得直咳嗽。刘仪也不在意，笑道："也不知把什么东西丢进去了，怕是还得劳烦方校尉，叫人下去捞捞。"

方广志一想也对，这些皇家贵胄们闹闹脾气也就罢了，事情还是要底下人做的。便挥挥手，叫了两个人下水去了。

却说车中。

玉英"啊"了一声，也是吓得无言了，只是讷讷看着面前神色漠然的青年："世子……"

宇文渊起身推开车门，他回头看一眼玉英，声音低沉，却似锋刃出鞘："替我转告公主，宇文渊已经不愿再等了。我想要的，终有一天会得到。"

说完，他径自跳下车，连看都没看一旁的方广志等人，只快步走到队伍中翻身上马，扬鞭一挥："出城！"

他一马当先冲出城去，随侍的部将虽有些惊诧，却丝毫不乱，转眼间就整肃了队形，飞快跟了上去。

浩浩荡荡的长队离城，扬起的尘土扑簌簌落了后面的人满头满脸。

刘仪走到马车前，车门半掩着，他探头一看，只见玉英失神地跪坐在车中，神色很是灰败。

"怎么了，玉英姐姐？事情办得不顺吗？"

"不，很顺利。"玉英苦涩地笑笑，"就如公主想的一样，世子是真的气狠了。"都说了"不愿再等"的话，怕是真的死心了。

对于宇文渊，刘仪并不像玉英一样在意。虽然他跟公主站在一起时确实如璧人一般，但不知为何，刘仪总觉得他身上有种叫人不那么自在的东西。

"顺利就好。我们回去吧。"

这么说着，刘仪跳上车，正要驾车离开时，却听下边河岸上的方广志叫了一声："喏，东西捡上来了，给！"

他也懒得走，直接将那柄弯刀高高抛起。

眼见得弯刀当头砸下，刘仪便稍稍避开一点儿，伸手去接。正在此时，忽听得马蹄声烈烈，长鞭破空而来，一下就卷走了弯刀。

第二十三章

刘仪一愣，凝神看去，只见长辫散乱的胡人少女拔开弯刀看了看，笑得十分开心："这刀我喜欢，归我了。"

说完，她就转了马头，"噔噔噔"地又冲向城外。

"阿玉……"

封锦眼泪汪汪的："我病了好几天，你都不来看我。现在好了，我又要走了，一走又是一年……干脆你跟我一起回江东吧！"

殷琰笑出声来："现在可走不了，等宫里安稳了，我就去江东找你。"边说着，她边伸手替他整了整衣襟，半真半假地说，"你可莫要太任性了，不然惹得庐陵王生气了把你赶出王府，那我日后去江东就没人可投靠了。"

"像我这么乖的儿子，我父王哪舍得赶啊？"封锦无辜得很。

这话说得无耻，连萧湛都没忍住，哼了一声以示不屑。

封锦暗地里警告地瞪了瞪他，又转向殷琰，略作犹豫才问道："伯微应该已经到了建春门，你真不去送他？"广阳门离建春门不算远，这时候要赶过去并不费劲。

殷琰没有回答，她回身倒了三杯酒，递给封锦和萧湛，自己也拿了一杯。

"都要走了，就说些好听的话来，叫我开心一下。"

封锦的目光软了下来，他张了张嘴，有那么一瞬间，他想摸摸她的脸，然后紧紧抱住不放，就像小时候一样。这样的渴望哽在喉间，他费了好大的劲，才一点点将之咽下，沉到心底最深处。

"好听的话可多着呢，像那江南的景美不胜收，譬如庐陵八景就可观澜赏泉、追霞慕古。等来年春天，你到江东来，我带你玩上个十天半个月，保准叫你乐不思蜀舍不得走。"

"那就这么说定了！"

殷琰快乐地应了，却不敢再多看封锦。到底只是好听的话呀，要成真，却不知有多难……

她转向萧湛，玩笑道："你也说几句？"

萧湛低头看着手中的酒杯，微微晃动的酒水模糊地映出他的双眼，幽幽沉沉，说不尽的心思悒悒。他闭了下眼，抬头注视着眼前笑意盈盈的少女，轻声说："前些日子，我读到一篇民间的杂诗，虽然言语简陋，但情真意切，很是淳朴动人。临别在即，就将此诗送给殿下吧。"

殷琰怔了怔，就听他吟道："行行重行行，与君生别离。相去万余里，各在天一涯。道路阻且长，会面安可知。胡马依北风，越鸟巢南枝。相去日已远，衣带日已缓。浮云蔽白日，游子不顾返。思君令人老，岁月忽已晚。弃捐勿复道，努力加餐饭。"①

他的声音低哑，平静中似掩着不明的波动，一字一句落在耳中，叫听者的心神都浸入诗词意境中，一时只觉诉不尽别离苦、道不尽相思难。念到最后一句，只见他缓缓俯身，祝祷一般地重复道："弃捐勿复道，努力加餐饭。愿殿下无忧无虑、无惊无怖，平安顺遂、身体康健。"

殷琰一时说不出话来。她认识萧湛十来年，他因着身体不好，自小的性子就十分安静淡漠，凡事都是无可无不可。如他们这般的老友虽知他是外冷内热的性子，却也从不曾见他这般情深意重。

"多谢你，萧湛……多谢你……"

她只能重复着道谢。言语如此单薄，千言万语都道不尽此时的心境；言语又是如此厚重，他这些话，叫她一颗心都似浸满了水，沉甸甸的直要化出泪来。

她便举起了杯："人心贪餍不知足，连好话都听不够。再说下去，怕是日落西山你们都走不了。这一杯敬你们，路途遥远，务必要珍重。我纵有百般不如意，有你们这样的知心好友，已经胜过旁人千千万了。相聚会有时，我们来年再会。"

封锦飒然一笑，跟萧湛对视一眼，齐齐举杯。

三个人手中的玉杯轻轻相碰，悦耳的撞击声泠泠响动，好似命运留下的最后一丝仁慈的颤音。

这之后，各在天涯，各经伤痛。行行重行行，也再难相伴着走在同一条路上。

车声辚辚，两队车马并列而行，将宽阔的宜南官道挤得满满当当。

萧凛莫名其妙被赶出了车厢，正坐在车架上生闷气。一转头，就见封锦的那两个侍女也坐在车架上，不由得奇道："你们怎么也出来了？难道是被你们家公子……"他做了个驱赶的手势。

佳兰委屈地点点头。也不知道公子是怎么了，好像突然心情不大好的样子，只说想一个人待着，就叫她们都到外头来了。

怀袖却是若有所思，她瞥一眼做出"同病相怜"表情的萧凛，目光稍稍转向他身后的车厢。博陵王一向心思沉静，而她们那位公子是最惯于用嬉笑不正经的表情来掩饰真实心思的，往年分别虽有不舍，却不像眼下这般，一个两个的都躲在车里不见人。

她禁不住在心中感叹，左右都是为了元亨公主啊……

车马行经到北崇官道与宜南官道交叉的山谷处，便暂时停下休整。

萧湛和封锦终于各自走下了车，沿着山谷狭长的通道漫步而行。两个人静静走了好一会儿，萧湛才开口说："你带的护卫太少，我叫萧越护送你回去。"

封锦拽下山壁上的一株小草，一片片撕开，嘴里嗤笑道："千万别！你那位哥哥对你有多忠心，你又不是不知道！真要叫他护送我，他非得在心里把我恨透了。到时候肯定死催活催的，叫我一路都走不舒坦。还是免了的好。再说，我糙得很，可比不上你金贵，这点儿护卫够用了。"

"够用？"萧湛冷冷一勾唇，"怕是都不够你兄长塞牙缝的。"

封锦骤然沉下脸来。

萧湛也不理他，兀自道："既然你不喜欢萧越，那我另外派人随扈你左右。"

"萧湛！"封锦也恼了，"你以为我是三岁小孩儿呢？还要听你安排？你博陵王再尊贵，也管不到我头上来！"

萧湛回头看他，轻轻叹道："管是管不了的，只是方才还跟殿下约了明年相见，我可不能让你这一趟就死在半路上。"

"你……你个乌鸦嘴！"封锦低咒一声，才无奈道，"你放心吧，我又不是只会坐着等死的傻瓜，封瑞还动不了我。在府里也就罢了，在外头……"他笑了下，眼神既狡黠又冷酷，"我可要坏得多。"

仔细端详他一阵，确定他所言非虚后，萧湛才微微颔首："那就好，算我多事了。"

事情谈得差不多了，两个人便不多逗留，回身往车马围聚处走去。

远远地就见萧越和萧凛站在一处，正凝神听面前一人说话。那个人头戴褐色布巾，肩上插着一柄赤色小旗，看起来风尘仆仆、十分狼狈。

"是萧家军的斥候[2]呀！"封锦看了看那柄小旗，不由得讶然，"我记得你们萧家令旗中以赤色代表最紧急重要的密件，难道是冀州有变？"

连他都看得出来，更不用说萧湛了。只见他加快脚步，迅速走过去："发生何事？"

那斥候看到他来，连忙行礼，还没等说话，萧越就朝他挥挥手，示意他先下去休息。随后才朝萧湛道："回禀大王，幽州刺史童尉来信求援，说东部鲜卑慕容部于十日前偷袭并攻占上谷、雁门二郡，现已侵入幽州西北一线，直逼中山、范阳等地。敌势凶猛，童萍心急救父，已经自带玄军两部人马前往幽州应敌。"萧家军帐下的都尉童萍是童尉的幼子，自小就在萧家军中历练，这次自作主张也是情有可原。

萧湛点点头，说："传消息回去，冀州只留赤、青两军拱卫，白军、黄军可视情势一并调动增援。"萧家军共分五军十三部，以青、白、赤、玄、黄五色为名，每军分置两到三部。其中，赤军乃是最精锐的部队，由萧越亲自统领。

"是。"

"还有其他消息吗？"萧湛又问。

萧越略顿了下："还有魏嬷嬷的口信，大王在外头时日久了，她老人家日夜思念，担忧得茶饭不思呢。"

提起这位爱操心的嬷嬷，萧湛也不由得头痛。这魏嬷嬷是他母亲的奶娘，按辈分来算可真是整个博陵王府中最高的了，谁站她面前也横不起来。

"那就快马加鞭赶回冀州吧。"他伸手按了按额头，招呼着封锦，回身往车上走，"休息够了便启程。"

萧越笑着应下。

等到萧湛上了车，一直没出声的萧凛才疑惑道："大哥，你为何不将青州和徐州的兵马变动告诉二哥？"

方才那斥候除了送信过来，还带来一个消息，就是他沿途而来时，见到青、徐二州有大量兵马集结，正往邺都而来。要知道，这两州是齐王殷兆和广陵王殷祥的封地，他们在这个节骨眼突然动兵，可是十分不妙。

萧越神色复杂地看向车厢，沉声道："你方才也听到了，这两支兵马总数约在万人，邺都的总兵力却有四万之多，他们根本不足以对邺都构成威胁。只怕是宫中有人想借齐王和广陵王之势，好做点儿什么呢。"

"宫中的人？会是谁呢？"对于这些权力的钩心斗角，萧凛还是很稚嫩。

萧越却不想多谈："不管是谁，都与我们无关。好不容易出了邺都，我可不想大王又巴巴地跑回去。"之前因圜丘之事被困屯骑营，萧越就已经十分不爽了，"那位公主身上的麻烦太多，我们可管不了。"正因如此，方才他才急着赶走那个斥候。这消息若是让大王和那个封如意知道了，那大家就别想走了。

萧凛似懂非懂地点点头。大哥好像十分不喜欢元亨公主，他却觉得那位公主颇有气势。第一次见到她时是在鸿胪寺，只打了个照面，那时他自己十分狼狈，并没有多加注意。后来在青溪偶然遇见也是匆匆而过，一直到圜丘那日，他见着她在余晖中骑马飞奔，像无所畏惧的将军。再就是不久前她在广阳门为他们饯行了，阳光下她又十分可亲，言笑晏晏，看起来并没有公主架子。

萧越很快就统领好车队，跟封锦打了个招呼，两队人马便在此分道扬镳，一支往北、一支往南。

车厢的晃动叫人昏昏欲睡，萧湛掀开窗帘，望向山谷上方明亮到刺目的阳光。就如同这光芒照不亮这个常年阴凉的山谷腹地般，他的心头始终蒙着一重不安的阴影：

这场大旱酿成的恶果，终于开始萌发了……

注释：

① "行行重行行，与君生别离。相去万余里，各在天一涯。道路阻且长，会面安可知。胡马依北风，越鸟巢南枝。相去日已远，衣带日已缓。浮云蔽白日，游子不顾返。思君令人老，岁月忽已晚。弃捐勿复道，努力加餐饭。"

——《古诗十九首·行行重行行》

②斥候：古代的侦察兵，分骑兵和步兵，一般由行动敏捷的军士担任，是一个相当重要的兵种。

  金龙盘绕在硕大的楠木柱上,突出的龙尾宛如一面威风凛凛的旗帜,在地面上投射出厚重的黑影,这影子随着太阳的方位变换而缓缓移动。

  到影子的尾巴尖移到他膝前三尺远时,殷琮盘算了下,觉得时间差不多了,就脑袋一侧身子一歪,软绵绵地跌扑在地。

  这是他几天来的标准姿势了。要用胸腹的软肉着地,才不会碰到刚接好的手臂。

  若说苦处啊,太子殷琮简直能用自己的眼泪鼻涕把这太武殿的地砖都给浸湿了。

  今年来他是一直不顺,尤其是那个梁宪死了后。想到这里时,殷琮就有点儿想念那个死脑筋的少师了。

  圜丘之乱后,他更是满肚子的委屈没处说,连伤都不能好好养,就天天跑到这儿来跪着。

  阿玉说了,要是不能求得父皇原谅,不仅他的太子之位不保,整个东宫的人都要跟着陪葬。

  他虽有些不信,但到底是怕的。那日在中阳门前差点儿被一箭射穿脑袋,那恐怖的情形他这辈子怕是都忘不掉了。

  就因着这些怕,他才能在太武殿这坚硬的大理石地砖上跪了这许多天。大抵上跪半个时辰就晕一次,有太子妃跟他轮流着来,倒也还能忍耐。

  此时殷琮的脸贴在冰凉的地砖上,等着曲灵烟唱作俱佳的哭叫响起。

  然而等了好一会儿也没听见动静,周围静悄悄的,好似一个人都没有。

  他心里头有些发虚,便睁开眼来,却见曲灵烟挺直了背跪着一动不动,脸色发白地瞪着前方。

  殷琮慢慢抬起头来,就看到一双绣着金龙的帛屦站在面前。目光向上,赫然是皇帝殷硕!

  这是五天来殷琮第一次见到他的父皇。

  他仰头望着面无表情的帝王,只觉得他的父皇此时高大威严得宛如大山一般,连那脸上的横肉都显得气势十足。像忽然间找到了依托,他几步爬过去,抱住皇帝的腿号啕大哭。

"父皇,不是我干的……儿、儿臣只是无能,不是不孝,哪里敢做那等逆伦弑父的事……看到父皇没事,儿臣高兴……"

他这顿痛哭倒是真心实意,满面都是泪,惊惧中又带一丝亲近之意。

皇帝低头看着这张涕泪横流的面容,恍惚间似看到了年轻时的自己。

大抵父亲都是山,叫人敬畏,却又无法远离。

顿了半晌,他终于抬手拍了拍儿子的肩:"起来吧。"

殷琮抽抽噎噎地站起来,皇帝转身就往阶下走去。站在一旁的游贵使了个眼色,示意殷琮跟上去,他才慌忙追到皇帝身后。

曲灵烟还跪着不敢动,皇帝可没说她也能起来。

游贵轻声说:"太子妃先到祥福宫暂歇吧。"

曲灵烟一愣,他们这几日要是"晕厥"了,都是在太武殿旁的小阁休息,以便之后再接着跪。游贵现在却说让她到祥福宫去,莫不是说,他们不用再跪了?陛下肯原谅太子了?

这自然是件叫人欢喜的事,只是一想到要去见元亨,她心里头就万般不自在。

游贵见她面上表情瞬间变了几变,才柔顺地低下头:"多谢中常侍。"

她这些心思如何瞒得过游贵这样的人精?对于她在东宫的荒唐行径,他亦是知晓的,心中不屑,面上却只笑道:"太子妃客气了。"说着便招来两人,令他们送她至祥福宫。

皇帝和太子一前一后走到了汉白玉栏杆处,下方是宽阔的大道,一队巡逻的禁军正从道上经过。

在太武殿跪过几日的殷琮很清楚,这附近的守卫是宫中最森严的。他们现在站的这个位置虽然没有卫兵,但就在他们脚下,五百精锐日夜枕戈以待,随时都可冲出来护卫皇帝。

薄暮临近,站在高处似能感觉到*丝丝缕缕*的清风。

殷琮已经很多很多年不曾这样走在皇帝身后,方才那一哭是真情流露,这时候心里却渐渐地不安起来。

"父皇,我……"

"不必说了,朕知道不是你。"

一手抚上心口。那一刺虽然并不深,但伤口还是没那么快长好。每次痛起来时,他就会想到那时的绝望和恐惧。

不是太子,也不是元亨。

他和孟瑶的这一对儿女虽然秉性不相同,但都不是会向他下手的狠毒之辈。他深知这一点,所以越发觉得害怕。

只有德贵妃和殷玒了。

皇帝在太武殿中躺了好几天,却到底没能想出什么蛛丝马迹来。

他不是先帝那样英明神武察微知著的人,自己的言行尚且记不清,又如何想得起身边人的举动来?

但要查怕也是查不出什么的。

听秦廷昭说,元亨讯问了东宫所有的人,也没能找出幕后的主谋来。参与刺杀的五十名卫率军分散在各个小队中,平时并无关联,只有一个共同点,那就是他们都是军户的孤儿。

大弘立国初期战事繁多,士兵死伤十分惨重,战后为抚恤遗孤,特地设立了军户,让其后人成人后可进入行伍中谋生。

像这五十人都是家中无亲眷的,孑然一身,自然悍不畏死。

能把这些人从东宫卫率军中挑选出来,那幕后之人对东宫一定十分熟悉。

这五十人死了三十三人,剩下的十七人都逃出了城。至于那些祭舞的优人,都死在了圜丘。可说是死无对证、查无可查。

皇帝稍稍侧过身,打量着殷琮。

因为孟瑶的缘故,他对这个嫡长子十分不喜。

眼见着殷瑄渐渐长大了,德贵妃一门心思地想要易储,他听多了枕边风,也就应了。现在看来,殷琮反倒是最像他的一个。

虽然看着软弱无能,但人总会变的,这一点他自己就深有体会。

"你这个太子能当到今日,是因为什么,你知道吗?"

殷琮吓得脸色发白,当场就要跪下去:"儿、儿臣……"

"不知"两个字就要说出口,他忽地看到皇帝的眼睛,那并不是带着怒气要责罚他的目光,而是抱着某种期待似的。

期待——这是除了"无奈"之外,他见过的最多的眼神。母后还在时就是这样看着他,后来,阿玉也这样看他,还有梁宪、秦玄、罗中青……只是这些年来,这样的目光越

来越少出现在他们眼中了。

殷琮知道该怎么回应这种期待。他双膝落地，跪伏在皇帝跟前："儿臣知道，这都是因为父皇疼爱儿臣。"

皇帝浑浊的眼睛瞬间亮了一下，他慢慢伸手扶起殷琮："你心里明白就好。这世上，能护着你的人，只有朕。你母亲护不住你，元亨，更护不住你。"

他话中有话，殷琮愣了一下，好一会儿都说不出话来。

皇帝轻轻在他手背上拍了拍："朕知道，元亨一向对你好。但她跟你母亲太像，性格倔强听不进劝。她手里又握着你母亲留给她的东西，日后就算你登基了，少不得也要受她节制。就像当初，朕受制于你母亲一样。"

殷琮这下是真的害怕了。他不蠢，自然听得出皇帝的意思。他的父皇在用皇位诱惑他，要他对自己的胞妹下手。

"父皇，元亨……元亨跟母后不一样……"他满心恐惧、语无伦次，又怕惹恼皇帝，"母后死了很久了，元亨还年轻，她还要嫁人生孩子……"

"是呀，让她嫁人就好了。"皇帝的目光竟然带着慈爱，"不用嫁那么远，就在上邺待着，你想见她，随手就能召她入宫，就像贺芳长公主一样。"

好啊好啊，这样最好了。太远了不好，太近了……也不好。

见殷琮忙不迭地点着头，皇帝脸上渐渐泛起笑来。

他领着殷琮，把他的双手拉到汉白玉栏杆上，微凉的感觉从掌心传入，说不出的舒畅。

放眼望去，偌大的天虚宫都在脚下，都在眼底，无数人的命运都在天子掌中。

"元亨只有一点不好，就是太能干了。她要是做个寻常的、普通的公主就好了，像贺芳那样，像永贞那样。"皇帝的话一个字一个字地钻进了殷琮的耳朵里，"你母亲留下的那些东西是祸害，只要没有它们，元亨就会是个好女儿、好妹妹。"

是的。

阿玉太像母后了，这样不好。

他想起最后一次见到母后时，那张惨白的、毫无生气的面容，还有瘦得皮包骨的手腕，仿佛轻轻一捏就会碎掉。

不能让阿玉也变成那样。

"……母亲走神了。"

殷琤走上前去,将金剪从德贵妃手中取下。她面前那盆罗汉松,已经被剪得面目全非了。

细细碎碎的松针落在天青色的瓷盘上,好似一只只细小的虫子爬在上头,叫人莫名觉着恶心。

"我和瑄弟弟都来了好一会儿了,母亲都没发觉。"说着,她转头朝殷瑄使了个眼色,殷瑄却没看见,只是低着头兀自咬着小指不出声。殷琤无法,只得自己开口问了:"母亲可是有什么烦心事?"

其实她虽然这般问,心里却清楚得很。德贵妃这几日的郁郁寡欢,无非是为了皇帝的反常之态。

前日德贵妃特地带上他们姐弟俩,一同到太武殿求见,却依旧被拒之门外。皇帝这样的冷淡态度前所未有,德贵妃不免有点儿惊疑不定。

就连殷琤自己也有些疑虑,此次圜丘遇刺之事着实古怪,起初说是太子谋逆,但不过几个时辰后,太子就一身是伤地被送进了宫。之后宫内外风声鹤唳,却再没有人提太子谋逆的事了。

那日在太武殿前见到太子,脸上虽还有点儿浮肿,但精神看着却是恢复了。

元亨查了一通,明面上看着声势赫赫,但只是不痛不痒地处置了东宫的几个人,看样子也只是糊弄着想将此事压下去了。

对于她这做法,不仅皇帝没说什么,连德贵妃也一句异议都没有——这却是反常了。

殷琤深知自己母亲的性子,她想易储的心思无人不知,这次的机会这般好,她却没有借题发挥,反倒十分审慎地待在长清宫中……

殷琤一边扶着德贵妃到桌旁坐下,一边端详着她的神情。

因着烦心,德贵妃今日的妆容都显得不甚精致。只有看向殷瑄时,紧蹙在一起的月牙眉才稍稍舒展了些。

只见她抬手招殷瑄坐到身旁,心疼地抚着他的脸颊说:"瑄儿怎的瘦了?夜里还是睡不牢靠吗?"

许是在圜丘时受了惊吓,殷瑄回宫后便噩梦连连。这时候听德贵妃问起,他只是沉默地啃咬着手指,一声不吭。

德贵妃顿时急了,用力拉开他的手:"瑄儿,你有话就对母亲说,不许再这样咬手指头了,你可是大弘的皇子!"

殷瑄眨了眨眼，忽然哑着声音开口："母亲，瑄儿害怕……"

"害怕？你怕什么？"德贵妃不解，"难道是那些刺客？"

殷瑄打断她的话，他童稚的眼睛中似带着泪光："父皇是不是不喜欢瑄儿了？他是不是怪瑄儿没能救他？"

德贵妃和殷峥同时怔住了。

殷瑄的话却并没有结束："父皇都愿意见太子哥哥了，为什么不肯见我们呀？是不是因为太子哥哥抱着父皇哭，父皇就喜欢他了？"

"瑄弟弟！"殷峥喝住他，看向德贵妃，小心地斟酌着用词，"来长清宫前，我带着瑄弟弟去太武殿问候父皇，正碰上父皇教导太子，便先退下了。"

德贵妃木着一张脸，好半天才扯出一丝笑来："哦，你父皇都有心教导太子了，想必伤势应该无大碍了。"

她的表情中透着冷意，殷峥看着别扭，不由得想到大雩祭祀那日，在宣明殿前她和贺芳长公主的神情。

众人只知道殷玒将文武百官困在屯骑营中好几个时辰，却没注意到，德贵妃将命妇们软禁在宫中，一直到皇帝平安回宫后，才将她们放行。

气氛正冷着，信怜进来通报，说贺芳长公主来了。原本怏怏的德贵妃精神一振，殷峥便适时起身，带着殷瑄离开了。

在殿外遇到了殷涟，她手里摇着海棠纨扇，一身石榴红单衣娇艳如火，在暮色中匆匆而来。见着他们姐弟俩，殷涟便停了步子。她的唇色极红，一笑起来更是艳丽得触目惊心。

三人随意聊了几句，殷涟便赶着去见德贵妃了。眼见着她入了内殿，殷峥的眉头才慢慢皱起来。

对于这个姑姑，她一向不甚喜欢。因着受德贵妃倚重，殷涟行事颇为张狂，听闻她不仅在府中蓄养男宠，还四处搜罗美貌少年，淫乱荒唐的程度简直叫人惊诧。

她沉着脸没出声，殷瑄便默默地跟在她后头。如往常一般地踏上白玉桥，行至桥中央时，她忽然开口："为什么要这样做？"

殷瑄一愣，就见她站住脚，回过身来看他："你明知道母亲心情不好，为何还要出言挑拨？"

"哪有什么挑拨？"殷瑄笑了，"我说的都是实话。就算我不说，母亲也会从别人口中听到。"

"殷瑄！"

殷峥神色少有的肃厉，眼中压不住怒意："别人如何我不管！我只问你，你为何要假装害怕叫母亲担心？你莫不是、莫不是……"她说不出"利用"两字，但殷瑄方才的行径，分明是在故意刺激德贵妃。她知道殷瑄自小便聪明内秀，却从未想过，他小小年纪，竟会有这等心机城府。更想不到，他竟会将之用在亲生母亲身上。

"假装？"殷瑄敛去了笑，面无表情地盯着她，"姐姐可曾害怕过？"

"什么？"殷峥一愣。

"圜丘刺客射出的第一箭，是从我的头顶飞过去将太常卿洞穿的。"这个十二岁的少年神情冷漠，声音却有些变调，"二皇兄冲出去救父皇时，将我推到了身后。"他一头摔在宇文渊脚边，当时人群混乱，不知是谁的脚踩到了他身上。他痛得连连哀叫，宇文渊站在那儿看了好一会儿，才把他拎起来，语带嘲讽地说："三皇子怎么这样不小心？这么乱的时候，要是爬不起来，可不就被人踩死了？"

"在屯骑营时，二皇兄把我关在小屋里。那时候我在想，不知道姐姐和母亲会不会来救我。"

这些话他是第一次说出口，殷峥不由得心中愧疚。那日他回到宫中，母亲便召太医为他诊治过，只说受了惊吓，她们便都没放在心上。

现在想来，当时的情形堪称凶险，他一个小孩子受了这些苦，定是又惊又怕。思及此，她伸出手想摸摸他的脑袋，他却偏头躲开了。

"太子哥哥被叛贼掳走了，又被二皇兄追杀着，可还是让大姐姐救下来了。"殷瑄放低了声音，像孩子无心的嘟囔，"姐姐你比不了大姐姐，只能靠母亲了。"

殷峥的手僵在半空中，殷瑄黑白分明的眼睛看着很是天真，她心中却渐渐泛起了寒意。

"父皇好像有点儿变心了，要是他又喜欢太子哥哥了，那我可怎么办才好？唉，只能让母亲先下手为强了。"

这么乱的时候，谁要是被踩趴下了，就只有死。

此时，长清宫中。

德贵妃一见到殷涟，就急急开口询问："齐王和广陵王什么时候到？"

"按行程估算，还有十来天。"

"这么慢？"

第二十四章 各怀鬼胎

"毕竟路途遥远，长途行军，又要压着各地的消息。"见德贵妃一脸焦躁的样子，殷涟不由得意外，"娘娘怎的如此心急？"

"不急不行！"德贵妃起身踱了几步，又抓起金剪，对着残损的罗汉松一通乱剪，"陛下的心思变了，他今日见了太子，却到现在都未召见我。"

这些天皇帝虽然在太武殿中不见人，但他一向浸淫酒色，断是少不了女人陪的。他没有召妃子们侍寝，只跟几个胡女在殿中行乐。

韩甄心中的危机感越发躁烈，若是失去皇帝的宠幸，那她至今为止的所有谋划都将化为泡影。

当初孟皇后便是因此而落入绝境，韩甄受宠多年，已经无法想象被冷落失宠的恐怖情形了。

况且，她现在不是一个人，她还有儿子。

宫灯已经被点亮，德贵妃仰起头，望着窗棂上熠熠生辉的金漆，镏金的龙凤蜿蜒其上，怒目追着宝珠不放。

见她握着剪刀许久没有声息，殷涟忍不住唤道："娘娘？"

却见她长长舒了一口气，柔软的腰肢似乎挺直了些，那软塌塌的肩膀都像是被什么东西撑起来了，硬得扎眼。

"贺芳，你说得对。这世上，男人的心最是靠不住。"

殷涟不明所以地应了一声，一时间却摸不清她接下来的动向："您的意思是……"

"京中宿卫军，能为我们所用的有多少？"

殷涟一愣，下意识地答道："娘娘是知道的，邺都兵力统称为宿卫军，分为三部分，第一部为禁卫军和宫门四军，禁卫军分左右卫、左右武卫、左右骁卫六支，由光禄勋秦廷昭统领；第二部分为北军六营，由六大校尉守护城池，分别是射声校尉、翊军校尉、长水校尉、屯骑校尉、越骑校尉和步兵校尉；第三部分为东宫卫率军，分为前、后、左、右、上、下这六支卫率军。这其中，秦廷昭只听命于陛下，难以为娘娘所用，只有他手下禁卫军中的右卫军孙谅是效忠娘娘的。宫门四军不比禁卫军，倒是可以策动一番。至于北军六营，射声营王明德是元亨的人，屯骑营朱逸飞是二皇子的人，长水营方广志粗野难驯，翊军校尉尹金泗又是只滑不溜秋的老狐狸，算起来，也只有步兵营和越骑营可用。娘娘怎么突然问起这事了？"

德贵妃养尊处优惯了，一向最不耐烦听这些事。殷涟却乐意结交这些将军武人，她府中不乏优伶美姬，经常设宴邀人来作乐，一来二去的也有些成效。像那个颜浩，

就是她借越骑校尉张翰之手送入东宫的。

"我想，"德贵妃慢吞吞伸出剪子，铰住罗汉松的主干，用上双手的力气，一点点将之剪开，"既然要作乱，不妨乱上加乱些。趁着三王乱斗的时机，我们……夺宫吧！"

殷涟霍然抬起头，惊得变了颜色："娘娘！"

那罗汉松终于被绞断了，"咔嚓"一声，光秃秃的树冠断开，落在了地上。

——好像一颗断掉的脑袋。

入夜时分，祥福宫中的灯火次第点亮。

殷琰坐在书案后，一边翻阅着白天送来的文书折子，一边头也不抬地说："这几日辛苦你了，既然父皇肯见太子，此事也算告一段落了。待太子回来，你便随他回东宫吧。"

坐在一旁的曲灵烟僵硬地笑道："不、不辛苦，倒是元亨你，莫要累坏了。"

殷琰笑了一下，放下手中的折子，抬眼看她："嫂嫂嘴上这般说，其实心里，说不定多恨我呢。"

"没有的事！"

曲灵烟吓了一大跳，忙不迭地辩解："元亨你做的一切都是为了太子，为了东宫，你救了我那么多次，我怎会恨你？只是……多少有点儿怕……"她这话倒不假，颜浩的事后，她更加确定，只要有这位公主在，她和太子就绝不会有事。这次圜丘的事更是力证。

殷琰静静看了她片刻，才将目光落回桌面，口中说道："听说嫂嫂家里还有位妹妹？"

"是。"

"曲大人好似很宝贝令妹，一直藏着不让她见人。我可好奇得紧，不如嫂嫂带我见见？"

"这……"曲灵烟心虚得都要冒汗了，那次她把灵犀推给太子后就离开了，结果后来不知怎的，灵犀竟逃回了家，太子更病了好几天，还被元亨撞到了。她不确定元亨是不是知道那荒唐主意是她出的，这时候只有强笑道："真是不凑巧，小妹前些日子犯了怪病，她怕染到别人身上，就把自己关在房间里，连我爹娘都见不到她呢。"

"哦，有这事？那只有等她痊愈再说了。"

见她只是淡淡应了一句，并没有再追问下去，曲灵烟悄悄松了口气。她委实害怕殷琰，这样僵坐着真是无比煎熬。只想等着太子过来，赶紧回东宫去。

就这么过了半个多时辰，才终于把太子等来了。

他满脸兴色，走路都像带着风，一进门就叫："阿玉！阿玉！父皇不罚我了！"

殷琰早已停下笔，看着他欢喜的样子，不由得起身笑道："真的吗？恭喜阿兄，贺喜阿兄，快坐下喝点儿凉的去去汗。"

冰鉴中搁着用玉壶装的五味凉水，玉英倒出一碗送过来，殷琮一大口喝了个精光。曲灵烟用手绢为他擦汗，也是喜形于色："太好了，这下总算能回东宫了！"这些日子在宫中真是受尽了苦，吃不好睡不好，每日跪着受累不说，更难受的是心里头那胆战心惊的滋味，回想起来都觉得害怕。

"嗝！不、不回去。父皇要我留在宫里，学着看折子批奏章。"殷琮说着就苦着张脸，"阿玉，这我可不会啊，你教教我。"

曲灵烟一听就花容失色，手一颤就把手绢压他眼睛上了。殷琮"哎"的一声慌忙躲开。

殷琰失笑："既然如此，就让嫂嫂先回东宫吧。阿兄你且在宫中住着，正好我这儿有些折子，今晚阿兄就陪我一起看吧。"

其实自殷琮被立为太子后，按例每日都会有一小部分折子送到东宫去，由他批阅的。只是他一向懒惰，政事全都推给了梁少师。

殷琰年纪渐长，见兄长不成器，就把东宫的事抓过来管，连折子也一同批了。她刚才正看的这些文书，就是这段时间积压下来的。

曲灵烟自然求之不得，便转向殷琮说："殿下，妾身有点儿累，先回去了。"

殷琮点点头，亲自将她送到门外，想着得有些日子回不了东宫无法相见，两个人互相叮咛了半天。

他和曲灵烟年少夫妻，这些年下来也算是甘苦与共，感情自然是深的。尤其他们私底下一同做过不少混账事，更有一股惺惺相惜的知己意味。

真要说起来，比起殷琰来，殷琮更愿意听曲灵烟的话。

殷琰曾经希望这位嫂嫂能帮她规劝兄长，但等到她看清曲灵烟柔婉表皮下的真容后，就跟咽了一只苍蝇般恶心。

她冷眼看他们夫妻俩话别，忍不住想，若是太子登基了，他的皇后绝不能是曲灵烟。

送走了曲灵烟，殷琮又晃回到殷琰跟前，从书案上拎起一份折子胡乱翻开。

"司州河东郡蝗旱相连，月初飞蝗自东北来，蝗翅蔽天，所至草木及畜毛靡有孑遗，郡中农田不及收割悉数被毁。生民渴无水，饥无食，郡县余粮不足，百姓捕蝗充饥……"

殷琮嘻嘻笑起来："捕蝗虫吃？好像也挺有意思的。"

殷琰沉下脸来，但忍着没有发作，只问他："这是司州刺史加急送过来的，依阿兄看，朝廷该如何做？"

"这还不简单？不是说没吃没喝吗，那就给他们送水送粮啊。"

"送水送粮可没这么简单。从哪里送过去，怎么送？河东郡计有三万多户，近二十万百姓，眼下庄稼尽毁，汾水已近干涸，而周边郡县的灾情也不相上下，无力协助赈灾。司州刺史只得求助于朝廷。现在每耽搁一日，就有许多百姓会饥渴而死。"

殷琮可从没想过这么复杂的问题，脑袋空空地瞪着眼："那、那怎么办？"

殷琰将笔递给殷琮，示意他依言落笔："我已传信司州刺史，让他倚靠洛阳之力先行救灾。洛阳乃富庶之城，一面可运粮草至河东郡，一面可收纳逃灾而来的流民。再引洛水向西，暂且缓解河东缺水的燃眉之急……"

她的语速并不慢，显然是早就经过深思熟虑后打好腹稿说出的。殷琮的一笔字倒还可看，笔走龙蛇，紧跟着把她的话记录下来。

"天灾还有应对之机，这般关键的时候，再不能有人祸来添乱了。"

说到这儿，殷琰转头看向殷琮，她眉间压着忧虑，眼神分外冷峻，直把暗怀鬼胎的殷琮看得心惊肉跳，以为自己露了什么马脚。

"阿兄，父皇这次没有追究于你，便是天大的开恩了，你今后定要虚心向学，恪尽太子之责。你须尽快熟悉朝中政事，我亦会在旁督促辅佐你，免得你日后登基了还对国事半点儿不知。"

殷琮忙不迭点着头："阿玉，你跟我说过，太子之位就是我的命。我原还不相信，但这次的事可真吓坏我了。殷玒和德贵妃都虎视眈眈，我怕……"他瞥了眼正在灯下剪着烛花的玉英，压低了声音，"你可有制住他们的法子？"

"殷玒不足为惧，他不过是借着我们和德贵妃相争，想来个渔翁得利。"难得见殷琮这般认真的样子，殷琰以为他终于开窍了，便将现今的形势向他一一说明，"至于德贵妃，她虽然势大，但如今父皇的态度有所改变，只要你好好听从父皇教诲，德贵妃再想让父皇易储就难了。"

"……我当然会听父皇的话！"殷琮低声嘟囔了一句，忽然抓住她的手，"可是我不想再坐以待毙了！阿玉，母后过世前，就没留下什么可用的东西吗？过去她在朝中军中威望都不低，难道没预备什么后手给我们？"

殷琰倏地抬眼盯住他，这目光锐利得似要穿透他的身体。殷琮忍不住瑟缩了下，刚想说点儿什么掩饰，殷琰就转开了眼，淡淡道："母后有没有留东西，阿兄会不知道吗？那时我才八岁。父皇命人将我召进昭阳殿时，母后已经仙去了。"

"说、说的也是……"殷琮讪讪地松开手，突然想起了什么似的，身子一缩哀叫起来，"哎哟，我的肩膀好痛！"

"阿兄今日的药膏还未敷吧？"

殷琰正要命人送来药膏，殷琮却抢先站起来，晃悠悠地往外走："跪了一天浑身都是汗臭，我先去沐浴了再敷药。"

殷琰没有再拦，甚至没有起身送他，只是望着他的背影浸入夜色中。

玉英轻悄悄地走过来，手里剪烛花的小剪都忘了放下："公主，太子他……"

"嗯，我知道。"

殷琰放松了身体，仰头靠在椅背上。

殷琮方才的那番话，明里暗里都在探问母后是不是有留了什么东西给她。过去这么多年了，到现在他才突然问起。很明显，他是替别人问的。

至于这个别人——

她苦笑着闭上眼，父皇啊父皇，那些东西对你来说真的有这么重要吗？逼死了母后还不够，还要撺掇着阿兄来逼她？

光禄勋府。

"要出门？看来那三十杖打得还不够狠。"

站在门口正小心翼翼关上房门的秦玄身子一僵，认命地转过身，看向来人："爹，您还没进宫吗？"

现在已经过了巳时，秦廷昭一身官服，却还留在府中。

"我若是走了，还能抓到你吗？"秦廷昭缓步走上前来，目光平淡地看了他一眼，"怎么，想去东宫？"

"哈、哈，怎么可能！"秦玄发出连他自己都觉得假到透顶的笑声，胡乱朝外一指，"儿子就是想到花园走走，对，散散步，这几天一直躺在床上，身子骨都要发霉了。"

"哦？"

秦廷昭头也不回地吩咐身后的随从："秦九，你去陪公子走走。"

"是！"秦九大声应道，朝秦玄做了个鬼脸。

秦玄瞪了他一眼，转身就要往后园走去，却听秦廷昭说："你护卫东宫不力，失职当罚。我已向殿下请过口谕，从今日起，撤去你东宫左詹士之职，留府待命。"

秦玄霍地回过头："不可能！"

秦廷昭说的"殿下"自然不是太子。他们都清楚，当初他会到东宫去，是因为元亨公主的安排。秦玄无论如何也不能相信，公主竟会在这个时候将他赶出东宫！

"正式文书午后便会送到。"看着儿子俊美的面容上满是不甘，秦廷昭微微眯起眼睛，"今后，没有我的允许，不准你擅自离府。"

"爹——"

"住嘴！你们玩的那些小把戏，能瞒得过谁？德贵妃早就有了准备，等到三王齐聚邺都，到时但凡有半点儿差池，你们就是第一个被拿来祭刀的！"毕竟只有这么一个儿子，光禄勋再怎么冷面无情，此时也带了薄怒，"给我好好待着！"

说罢便拂袖离去。

秦玄呆在当场，见他一直不动，秦九便上来拉他："公子不是要去散步吗？走走走。"

秦玄被他拉着走，脑子里虽是纷乱如麻，但有一件事他是明白的：罗中青他们有事瞒着他！

方才秦廷昭说的是"你们"，显然是东宫有人在暗地里做了什么事。此事怕会引来大祸，因此他才借这次的事让秦玄离开东宫。

"公子，大人方才凶是凶了点儿，你也不用一副吓掉了魂的样子吧？"

"哎，公子，公子，你听我说话了没？"

秦九像只聒噪的鸭子似的叫个不停，还伸出手在秦玄面前挥来挥去："坏了，公子被吓傻了……"

"你才傻了！"

秦玄忍无可忍，一把挥开他的手。刚才想事的当口，他们已经走到了后园的荷池前。他当下就指着这一池碧波："你，跳下去。"

"什、什么？"秦九露出被雷劈了的表情，想也没想就扑跪在他跟前，抱住他的腰开始号，"公子不要杀我啊，小人是无辜的啊！"

"再吵吵我就把你绑了扔去喂鱼！"

明知道这小子是在胡闹，秦玄还是想翻白眼。秦九只比他小一岁，是自小养在府里的家奴，他们名为主仆，实际上彼此亲厚如兄弟。

"我马上要出府去，你不进池子，难道想被我打晕吗？"

秦九嘿嘿笑了笑爬起来，当真一句话也不说，反身就跳进池中，溅起好大的水花。他湿漉漉的脑袋钻出水面，游到池边："公子从小门走，马拴在巷子最里头。"

"哼，算你懂事。"

秦玄居高临下地看着他笑，想了想蹲下身来，低声问："阿九，若是有一天，我跟我爹对着干，你会帮谁？"

"这还用问？咱不是打小就说好了，阿九一辈子就跟着公子了。"秦九用手背抹了下头上的水珠，微黑的脸在阳光下透出少年独有的朝气，"不过公子可要护着小人啊，要不然大人发起狠来，把我打死了可怎么办？"

"你皮厚，死不了。"

秦玄拍拍他的脑袋："那我走了，天黑前回来。"

他从小门溜出府，顾不得伤势未愈，跳上马背直奔白璧里一处名为"客来醉"的酒家。进入店中，不待小二招呼，他就大步登上楼梯。

二楼，东起第三间房。

他推门而入，毫不意外地看到桌旁坐着的东宫舍人罗中青和右詹士冯路之两人。他们本就约好今日在这儿相聚饮酒。

"你可算来了。"冯路之笑道，"我们还在说该不会你伤还没好，痛得走不了路呢。"

秦玄没作声，反手将房门关上，放下门闩。

冯路之还在笑："喝个酒而已，也太小心了吧？"

却见秦玄面无表情地走到他面前，毫无征兆地一拳挥出。他自小练武，这一拳虽然收了力道，但还是把冯路之整个人打翻在地。

"秦玄！"

罗中青吃了一惊，走过来想拦他，没想到他回身又是一拳，打得罗中青栽倒在桌上，"乒乒乓乓"的碎响声中，把一桌好酒菜都砸了。

"……你疯了？"

罗中青擦了下肿痛的嘴角，看到手背上的血渍时，饶是耿直宽厚的他也不禁心头冒火。他手头上还是有几分功夫的，当下一挣身子，豁了劲地扑向秦玄。

秦玄冷哼一声，也不闪躲，一伸手拧住他的右臂，趁他不能动弹时飞起一脚，直把他踢出数尺外。

罗中青这一下摔得一口气出不了，趴在地上都起不来。

一旁的冯路之面带惊惧，瘫坐在地上，莫名地瞪着面前的秦玄。

他们共事大半年，互相都早已熟悉，秦玄虽然性子高傲躁烈，却从没有向同僚动过手。

但此时他冷然而立，一身紫衣映得他的面色阴沉不定，戾气隐现。

"我疯了？"秦玄冷笑着在桌边坐下，"我看你们才是疯了！都给我说，你们瞒着我在谋划什么？哪个王要入京？你们是想害死东宫、害死公主吗？"后面两句他是压低了声音吼出来的。

地上的两个人面色都是一变。

尤其是罗中青，他本就心有愧疚，这时被秦玄一吼，便不再隐瞒，将他们几人发信邀安定王进京清君侧之事略述了一遍。

秦玄越听越不敢置信，好半晌才发问："你们是以公主的名义写的信？此事公主知道吗？"

"……不知。"罗中青脑袋都快埋地上去了。

秦玄反手抓起边上的酒杯朝他砸去，怒骂一句："你——"但他终究出身名门，难听的腌臜言语还是出不了口，气恨无言之下，索性跳起来往外走。

冯路之却挡住了门："秦玄，你怎么会知道这事？"

"哼，不只我知道了，连德贵妃也知道了！"回头看了眼艰难爬起的罗中青，秦玄脸上的嘲讽稍稍收了点儿，低声道，"你们怎会如此糊涂？德贵妃那边召了齐王和广陵王，到时候三王在邺都相遇，稍有不慎，那可都是倾覆朝纲的天大祸事呀！"秦廷昭虽然只提了一句，但秦玄何等聪明，路上早就把这些想明白了。

罗中青惊得一个趔趄："这怎么可能？德贵妃是如何得知我们的计划……"

"现在说这些都没用了。"秦玄叹口气，"我这就进宫，将此事告知公主——"

却在此时，冯路之举起门边的花瓶，用力朝他脑袋砸下。只听"咚"的一声，秦玄勉强转过身，说了句"你……"就软倒在地。

罗中青惊愕地瞪着冯路之："你干什么？"

"我、我只是不想让他现在就去找公主……"冯路之磕磕巴巴地说，脸色煞白。

这时候罗中青那耿直又决断的性子就显出来了，他动作麻利地把昏倒的秦玄抱到小榻上安置好，随后拽着冯路之朝外走去："我们先去廷尉府！"

他们急匆匆出了门，下楼时差点儿把一个少年撞翻。

那孩子穿着身灰衣服，头上戴着蓝布巾，像是小学徒的样子，被撞到了也唯唯诺诺地低着头，默不作声地躲到一边去了。

罗中青二人急着去办事，谁也没有多看他一眼。

廷尉府的左平官①罗允是罗中青族弟，两个人闲暇时常有来往，连廷尉府的门人都认得他，直接引他们入内。

罗允正在誊抄卷册，一抬头看到他们俩，微微挑起眉："怎么这时候过来了？"

"奉殿下之命，前来探视梁氏兄弟。"

罗中青简短地说了一句，罗允眉头一皱，便放下手中的卷册，起身道："随我来。"

太子少师梁宪死后，梁府的人都受牵连获罪，梁温的太守官帽自然也被摘了。在元亨公主的授意下，梁宪的两个儿子梁温和梁胜被关在廷尉府深处的小院里。除了不准离开廷尉府外，其他都随他们自由。说是关，倒不如说是带着保护的软禁。

对于梁胜这样浑身是劲的少年郎来说，这段时间真是煎熬至极。

初期沉浸在悲痛中还不觉得，时日一久，他闲得都要长虱子了。

每日都被兄长逼着读书习字，他无聊得不行，就变着法儿骗廷尉府中的士兵陪他

动手切磋。但他天生力大，寻常人在他手上都走不了几个回合，那些士兵们吃过几次亏，一个个就躲着他了。

近一个月了，除了兄长那张能淡出鸟来的平静面孔外，也只有罗允时不时会过来一趟，带些外头的消息给他们。

罗允刚推开院门，就见梁胜坐在廊下，一见他就蹦起来："罗大哥，今天怎么来得这么早？"

紧接着他就看到罗中青二人，脸上的惊喜之色立时定住了，闷声道："兄长在屋中读书，我去叫他来。"

"嗯，我们在凉亭等他。"

四面透风的亭子是最适合谈话的地方，视野开阔，周围也不可能藏住偷听的人。

梁温来得很快，眼睛在众人身上一扫，问道："出什么事了？"

罗中青点了下头，将秦玄的话转述了一遍。

梁温的表情仍是淡淡的，看不出什么变化，只是低声一叹："来得好快。"不等其他人发问，他紧接着说："公主那边有秦玄知会。事情到了这一步，已经不需要我们再做什么了。接下来，只有等。"

"等什么？"罗中青不解。

"贵人。"

微笑着吐出这两个字，梁温显然没有再往下说的打算了。他站起身来："读书久了竟饿了，诸位可要留下一同用餐？"

罗中青和冯路之面面相觑，他们现在哪还有心思吃饭呀！

虽然很想抓着梁温让他把话说明白，但他们都知道，梁温想卖关子的话，谁都别想从他嘴里问出什么来。

两个人只好苦着脸，揣着满腹心事告辞了。

秦玄刚模糊地醒转过来时，就立刻察觉不对。

整个空间都在有节奏地摇晃着，周围很是嘈杂，隐约还夹杂着清脆的铃声。

他蓦地睁开眼睛，映入眼帘的是上方灰白色的布帐。粗陋的板壁上有手指宽的缝隙，看着就像随便找了几块木板钉出来的，连窗子都没有。

午时炙热的阳光正肆无忌惮地穿射而来，过于明亮的光线逼得他不得不眯起眼睛来，好一会儿才意识到：自己正置身于车上。

第二十五章

这是一辆……牛车？

他慢慢坐起身，后脑勺儿上清晰的钝痛提醒着他——冯路之那小子真的拿瓶子砸了他脑袋！

他们把他打晕了，然后扔到了牛车上？

火气冒上心头，他却没有立刻冲下车去，反倒十分细致地卷起了袖子。

哼，他倒要看看，他们到底在玩什么把戏！然后……他暗暗握了握拳头。

刚这么想着，车子竟然停下来了。他按住车壁，气沉丹田，准备等人一掀帘子就先送一个冲天踹出去。

可左等右等，却没半个人来。

秦玄原本就少的耐性很快就磨光了，他霍地一卷竹帘，凶神恶煞地跳下车。

然而眼前的景象却出乎他的意料——

高大的城墙就在眼前，墙根下的阴凉处密密麻麻地挤满了人，有的坐着，有的躺着，还有抱着婴儿"呜哇哇"地哭的。

所有人的脸色都是蜡黄蜡黄的，像脚下干裂的泥土，眼神中透着深沉的绝望。

是流民。

那些因大旱缺水无法在故土生存的百姓，他们循着漫长的漳河，一直来到了上邺。但帝都的繁华却与他们无关，他们被拒之城外，像无家可归的野狗般缩在外墙下。

城内长明沟碧水悠悠，两岸青柳如烟。

白日里热气蒸腾的时候，富贵人家的青砖上都泼了水降温，还有一樽樽冰鉴中的凉气逸散。

只有一墙之隔，却是截然不同的两个世界。

秦玄僵硬地站在车前，全然忘了自己上一秒想的是什么。

他出身高贵，出入之地不是皇宫，就是达官贵人之所，所见所闻都是富贵优雅的，像那柔软的丝罗，像那清雅的琴声。

就算是家奴下人，也是阿九这样叫人喜欢的。

从没有像眼前这般，衣衫褴褛下全是枯瘦可怕的肢体，连痛苦哀叫也没什么力气，好似垂死的野兽从喉咙中挤出的呻吟。

哪怕在史册上读过不同朝代百姓困苦的惨状，都不如眼前这一幕来得震撼。

呆站着的秦玄压根不知道自己有多显眼，他那一身华贵的紫衣，一看就不像是会出现在这地方的人。

人们渐渐安静下来。

正低头为一个伤者清理手臂上化脓的伤口的灰衣少年终于注意到他,连忙放下手中的活计,小跑了过去。

"你醒了?别在这儿站着,快到车上去。"

秦玄莫名地瞪着他,这少年身量十分娇小,脸上好像有点儿脏,灰一块白一块的。叫人印象深刻的是他双眉间透着英气,一双眼睛十分清冽。

"……是你?"他两眼瞪得老大,"曲——"

"嘘!有话进去说!"少年飞快地示意他噤声。

秦玄难得听话地转身上了车,那少年也灵巧地钻了进来,低声说:"我看你晕倒在酒楼里,怕不安全,就把你带出来了。"

秦玄半天没说话,只盯着少年,上下打量了一番后才开口:"你怎么会在这儿,曲家二小姐?"

眼前这衣着朴素的少年,竟然是之前有过一面之缘的曲灵犀。

那时在东宫中她模样狼狈,又惊又惧,跟现在这聪明伶俐的样子大不相同。

若不是当时是秦玄亲自将她送回曲府,见过她穿男装的样子,这时候恐怕根本认不出来。

"城外有不少流民生病,胡爷爷担心会酿成疫病,就天天出城来为他们诊治。我就是来给他做个帮手。"见秦玄仍皱着眉头,曲灵犀又补充了一句,"胡爷爷是永萱堂的大夫,医术很高明。"

"什么乱七八糟的!"秦玄黑着脸,"二小姐难道忘了你答应公主的事了?不离开曲府,不见任何人。你现在这样乱跑,要是惹了麻烦……"因为对太子妃先入为主的糟糕印象,连带着他对这位太子妃之妹也心中生厌。之前因为东宫中的那件事,他还有点儿可怜她,现在看来,她跟她姐姐一样,都不安分。

曲灵犀敏锐地察觉到他语气中的不悦,她微微抿了抿唇,声音虽轻却并不软弱:"秦詹士不用担心,圜丘之乱后,想必太子殿下不会再有心思管其他的事了。曲家二小姐仍在深闺之中,秦詹士现在所见的,只不过是永萱堂的学徒林颂。"

她微垂着眼,看着乖巧,却不软不硬地叫秦玄碰了个钉子。秦玄平日里都在男人堆里,接触得多些的女人,只有元亨公主和太子妃。

太子妃就不用说了,他打心眼里厌恶。至于公主,他可从没把她当作一个寻常女人来看。而这位二小姐,论年龄足足比他小了六岁,按说也就是个不懂事的小姑娘,

第二十五章

但就这么两句话，竟噎住了他。

气氛隐隐地有点儿僵。

高傲的秦詹士可不知道惹恼了小姑娘后，该怎么补救，只能瞪着竹帘发愣。

还是曲灵犀转过话头："詹士既然醒了，若有其他事就请自便吧。您的马拴在车后头，客来醉酒家那儿我也打点妥当了。我先去帮师父做事了。"

话毕，她就转身下了车，秦玄下意识跟出去，抬头看到那些流民，终于忍不住问："那些人，在这儿多久了？"

"长的三个多月，短的不过几天。"曲灵犀稚嫩的脸上透着跟她的年龄毫不相称的沉重，"每日都有人熬不过去，尸体就随便扔在河对岸的洼地里。之前太守梁大人还会送些粥水来，他被囚禁后，连这点儿救济也没了。这里离城门远，士兵不会来驱赶流民。胡爷爷就借着义诊之名，带出来一点儿吃食，但也只是杯水车薪。"

秦玄沉默地听着。他知道，朝廷是不会管这些人的。之前公主劝陛下停建柔风台，曾提过流民日渐增多的事。结果惹怒了陛下，不仅公主被关了禁闭，连太守梁温也因管束流民不当而被罚。如今邺都风云变幻，更不会有人想到这些可怜的百姓。

而这还只是京城的境况，那些远离帝都又灾情严重的地方，现在会是什么样子，秦玄连想都不敢想。

他盯着人群看了一会儿，忽然惊疑道："怎么还有些羯胡在这儿？"

"嗯，许是编户的胡人流离了原来的居所，跟着流民们一同来的。"曲灵犀叹道，"这些日子来的胡人越发多了，好在他们不像传说的那样蛮横凶狠，倒是比普通流民还安静些。而且他们大多备着干粮，看着没那么困窘。"

秦玄凝神注视着那些胡人，他们的脸大多黝黑瘦削，安静地靠在墙角下，彼此并没有什么交谈，像一只只沉默的……狼。

那些人似乎察觉到他的注视，其中一个侧着头，用眼角余光睨了他一下。

不知道为什么，他忽然有种危险的感觉。颈后的寒毛都竖了起来，几乎要去握悬在腰侧的长剑。

这时，曲灵犀回过头来，看他一脸紧绷的样子，就安慰道："这些事听听就够了，詹士要做的事是攸关天下万民的大事，不必为一些细枝末节烦恼。若是见到公主，还请替林颂带几句话给她。"

秦玄稍一分神，那个人又缩进了人群中，刚才那瞬间的危险感像是他的错觉。他定了定神，沉声道："你说。"

"请禀告公主,只有朝纲稳固,才能腾出手来赈灾救人。这些流民恐怕没法再熬三个月了。"曲灵犀迎着烈日仰起头来,日光将她的脸映得明亮无比,"古人说,当断不断、反受其乱,请公主放眼看看这天下苍生,救黎民于水火之中。"

看着这只到他胸口高的女孩,秦玄忽然觉得羞愧万分。他狼狈地移开眼,点头应允。

"那好,我们就各司其职、各自尽力!"曲灵犀振奋地挥挥手,转身奔回人群中。

各司其职各自尽力吗?

秦玄到车后解下他的马,再不耽搁,朝城门的方向狂奔而去。

"太华之阿,何人吹箫?凤凰翼翼而来,彩云卷卷出岫。徘之徊之,鸣之舞之。傍挟日月,嬉游于天地之外;追摩星汉,翱翔于六合之间。"②

廷尉府小院中琴声悠悠飘扬,梁温独坐在亭中,将一首《凤云游》弹了一遍又一遍。

一旁的梁胜听得耳朵起茧,忍无可忍到壮起胆子准备去求兄长换首曲子时,院门再一次被推开了。

这一回迈进来的是鸦色深衣的公主,身后站着神色肃穆的秦玄。见到了梁胜,殷琰露出一丝笑:"多日不见了,阿胜。"

梁胜脸上刚浮起欢喜之色,就好记性地想起上回相见的情形,立刻冷哼一声,头也不回地转身进屋。

殷琰笑着摇摇头,步入亭中。

梁温手上不停,仍是奏着《凤云游》,漫不经心地说:"梁温早早备下茶盘,还请殿下代劳煮茶。"

秦玄一向看不得他这神神道道的样子,他今天又分外暴躁,眉一扬就要去揪梁温的领子,却被殷琰拦住。她在茶盘一侧落座,熟稔地取过茶饼,细细地用小玉锤捣成碎末,再冲入沸汤,加入盐粒,撇去浮沫,候着茶水到色清味正之时,才将之舀入茶碗中。

"殿下以为我这琴曲如何?"

"此曲古意悠然,超凡脱俗,曲调清丽旷达,令人心生向往。"殷琰随口答道,指着茶水说,"尝尝看,以前跟梁少师学的茶艺,也不知道退步了没。"

"哪里会退步?"梁温慢悠悠地品着茶,"殿下既天资聪颖,习艺又刻苦用功,家父对您一直赞不绝口。我弹了许久的琴,才等到殿下这真凤驾临,真该以茶代酒,浮一大白。"

"等?"殷琰苦笑,"是'逼'吧?"

"等也好，逼也罢。那时在诏狱监的话，如今再问，殿下可改变心意了？"

殷琰轻轻摩挲着碗壁，叹道："还需要我改变心意吗？眼下的情势，哪还有第二条路可选？"她既然不可能退守自保，就只有向前冲了。"你是什么时候知道的？"

"就在家父过世那一日。"

"果然……"

听他们俩打了半天的哑谜，秦玄忍不住问："殿下，你们在说什么？"

梁温看了他一眼，目光探询地看向殷琰。

"不会是他。"殷琰淡淡地开口，"秦玄，东宫有内奸。"

"内……内奸？"秦玄一怔。

"太子呈给陛下的文章中，夹带了那几篇惹祸的东西。"说起这起害梁宪惨死的事端，梁温的语气冷了下来，"殿下当时虽然杀了颜浩，却也该明白，这绝不是颜浩一个人能做到的。"

"不错，太子的文章向来是梁少师亲自核查后才会呈递的。那段时日，梁少师大病未愈，核查之事，便交给了东宫属官。"殷琰看着秦玄，一字一句地说，"只有你、罗中青和冯路之三人。"

秦玄悚然而惊，不由得跪直了身体。

"殿下，这、这也不一定吧？还有其他人……"他不敢置信，慌乱道，"太子妃！太子妃也有可能！"

"太子妃虽然荒唐，但她和太子是一荣俱荣、一损俱损的夫妻，她再蠢，也不会害自己。况且，圜丘之事，有人盗用了皇太子印玺，发出了刺杀檄文。"圜丘那日到深夜时，她回到祥福宫，才发现那块白绢竟然不见了。她袖中有束袋，不可能会在途中遗失。思来想去，只有那个白面秀气的士兵近了她身，定是被他拿走了。"若是那刺客首领被捉，搜出这檄文来，那太子就真的只有死路一条。"

这件事非同小可，饶是梁温那样淡然的性子，也不由得变了色。

"原来刺杀之事还有这等撒手锏……真是小瞧了德贵妃。"

秦玄更是俊脸惨白，他还以为东宫是完全被嫁祸的，没想到对手竟然设下这么狠毒的陷阱。

"皇太子印玺只有我们三人能拿到……"他自己没有做过这事，那么，就只有，"罗中青和冯路之他们两个人……"

"还不能确定是哪一个。不过这也无妨，正好可以将计就计。"梁温瞬间就恢复

了平静,"秦玄,德贵妃邀二王入京的消息,你是从何得来的?"

"我爹他言语中透露了点儿消息。"

梁温肯定地点点头:"光禄勋是故意的。"

对于这个判断,秦玄并没有异议。

他爹为人谨慎又心机深沉,说漏嘴这种事可不会在他身上出现。至于他为什么要透露消息——

"光禄勋想必掌握着三王军队的情况,以我估算,三王兵力统共不会超过三万。到时候他们在城外驻扎,光禄勋手握两万禁军,只需随时警戒,就能控制形势。这也正是我们的机会。"

梁温用手指蘸了茶水,在茶盘上随手勾画出上邺的兵力分布:"为了牵制这两万禁军,我才故意露了消息,让德贵妃惊惧之下请二王出兵。邺都除禁军外,就只有北军六大营一万多人和宫门四军五千人。其中德贵妃能用的不到一半。而东宫,还有整整一万的卫率军。"

秦玄看他一通指点,这才回过味来:"你这是要……逼宫?"

"然也。"

梁温轻轻一击茶盘,在这一刻,那看似温和淡然的面容终于掩不住他双眼中跃动的野心。那张伪饰多年的温良恭谨的表皮,一朝被戳破,内中隐藏的凶兽煞气凛凛,只等着啃噬败亡的弱者。

"德不称其任,其祸必酷;能不称其位,其殃必大。"③

后世史家在论及弘愍帝殷硕时,多半会将这句话作为他的最后批言。

说起来,弘太祖殷政立国之年,正是殷硕的降生之年。至殷硕身死、乱世初开时,前后不过四十九年。

而在泰安三年这个暗潮汹涌的七月,那些身在局中的人们,没有一个能预料到,历史竟会以那样狂放恶毒的方式,将所有人推入一场凄风血雨的惊天倾覆当中。

他们——

或为至亲而战,铤而走险,放手一搏;

或为野心而动,万般算计,成王败寇;

或随波逐流,如荇草无依,长夜彷徨;

或披肝沥胆,为心中一念,倾尽血泪……

赤心所向 第二十五章

　　每个人都在做着自认为正确的事，拼上所有筹码，只想赢到最后。却没想到，对于仍在"盛年"的大弘来说，他们这些看似微小的变数，一一叠加，竟成了压垮坚墙壁垒的致命重负。

　　七月的最后一天，恰好是白露。

　　白日里虽然炎热依旧，但入夜后凉风渐起，单穿着一身薄衫在地上跪久了，竟觉出一丝清寒来。

　　刘仪额头贴着冰凉的地砖，虽然竭力自持，却还是抑不住身体的紧绷。

　　他已经许久、许久没有这么害怕过了。

　　跟在公主身边，他进出宫闱，骑马练剑、阅历重臣贵胄。

　　在日渐强健的体魄下，胸腔中的那颗心脏似乎也跳得越来越沉稳有力。

　　像是脱胎换骨了般，他全身都充满力量。

　　就算站在那个曾叫他畏惧的卫尉黄旭面前，他也浑然不惧，并不觉得自己会不如对方。

　　好似都忘了，自己还是个阉人。

　　直到此刻，他跪在这个只在噩梦中才会出现的窨室中——蚕室①。

　　"还记得你受腐刑时是几岁吗？"

　　面前坐在木椅上的人终于开口了，略显尖厉的声音像利刃般直戳他的痛处。

　　刘仪瑟缩了下："回、回中常侍，小人受刑时是⋯⋯十五岁。"

　　"十五岁？巧了，跟我当初是一样的年纪。"游贵眯着眼，火光从他身后的石墙上照下来，让他的脸显得晦暗不明，"到如今，也有三十一年了。"

　　他的声音中听不出喜怒，刘仪紧张地等待着他接下来的话。

　　这位皇帝身边的红人，在这样的夜里将自己召到此地，绝不会是为了套几句近乎。

　　"算起来，你受刑已有三年多，也该是时候复查一番了。"游贵抬手抖开衣袖，将宽大的袖口拉到手肘处，"躺到刑床上去，我给你瞧瞧。"

　　刘仪猛地抬起头来，双眼死死盯着他。

　　"中、中常侍⋯⋯"

　　"听话，"游贵说，"不要给你家殿下惹麻烦。"

　　嘴唇抖动得厉害，但刘仪终于积蓄起一点儿力气，慢慢从地上爬起来，一步一步

走向摆在蚕室正中央的刑床。

刑床高三尺八寸，刚好到他腰间。他足足爬了三次，才把自己弄上去，像一块待切的肉般，面朝上平躺着。

他听到游贵起身走到他身边，脚步声绵软又藏着点儿急促——受过腐刑的人大多如此，初期因为疼痛和恐惧，不敢叉开腿走路，总是会向前倾着身子，把重量压在脚尖上，时日久了就成了改不了的习惯。刘仪自己也是到开始习武练剑后，才努力地尝试改变旧习。

游贵抓住他的右手，拉到刑床一角的铁环中扣上。

刘仪死命咬着牙，左手紧紧抓着床沿，才没有直接跳起来逃跑。他就这么躺着，任游贵将他的四肢都扣在铁环中。

"害怕吗？"

刘仪紧闭着嘴唇，一声不吭。

游贵早知他是这反应，只是嘿嘿一笑，从袖中取出一个布包来，在刑床上摊开。冷厉的光映在面上时，刘仪整个人控制不住地簌簌抖动起来。

那是一把弧形的小刀，光是看着那薄而锋利的刀刃，那些久远前所受的切肤之痛就真切地复苏了。

"你知道吗？我当年受刑的时候呀，那刀可有些钝了，痛得我死去活来好几回。后来我就想，总得把刀磨利了，活计干着才趁手不是？"

一边说着，他一边解开刘仪的腰带，用刀尖挑开衣襟。

虽然有点儿瘦弱，但毕竟还是少年，身体就像新抽出的枝条，鲜嫩白皙，肌肉紧致有力。

当游贵用刀背划过他的身体时，能清楚地看到他的胸腹如同起伏的浪涛般涌动。继续往下游走，刘仪的恐惧达到顶点。

"住——手！住手！"

夹着哭腔的嘶叫从喉咙中冲出，刘仪几乎崩溃了，疯狂地仰起头来，满面都是恐惧和哀求："你要做什么？我都答应你！都答应！求求你，不要、不要……"

他觉得自己又回到了过去，在混乱的市集中，年幼的他为了抢一口吃的，被几个小流氓踩住脑袋肆意凌辱。

欺凌是这人世的常态，不管他躲到哪里，都会被恶鬼找到。

刘仪的眼睛中没有了光亮，流出的眼泪也显得浑浊。就算进了宫，他也还是一条任人欺凌的野狗。

游贵笑了一下，像是满意，又有点儿惋惜。

他俯下身，贴在刘仪的脑袋旁："别急，我们先来点儿简单的。来，跟我说说，公主最喜欢吃什么呀？"

公主……

公主最喜欢吃油饼子，用香油炸好了，再放在热汤里煮得软绵绵的。夜里她看文书看得晚了，玉英姐姐就会拿出备好的油饼子，让她热乎乎地吃一碗，出一身的汗。心情稍好时，她会抓了剑，在庭中舞上一阵。

那时的公主就显得十分快活，神采飞扬，让人移不开眼。她会笑着叫："刘仪，让我看看你练得好不好！"

好不好……好不好……

游贵等了一会儿，忽然看到年轻的宦者浑身一震，像是从梦中醒来般，脸上身上都是汗。

只见他猛地一软，脑袋重重磕在刑床上。他却像是不觉得痛，胸膛剧烈地起伏着，呼吸急促，原本绷紧的四肢都瘫软下来。

"不好呀……"这么轻声说着，他慢慢抬起眼皮，盯着游贵，苍白的脸上露出一丝奇异的笑，"我不要当狗了。"

正等着他回答的游贵惊异地转过头，有些不相信自己的耳朵，看了他半响，才问："你不怕了？"他手上用力，小刀就贴在了刘仪身下。

"……怕。"刘仪望着上方的黑暗，"可是再怕，也不能再当狗了。刘仪本就是残躯，就算再残破些，哪怕是死了，至少也还是个人。"

不是跪舔的狗，也不是为虐的恶鬼，而是，堂堂正正的人。

"……人？"

游贵直起腰，神色莫测地注视着他的每一个表情和反应。直到观察够了，他才将小刀扔回布包上，转而抽出一根银针。

"无妨，时间还够，我们慢慢来。"针尖落下去时，他说，"做人可没那么容易。这银针刺穴之刑，乃是后宫不外传的秘法，多少自以为英雄豪杰的人，连一个时辰都撑不住。我们就来看看，你对元亨公主的忠心，到底有多少。要是你能撑过一个时辰，我不仅会放你，更会送你一份大礼。"

"那小人就等着了。"刘仪还是笑着，一双细目眯了眯，原本平凡的五官似乎都

被他眼中的光芒映亮了,"来吧。"

这一夜分外漫长。

不知第几次从昏死中被痛醒后,刘仪连眼睛都睁不开了。他只觉得耳朵里"嗡嗡"响,有人嘟嘟囔囔地在说着什么。

"……后悔吗?后悔入宫吗?"

隐约听到这话,他痛得皱眉:"不后悔。"

从那一日起就不后悔了。

当他跪在祥福宫前,说"我叫刘仪,仪表堂堂的仪"时,那个清瘦修长的少女毫不迟疑地答道:"很好,你随我一同前往太极殿。"

不管是太极殿,还是刀山火海,只要跟在她身后,他哪里都敢去。

游贵小心地将药膏涂抹在昏迷的刘仪身上。

他很注意分寸,先前用刑虽然会让对方痛苦万分,但并不会在身上留下太大的伤痕,更不会形成长久的损害。

说实在的,他很满意。

真的是太满意了,以至于他都压不住嘴角的笑。

祥福宫这些年的内侍,没有一个能坚持到这种程度。忠诚不是凭空而来的,总是需要代价来证明。大多数人都太过于相信自己的崇高无畏,但疼痛会叫他们认清自己。尤其是在这吃人的宫廷。

这一晚他也真是累坏了。

他缓缓坐在椅子上,呆了许久,才低声说:"我也不后悔。陛下,能为您效犬马之劳,是游贵毕生之幸。"

注释:

① 廷尉府的左平官:廷尉,官名,九卿之一,掌刑狱,是最高的司法长官。其下有廷尉左平官,掌管诏狱。

② "太华之阿,何人吹箫?凤凰翼翼而来,彩云卷卷出岫。徘之徊之,鸣之舞之。傍挟日月,嬉游于天地之外;追摩星汉,翱翔于六合之间。"

——摘自《西麓堂琴统》

③"德不称其任,其祸必酷;能不称其位,其殃必大。"

——东汉·王符《潜夫论·忠贵》

释义:德行不足以适应所承担的重任,遇到的祸患必定是严酷的;能力不足以胜任所居的职位,遭受的灾殃必定是很大的。

④蚕室:引用为受宫刑的牢狱,代指宫刑,宫刑是我国古代五刑之一,指去掉男子生殖器。一般太监在受宫刑以后,因创口极易感染,若要苟全一命,须留在似蚕室一般的密室中,在不见风与阳光的环境里蹲上百日,创口才能愈合。腐刑,即指宫刑。

黄雀在后

《第二十六章》

"安定王殷磊率精兵一万,齐王殷兆和广陵王殷祥将兵一万五,两军都在城外十里处的原野上扎营,相距不过百步。"

听完小个子李烁的回报,殷琰笑道:"果然,三位皇叔都老到得很,知道这仗打不起来。"

李烁嬉笑着挠挠头:"那当然,光禄勋可是一早就带了近万的禁军守在城外等着呢。三王一到,光禄勋就送上陛下赐的酒,叫他们先在城外休憩整顿好,再听诏入宫。对了殿下,方才回来时,我见着铜爵园那边特别热闹,不知道在弄什么。"李烁仗着他爹守卫厩门的便利,在宫内外自由进出,各种消息他都能捞一耳朵。

"父皇今晚要在金虎台大宴群臣。"

金虎台、铜雀台和冰井台是铜爵园最负盛名的三台,都是先皇一统天下后重修天虚宫时建的。三台位于上邺最西侧,以城墙为基建成。金虎台最靠近西面的金明门,台高八丈,站在上头,往城内可以看到贯穿城东西的长明沟流淌而出,与城外宽广奔腾的漳河相连。每当登高远眺,大风飞扬,当真有气吞万里如虎的豪气。

殷琰沉思片刻,落笔写了几句话塞进锦囊中。

"李烁,将锦囊交给射声校尉王明德,让他依信行事。"

锦囊一入手,李烁不由得一愣。明明她只塞了一张纸进去,但这锦囊却有几分沉。他握在手里摸了下,感觉里面有块硬邦邦的东西,想来是信物。他心知此事极为重要,立刻领命出去了。

安排好这些事,殷琰轻叹一声,起身走到门前,静静望着将落未落的红日。许久,她回身看向侍立在旁的玉英,问道:"怎么不见刘仪?"

"刘仪昨晚不慎扭伤了腰,到这时还起不来床呢。"

"这么不小心?叫太医来看了吗?"殷琰皱眉。

"他不肯呢,说是有祖传的方子,自己敷一敷好得更快。"玉英也是纳罕。一早不见刘仪,她起初还没在意,直到午时了仍不见他人影,就亲自去唤他。不想到了他

房前,他却死活不开门,只说躺一躺就好。平日里那么听话的人,这时候犟起来叫人没办法,她只好命人备了点儿吃食送过去。

"……也好。今晚怕是不太平,他留在祥福宫更安全。"

正说着,就见殷琮逆光而来。他走得不紧不慢,残阳悬在他身后,把他两臂袖上的金龙照得熠熠生辉,倒增添了几分威武的气度。

"玉英,你下去吧。我要跟阿兄独处一会儿。"殷琰淡淡地说,"没我的吩咐,不许人打扰。"

"公主……"玉英欲言又止,"是。"虽然有点儿担心,但想到今夜之后,整个天虚宫都会在公主的掌控之中,她心里又安定不少。

殷琮在宫中待了近半个月,他每日都会到祥福宫来见殷琰,听她谈论朝政局势。宫中自然没有东宫自在逍遥,他竟瘦了点儿,言行举止看着舒服许多。

"阿玉,你看什么?"被殷琰盯着一会儿,殷琮就受不住了。

"我在看,阿兄今日真是神采奕奕,跟平日大不相同。"殷琰微微一笑,抬手一引,带着他往东阁行去。"今日就不谈国事了,我藏了坛桂花酿,阿兄陪我喝一杯吧。"

殷琮微怔:"桂花酿?你不是不喝这酒吗?"

他们的母亲孟瑶在世时,最爱喝的就是桂花酿。她兴致来时,还曾亲自摘桂花酿酒。他们兄妹俩从小也跟着喝了不少,殷琰两三岁时就会奶声奶气地背"桂树丛生兮山之幽,偃蹇连蜷兮枝相缭"。到孟瑶离世后,殷琰就不再碰桂花酿了。现在她突然提起,殷琮自然诧异。

"寻常的桂花酿我是不喝的。"殷琰漫步前行,声音中并没有什么波澜,"但这坛酒是母后亲自酿的,自该我们兄妹共饮。"

"原来你还藏着母后酿的酒……"

说起孟瑶,殷琮也有些怅惘。这原本是他们俩缄口不言的禁忌话题,但此时童年的过往一一浮上心头,兄妹俩细说起以前的趣事,笑谈中是难得的默契和亲密。

东阁中空荡荡的,一个宫女侍从也没有。小桌上只放着一壶酒,两只玉杯,再没别的东西。

两个人落座,殷琮伸手拎过酒壶,先揭开盖子闻了闻,笑道:"这香气,果真是母后的手艺。"

看着他倾壶倒上两杯酒,殷琰拿过一杯来,在手中把玩:"这杯酒,阿兄以为该用什么由头喝?"

125

"这……我倒是没想过。"殷琮愣了愣,就笑呵呵地说,"不如你随便说个由头吧,阿兄可等不及要喝酒了。"

"我说啊,"殷琰微微侧过头,漫不经心地看他,"阿兄,你想做皇帝吗?"

殷琮呆了呆,眼睛盯着她看了一会儿,就把杯子朝她手上撞过来:"想!"他仰首喝下杯中酒,扬扬杯子示意殷琰照做,又提起酒壶各自满上。

"这次换我来问,若我做了皇帝,阿玉你做什么好呢?"

"我?"

许是酒气熏染,殷琰的神态放松许多,她眯着眼睛笑了:"大概还是做我的公主吧。"

阿兄登基后,她自然有更多的事要做。四处的灾荒待救,朝廷要拨款、派人、放粮,正好可以借着新皇登基的机会,大赦天下。朝廷里的官员也要趁势清理一番,那些只会阿谀奉承、尸位素餐的老臣,早就该退出朝堂,让年轻有为的后生一展才干。还有后宫,更要精简一番,太子妃才德不配入主东宫,得另觅德才兼备的好女子管理后宫,莫叫东宫的乱象延续……

只是随便想一想,就有无数的事情等着她。

她一时走了神,没有听清殷琮带了点儿失望的低语:"就不能只做个好妹妹吗?"

"阿兄说的什么?"

"没没,我说咱们该喝酒了。"

第三杯酒端起来时,殷琮想要说什么,嘴唇动了动又犹豫着没开口。殷琰见状,就抢先开口:"我有东西要给阿兄看。"

她从袖中摸出一块玉牌,轻轻推到他面前:"这就是上回你问的,母后留下的东西。"

殷琮不明所以,拿起来看了看,只见牌面十分素净,只刻着一个"孟"字。

"当初,母后有恩于四皇叔。凭借这块玉牌,可以叫青州兵马为我而动。"

"什么?"

她说得轻巧,但愚钝如殷琮,却也被这番话惊得带翻了玉杯。

澄澈的酒水在沉黑的桌面上蜿蜒,沿着桌边一滴滴往下落,沾湿了他的衣摆。桂花酸郁醇厚的香气散在四周,这安静的空间甜美又危险,好似刀锋上滴落着蜜汁,不知何时就会落下杀气凛凛的一击。

他们的四皇叔,齐王殷兆,统领青州兵马。而广陵王殷祥,一向唯他马首是瞻。此时他们兄弟俩正率军屯在城外,跟安定王"对峙"。

光禄勋秦廷昭之所以能靠一万禁军就震住这两方军队,最关键的一点,便是他们

互相牵制。若是他们其实暗中早就连成一气,那么……

"所有人都以为四皇叔和五皇叔是被德贵妃召来的。"殷琰的面上露出轻蔑之色,"真是高看了她,她不过靠着父皇的宠爱,哪里能使唤诸位皇叔了?"

殷琮沉默片刻,才勉强抬眼笑道:"阿玉,你可真厉害。"

"呵。这玉牌就交给阿兄了,我们只要在宫中等着,时辰一到,秦廷昭那点儿兵力,很快就会被围困在城外不得动弹。到时再分兵攻入宫中……"她顿了下,认真地看着殷琮,"今夜,阿兄你一定要跟我待在一起,不能分开。"

她神色诚挚,殷琮几乎不敢正视她,只是低声说:"我不能……"

"嗯?"

"我不能……与你一起了。"殷琮用力握紧手里的玉牌,终于鼓足勇气抬起头来,"今晚的宴席,你不能参加。"

殷琰不解:"这是为何?"

"因为,父皇要你在祥福宫中,闭门思过。"殷琮慢慢站起身,衣服下摆还滴着水,"阿玉,我要走了,不与你一起了。"

"阿兄!"

殷琰慌忙起身,想去拦他,却莫名地一阵晕眩。天地都在刹那间颠倒旋转了,她手脚发软,趔趄地跌在地上。这可怕的感觉叫她恶心想吐,她趴着喘息,努力撑起脑袋,仰头望着兄长。

他肥硕的身体此时显得十分巨大,面目都不甚清晰,隐隐地有些像父皇——每当她跪在丹陛下,望着高坐龙椅上阴晴不定的殷硕时,总有一丝畏惧,好像那不是她的父亲,而是被皇权裹挟的猛兽。

"我在酒里下了婆罗粉,足够让你睡上一夜了。"殷琮说。

"为什么?阿兄,你不是想做皇帝吗?为什么……"

"是啊,我想做皇帝。是像父皇那样的皇帝,随心所欲,自由自在。喜欢的,就握到手里;讨厌的,全都扔得远远的。我已经知道了,做皇帝比做太子简单,奏章全都交给尚书台,朝政有大臣们商讨,皇帝只要在那儿坐着,说一说好或不好,或者什么都不说也无妨。"殷琮摇摇头,"我不想再像在东宫时那样了。阿玉,你不懂。大弘的太子可以是任元亨公主摆布的废物,大弘的皇帝,却不能再被'元亨长公主'摆布了。"

他的妹妹太厉害,厉害到连父皇都不能掌控。若是有朝一日,她对他失望了,不

想再帮他了，是不是就会像推翻父皇一样，把他也从皇位上拽下来？

"原来是这样，原来……是这样。"

殷琰神情惨淡，强烈的晕眩让她都看不清他的身影："阿兄，你心里，是恨我的吧？"从太庙那一日她就知道了，却还假装着不去想。

殷琮居高临下地盯着她，然后叹了口气，蹲下身来，伸手把她抱进怀中。就好像幼年时一般，她还是那个小小的、可爱的妹妹。

"不，我不恨你。阿玉永远都是我最爱的妹妹。"他轻轻抚着她的发丝，在她耳边说，"你乖一点儿好不好？等阿兄做了皇帝，一定让你做这天底下最幸福的公主。你喜欢那个宇文渊，阿兄就把他弄到邺都来，跟你长相厮守，好不好？"

婆罗粉的药性发作得很快，殷琰已经说不出话了。她的兄长将她抱起来，小心地放到矮榻上。然后拉下她揪住他衣襟不放的手，转身走出了东阁。

她听到外头重重的脚步声急促，玉英的惊叫声刚出口就被人截住。有人在外头大声宣读着皇帝的手谕："不准任何人出入祥福宫，违者立斩！"

大抵是夜色已经降下了，她的眼前一片漆黑，好像有什么濡湿的东西从眼角滑落，没入鬓间发丝中。

他们大概是这世上最可悲的兄妹了。明明珍视着彼此，却总是做着让对方痛苦难受的事。

在越来越混沌的思绪中，她暗暗在心中说：阿兄，你和父皇赢不了的。因为，我是骗你的呀……

她给他的玉牌是假的。

调动青州兵马的事当然也是假的。

方才她说的，全都是子虚乌有的瞎话，是专门说给他听、说给父皇听的瞎话。

只要阿兄把这些话禀告给父皇，以父皇多疑且畏惧母后的性子，一定会再调禁军出城压制。到时宫中兵力空虚，铜爵园又处在天虚宫西侧，守备必定大大下降。再由秦玄率一万东宫卫率军冲入铜爵园，不管是父皇还是德贵妃，都再翻不起什么风浪。

阿兄想让她做个乖巧的妹妹，她却硬逼着要他当那圣明的天子。

如此矛盾，如此可笑。

殷琰渐渐有些分不清了，自己到底是为了兄长谋生路，还是为了她的不甘心——

她有尊贵的身份，有临朝决断的能力，有忠心追随的臣属，有造福天下的机会，却为何，要任由她的父兄们将这一切生生毁掉？

翊军大营。

外头的士兵来报，说射声校尉王明德求见时，熊奇还惊讶了一下。

王明德为人不错，跟他算有点儿私交，但谁都知道王明德是元亨公主一派，这时候突然来拜访，目的不言自明。熊奇知道他的义父只想作壁上观，此时城外三军对垒，眼看着气氛越来越紧张，翊军现在更不可能跟着蹚浑水。

"不见。"熊奇看了眼屏风后侧卧在榻上的尹金泗，低声道，"就说大人身体不适，不能见客。"

话音刚落，却听尹金泗说："慢着，将王校尉请到这里来。"

小兵应声出去。

看着披衣走出来的尹金泗，熊奇很是不解："义父为何要见他？"

尹金泗没有回答，只是端起凉茶灌了一大口，叹道："总有些事，是想躲也躲不了的。"

王明德很快就来了，他进门来，看一眼熊奇，就朝尹金泗抱拳一礼："尹校尉。"

"我知道你为何而来。"尹金泗盯着他，"东西呢？"

王明德从怀中摸出一物，扬起手来，肃穆低喝："令牌在此，尹金泗听令！"

熊奇一惊，凝目看去，只见王明德手中握着一枚锈迹斑斑的铁牌，隐约能看出上面刻了一个"孟"字。

这是什么令牌？

他正惊异时，赫然看见尹金泗屈膝跪地，神态恭敬："是！"

"公主有令，今夜射声、长水、翊军三营都由王某全权指挥。"王明德伸手扶起尹金泗，"非常时期，请尹校尉不吝相助。"

"这是自然。既然拿出了令牌，老夫怎可能说半个不字？老夫年老体衰，就由熊奇带兵跟随王校尉。"尹金泗吩咐了熊奇两句，又问道，"不知王校尉要这三营兵力做什么？莫不是要突入宫廷？"

熊奇张大了嘴巴，虽然义父平日里对陛下多有不敬，但从不曾说过这等形同谋逆的话。

"尹校尉放心，我等身为邺都宿卫军，只需护卫邺都安宁即可。若是有人胆敢祸乱都城，宿卫军自然该出手平乱。"王明德微微一笑，"先前收到消息，步兵、越骑二营蠢蠢欲动，正往城西金明门集结。王某要先回营整兵，请熊都尉做好准备，到时以响箭为号，相为策应。"说完他便告辞离开。

熊奇一头雾水地问："义父，这到底是怎么回事？那令牌什么来历，为何义父

要听令于他?"

"你看清那牌上的字了吗?"尹金泗捻着长须,眼神带着怀念,"那是已故废后孟氏的令牌,见令如见人。当初征伐北境,孟氏领宁远将军之衔,率军击敌数百里。老夫也曾在她军中效命。"

这倒是熊奇之前从未听过的事。不过他是八年前才被尹金泗收为义子,那时废后已死,整个上邺都对她讳莫如深,尹金泗不提起她也很正常。

"那长水营的方校尉也同义父一样吗?"

"方广志莽人一个,却是十分重情义。当初孟氏莫名死在宫中,他气得大醉数日。等到如今,有这机会泄愤,他定然开心得很。"他说着说着,忽然低下了声音,"真是想不到,这令牌竟然到今日才用。若是那时就用了,也不至于……"

他刚才一直说"孟氏",听起来对那位废后并不在意。但到这时,熊奇才发现,他这位一向狡猾的义父,神色间竟透着黯然。看来,对于废后的死,他也未能释怀。

那位废后到底是怎样的奇女子?死了这么多年,竟还有这样的影响力!

熊奇不由得有些好奇和向往。

尹金泗很快就振作起来:"陛下在金虎台设宴,谁抢占了金明门,就占了先机。步兵和越骑两营实力较弱,定然不是射声、长水营的对手。但屯骑营动向不明,这正是你该防备的。你只需扼守在街口,进可助王明德围攻金明门;若屯骑营来攻,你也能拦住他们。"

说到这里,他顿了下:"熊奇,义父已经老了,但你是天生猛将,绝不会只守着城门当个都尉而已。元亨公主很像她的母亲,追随她是个不错的选择。你觉得呢?"

那位公主吗?

熊奇想起前不久在城门前见到的少女,那时候他只见着她锋利的箭和冷厉的眼神。虽然太过瘦削,但那双肩看着能担起不少东西。无论如何,总是比她的哥哥们强得多,不管是那位肥太子,还是色厉内荏的二皇子。

"我想试一试。"

禁军第二次大批出动,让上邺城的气氛越发紧张起来。平头百姓家家户户都门窗紧闭,刚入夜四下里就一片寂静,街头巷尾一个闲杂人士都看不见,连吠叫的野狗也安静地缩到了黑暗处。

队列整齐的禁军分成三部,分别从金明门、建春门和中阳门冲向城外,高举的火

把照亮了将士们的面容,他们大多看着都很年轻。

远处,罗中青站在东宫的楼阁上,望着那一簇簇快速移动的火光,略微估算了一下:

"三个方向各有约两千人,合计有近七千人。也就是说,宫内现今只剩三千禁军。"而这些人还要分散守卫各个宫殿、岗哨,最后能供陛下调动的,恐怕只有一千人左右。

"果真如公主所料,接下来,就看我们的了!秦玄应该快到了,路之,我们走!"

他一向沉稳的脸上此时透出兴奋之色,转身大步往外走去。

冯路之跟在他身后,眼神忽地闪烁了下。他的右手慢慢伸进衣袖中,抽出一柄匕首来。那匕首刀身都被涂得漆黑,这般的夜色中,它没有一丝亮光,悄无声息地扎向罗中青的后心。

就在即将被刺中的时候,罗中青似乎感觉到了危险,下意识往旁边让了一步。即便如此,匕首还是在他背上狠狠划了一刀,霎时鲜血喷溅!

罗中青痛呼着回过身来,大睁的双眼瞪着面前对他痛下杀手的好友,眼中满是惊痛和不可置信:"……竟然真的是你?"

一击不中,冯路之也有几分意外,待听到罗中青的话,他立刻回过味来:"怎么,你早就怀疑我了?"

"不,我从不曾疑心过你。"罗中青反手捂住伤处,踉跄着后退了两步,靠在墙上。他低低喘着气,"是秦玄提醒我,要小心你。我原先还不信……"说到这里,他抬起头来,眼睛紧紧盯着冯路之,"为什么要背叛?德贵妃究竟给了你多少好处,你竟然甘心投靠她?"

"德贵妃呀……"

冯路之轻轻甩着手,不让刀上的血珠沾到身上:"有些事,你不会懂的。"

"我当然不懂!冯路之,我们相交近十年,我原以为我们是最好的朋友。却没想到,到今天才发现,我一直都看错了你!"

"这些年里,你确实是我最好的朋友。"冯路之露出惋惜之色,"可是,我的人生不是只有区区十年。"他慢慢走上前,"你莫要怨我。"

不等他动作,罗中青突然猛地一头撞过来,大手掐住他的脖子用力往地上掼去。冯路之被他压在地上,手上的匕首摔到了一边。

"啊——"

罗中青低吼出声,眼中已泛出泪意,他咬紧牙关,努力加重手上的力道。却不知是他心太软舍不得掐死好友,还是怎么的,他的双臂竟使不出什么力气来。

地上的冯路之扯出一丝笑来，伸手一挥，就把他推到了一边。罗中青这一倒下，就站不起来了，他背后的伤口还在流血，鲜血却呈乌黑色。

"咳咳……刀上涂了毒的，我本来想一刀扎进你心脏，叫你去得快些，免得受苦。"

冯路之捂着脖子翻身爬起来，捡起那柄乌黑的匕首，走到罗中青身边蹲下。他高高举起匕首："朋友一场，你好好去吧。"

罗中青冷冷瞪着他，目光如刀如箭，似要将他穿透一并拖入地狱中。

却听"咚"的一声，匕首从罗中青肩头擦过，直挺挺插进地板。不等他反应过来，冯路之就霍然起身："算了，就让你慢慢毒发身亡吧。这附近的人我早调开了，没有人会来救你。"

说完，他就不再看罗中青，转身飞快地冲下楼去，那背影看着隐隐有几分狼狈。

罗中青在地上躺了一会儿，才挣扎着翻过身来。就这么一个简单的动作，就耗去了他所有力气。他的眼前发黑，脸颊渐渐发青肿胀起来。他摸索着握住了那把匕首，费力地向前挪动着身体。

他不能死在这儿！

兵符还在他手中，必须交给秦玄！

乌黑的血一路涂抹，好似毒蛇扭动着游过地板，游过门槛，又从楼梯的木阶上一级级蜿蜒而下……

另一边，冯路之刚奔下楼，黑暗中立刻有数条人影窜出，向他行礼。还有人送上朝服衣冠，动作迅速地为他更衣。

"主上！"

"都准备好了吗？"冯路之稍稍平复了下呼吸，出声问道。

"一切都照您的吩咐进行。"

"城外呢？"

"我们的人都已经混进去了，随时可以动手。"

"很好！留几个人在这里，待我发出信号后就按计划行事。"

冯路之微微仰起头，跟他平日里总是低眉顺眼唯唯诺诺的样子截然不同，此时他面色冷峻，眼神冷厉地望向东侧——即便隔着老远，也能看到那座灯火辉煌的金虎台。

"其余人随我入宫！"

"是！"

他们策马从东宫奔出，每经过一个巷道，就会有人加入他们的队伍。所有人都是

同样的装束，一色的禁军军服。这支队伍并没有打起火把，蹄铁都用软布包了起来，就像暗夜的鬼魅般，潜行在肃静的邺都中。

很快，他们就到了南止车门。

直到冯路之出现在火光下，守门的将领才惊愕地发现，竟然有人靠近宫门。那将领刚要喝问，就见冯路之擎出一枚玉牌："德贵妃想必交代过了，请将军放行。"

这守卫宫门的四军早就被德贵妃收买了，一见玉牌立刻退到一旁，当真是什么都不问什么都不说。

眼见着他们一队人浩浩荡荡进了宫，边上一个士兵忍不住咋舌："看着得有百多人吧！"

"嘘！"另一人低声道，"看来真要出大事啊……"

"都闭嘴！"那将军大喝道，"今晚你们就当自己是瞎了聋了哑了，在这里站着当木桩子！听到没有！"

士兵们一动不动地站着，谁也没有出声。

看到他们这么快就领会了当"木桩子"的精髓，将军满意地点点头，转到门洞里睡觉去了。

秦廷昭面色阴沉地盯着前来汇报的卫尉，许久都没有说话。他守卫宫廷多年，自然清楚此时宫内的兵力有多薄弱。

"陛下还说了什么？"

"陛下让大人务必守住城门，莫让乱军冲进城去。"

这命令十分蹊跷，秦廷昭一时间也捉摸不透皇帝的心思。安定王是皇帝的亲弟弟，按理来说是不必防备他的，真正要防的是齐王广陵王那路人马。正因如此，起初秦廷昭只带了一万禁军，就自信可以镇住场面。但短短几个时辰后，皇帝为何又再派出七千人来？难道，他认为原来的一万人不够用？还有，为何要他"守住城门"？莫非……

想到前方距离很近的两方军营，秦廷昭觉得有点儿明白皇帝的担忧了。

天家无情，自古以来，父子相残兄弟阋墙的事可从来都不少见。眼下兵临城下，就算是亲兄弟，又有谁能保证，他们不会趁乱而起攻入城中，借"清君侧"之名彻底把皇帝给清了？

只是这样一来，宫中却没有足够的兵力抗衡东宫了……

正沉思着，那卫尉见他神色缓和了些，就小心地开口请示："大人，陛下命下官

请三位大王入宫赴宴,那下官这就——"

秦廷昭心思一转,登时就明白了:皇帝加派这么多人来,不过是要威吓住三王。再命他们入宫,以此挟制他们驻扎在城外的部下莫要轻举妄动。若是东宫卫率军以为宫内兵力空虚,想趁机起事,他再带人回城,正好可以跟宫内禁军里应外合,打他们一个措手不及。

这么想着,他微微颔首:"我随你一同去。"

接到这个消息,安定王殷磊十分爽快,只带了世子殷赑和几个近侍,就出了大营。殷磊行事粗鲁豪爽,爱憎分明。见着秦廷昭,他扬着下巴,傲慢地哼了一声,径自走了。

他的脾性众人皆知,秦廷昭也不以为忤,只微微一哂,就向面带歉意的世子殷赑告辞离开,往对面的营地行去。

齐王殷兆倒是客客气气的,接了皇帝的手谕后仔细看了两遍后说:"那么,就请诸位在此稍候,待本王安排好军中杂事后再一同入宫面圣。"

广陵王殷祥随他走出营帐,见他脸上仍端着笑,忍不住问:"阿兄何必跟他们客气?那大头儿召我们入宫,可没安好心!"他说的"大头儿",指的就是皇帝殷硕,因为自小头大,才有了这么个小名。

"你呀,还是沉不住气。"殷兆笑道,"成大事者不拘小节,做些表面功夫又何妨?"

"我就见不得他们得意!秦廷昭那厮,原本不过是个小小的卫尉,竟让他爬到了现在的位置,到咱们跟前耀武扬威来了!"

"再得意也就几个时辰的事,你且忍着。"一边说着,殷兆一边迈进处在后方的营帐,里面正围在桌前观看地图的几人闻声看来,见到他们立刻散开来行礼。

站在正中的青年迎上前来:"父王、皇叔,你们来得正好,方才收到消息,大哥已经过了义阳。他连夜奔袭,最晚明日寅时就能赶到上邺。"他正是殷兆的第二子,殷峤。四年前他曾到邺都来朝贡,早把这城里状况都摸清了。此次他随军出行,浑身上下都透着跃跃欲试的兴奋。

"来得好!"殷兆神色轻松,问道,"义阳那边如何?"

"十分顺利,那韩鹏还亲自送大哥通过义阳呢。"说到这儿,殷峤轻笑道,"他还真当我们是一心来助德贵妃的。"

"哼,他们韩家兄妹都一样,全是短视的蠢货。"殷祥毫不掩饰他的不屑,"不过,也亏得他们这样蠢,我们才有这次的机会。"

"皇叔说的是,待大事底定,我们可得好好谢谢韩家上下。"

殷峤这俏皮话一出,在场的人都哈哈笑起来,连殷兆也扬起了嘴角。

半个多月前,正在射箭的殷兆收到了德贵妃的密信。深沉如他,一时也喜上眉梢,连发三箭,直接洞穿靶心。

这个机会,他等了近十年。

先皇为不成器的嫡长子费尽心思,生怕他们兄弟几人抢了他的位子。先是极力撮合,为殷硕聘下孟瑶。在外有西海公孟氏一族驻守西北,保证边疆稳固;在内有孟瑶助殷硕理政掌权,邺都一片繁荣。再分封诸王,将他们兄弟俩封到青、徐二州,受雍州、冀州、扬州三面挟制,以防他们生出异心来。至于南海王,更是直接被放逐了。

如此布局,先皇大概以为邺都从此安全无虞了。但任凭他如何英明神武,也不会料到,毁了他精心布下的局面的人,竟然会是殷硕自己。当初孟氏身死,殷兆欣喜之下也不免惋惜,孟瑶是个好对手,可惜生为女儿身,困在深宫里死得不明不白。

从那时起,殷兆就知道,天虚宫迟早会有一场大乱。他耐心地等待忍耐,一年年地看着殷硕沉溺在酒色享乐之中,看着太子和德贵妃的矛盾越来越激化,看着这场大旱下滋生的混乱和怨恨,他几乎能听到征伐的战鼓被敲响。

德贵妃不会知道,当她的密信送到青州时,安定王殷磊的兵马已经出了雍州。殷兆殷祥点兵出行,比殷磊晚了好几天,最后却跟他不分先后赶到上邺城外。因为早在她有所行动前,殷兆就做好了出兵的准备,只等着一个恰当的时机和借口。而德贵妃送来的,正是这么一个完美的机会。

她把他们当作对抗安定王殷磊的刀,却料不到,这刀正觑着机会,预备将皇帝和她的脑袋一同斩下!

雍州军守着北地边疆,因为大旱,数月来边境的羌羯胡族都蠢蠢欲动,殷磊在这时候不可能调动大批人马入京。再者,他是皇帝的亲弟弟,虽然一心支持太子,但也不敢过分惹皇帝猜疑,因此只带了一万多精兵就直奔邺都。

既然是当别人的"刀",殷兆殷祥也就点了一万五的兵将,表面上跟殷磊来了个"势均力敌"。但背地里,他让长子殷岐率兵三万跟在后头。有德贵妃先前的关照,这多出来的三万人穿行多地,都没人敢将消息传报到邺都。韩鹏更是欢欣得意,四年前他的独子韩子星被元亨公主所杀,他恨得咬牙切齿,早盼着这么一个复仇的机会。但前不久他被朝臣弹劾,虽然最后没事,不过也被德贵妃暗暗警告了一番。他为此好一阵子都收敛行迹,生怕再惹出事端。这下看到妹妹竟能调动两王的兵力,只当皇位已是囊中之物,自然喜不自胜。

先皇用来挟制他们的三路兵马,雍州是自顾不暇了,冀州也忙着应付扰边的拓跋鲜卑部。至于扬州,那位庐陵王世子先前为借道青州,早跟他们有过默契。不讳言地说,青、徐二州如今就像脱了牢笼的猛虎,正对天虚宫的宝座虎视眈眈。但整个上邶却没有一个人发现,那关虎的牢门已经被偷偷打开,还在兀自争斗不休,对即将来临的危机丝毫不知。

所有的局势都在朝着对他们有利的方向发展,好似上天都要助他。如今天时、地利、人和三者齐全,殷兆简直想不出,还有什么能阻止他登上天虚宫的最高处。

"本王和广陵王这就入宫,你们在此等着,待宫内信号传出,就依计行事。"殷兆的目光落在儿子身上,"殷峤,你有这个胃口,吞掉安定王的一万精兵吗?"

殷峤拍拍肚子,嘿嘿一笑:"父王放心,儿子的肚量足够大。更何况有光禄勋帮衬着,区区一万人不在话下!"

从南止车门进入天虚宫,再西行一小段路,就到了延秋门,门的另一头就是曲池玲珑、石山锦绣的铜爵园。

安定王殷磊高踞马上,看着四周比印象中更加华美精致的园林,眉头越皱越紧。他自然清楚皇帝喜好享乐,但眼下正值灾荒时期,还是这般不惜人力物力地大修宫殿楼阁,实在是有些过分了。想到皇帝为了建柔风台,还把元亨关了禁闭,殷磊脸上的怒意就压抑不住了:定是韩甄那妖妇害的!这次就算阿兄再不乐意,他也要为江山社稷除掉她!

正兀自想着,忽听得前方有齐整的马蹄声传来。从夜色中望去,只见一队禁军迎面奔来,领头的那人趋近了跳下马背,屈身行礼:"东宫右詹士冯路之,奉命前来迎接安定王。"

东宫的几个属官殷磊都是认识的,借着树枝上挂着的灯笼一看,果然是冯路之。他之前便听说太子在宫中住了许久,现在看到冯路之带着禁军前来,更相信皇帝对太子的态度已经大为改观。当下散去怒容,驱马上前:"太子也在金虎台吗?"

冯路之应声称是。

殷磊满意地点点头,笑道:"好!上马,去金虎台!"

他刚要策马前行,却被冯路之拦住:"请安定王稍候,太子有话让下官私底下跟您说。"说着,他看了看护卫在他们身后的几个禁军。

"哦?"殷磊转头喝道,"你们退开些!"见那几人退到一丈外了,他才问道:

"是什么话？你说吧。"

冯路之低声说了一句话，殷磊没有听清，就弯下腰靠近他："你说什么？再说一遍。"

"呵，"冯路之轻笑着抬起头，声音响在他耳边，"我说的是，您到不了金虎台。"

殷磊一怔："什么——"

刹那间，似乎有锐利的光芒飞速闪过，他忽然觉得脖子上猛地凉了一下。下意识往后缩了下脑袋，有什么东西勃然喷射而出，溅在悬于半空的灯笼上。身体不受控制地往下倾倒，他想要大叫，喉咙中却只发出"咕噜噜"的声音。

砰！

安定王健壮的身躯从马背上摔落，周围的人没一个反应过来。连世子殷勰也惊诧万分，呆坐在马上喊："父王！"

他的父王已经无法回应他。殷磊倒下的地方很快就变得湿漉漉的，那匹跟随他数年的战马猛然扬起马蹄，凄厉高昂地嘶叫起来。这悲鸣声穿透夜色，击破了短暂的寂静。

殷勰慌忙下马，他们带着的侍从这时候已然发现不妙，正要出声警示，就见立在马前的冯路之一挥手："杀！"他身后的一大群禁军呼拥而上，刀剑"咣咣"出鞘，见人就杀，连那几个护送安定王入宫的禁军也不放过。

不过顷刻间，这十来个人就被尽数斩杀。世子殷勰死得尤其惨烈，身上中了十数刀。

尸体都被拖到树底下堆着，冯路之站在一旁，从袖中摸出手绢来，细细地擦着脸上溅上的血珠。

"放响箭。"

金虎台上却是另一番景象。

胡女的腰肢扭动,串串金铃在灯光下闪着叫人眩晕的辉光。浑不似的琴音声声铿锵,摄人心魄般激烈高昂。

皇帝倚在座上,半眯着眼欣赏歌舞,心思却有一半放在手中的玉牌上。

元亨到底还是将这东西交出来了。

虽然并没有他想要的传国玉玺,但他已经不在意了。事实上,他自己也不确定,先皇是不是真的将传国玉玺交给了孟瑶。

他想起先皇临终时的样子,那气若游丝的老人抖着手指抓住他的衣襟,将他拉到面前,那双死气弥漫的眼睛像要看到他心里头去:"我的儿,你坐稳喽!坐稳了……玉玺才归你……"

他坐稳了吗?

殷硕茫然地想着,圜丘刺杀的那一幕恍惚还在眼前。而眼下,他的兄弟们拥兵城外,要为他的儿子们争皇位——哪怕这皇位,正坐在他的屁股底下。

就算他现在握着传国玉玺,局面也不会有任何改变。

有时候他会想,这些人抢得这样起劲,要是到最后,谁都得不到,那岂不是很好玩?

皇帝莫名笑出声来,把底下端着酒杯的大臣们唬了一跳,一个个紧张兮兮地不敢乱动,生怕惹到这性情莫测的帝王。今晚坐在席上的这些人,都明白这场宴席的可怕之处。

原本的皇储之争,渐渐地演变成了皇位之争。

此时皇帝高坐在主位上,太子和三皇子分居他左右两侧,二皇子则谨慎地坐在太子下首。

这父子四人中总有人是赢家,若是站错了位置,恐怕就见不到明早的太阳了。

大家都各怀心思,根本没人欣赏那些胡女们的舞姿。

皇帝就挥挥手,让她们都散到席中众人身边。这些胡女只会说一点儿简单的官话,高高低低地劝着喝酒，一时间莺声燕语，把场面弄得活泛许多。

又有胡奴抬上烤成金黄色的乳猪，一个赤着上身的胡奴握着把银亮的匕首，一刀刀割下乳猪肉。

那肉片切口整齐优美，滋滋地往外冒着油花，肉香四溢。

"朕许多年没吃过这道菜了。"

第一盘肉自然先送到了皇帝的席位上，坐在他身后的胡女用银箸夹了一片肉喂到他嘴里。

他一口咬下，油星就在那肥厚的嘴唇上流动，油亮油亮的。

"胡人虽是蛮夷，吃穿用度都不如我大弘精细，但粗野有粗野的好处。譬如吃这烤乳猪，实在、干脆、痛快，半点儿也不做作。"

"父皇说的是，香极了！儿臣喜欢！"殷琮嬉笑道。

他下首的殷玒也跟着表态："大口吃肉、大口喝酒，男儿就要这般痛快。"

皇帝点点头，笑眯眯地看向小儿子："瑄儿怎么不说话？"

一直低着头的殷瑄顿时一激灵，歪着脑袋露出天真可爱的笑容："儿臣当然也喜欢，迫不及待地等着吃呢！"

"哦，父皇这里还有些肉，都给你吃，可好？"殷硕拎起金盘一角。

殷瑄却忽然抖了抖："父皇，我、我……"

帝王的盘中肉，岂是能分食给旁人的？哪怕是他的亲生儿子！殷瑄年纪虽小，这道理却是懂的。从他登上金虎台，发现德贵妃竟然不在时，他就知道，今晚若真有事，他的母亲也无法保护他了。

"要，还是不要？"

皇帝脸上虽然还挂着笑，但那笑容叫人害怕。殷瑄眨了眨眼，泪水忽然涌了上来："瑄儿不要！父皇爱吃的东西，当然只有父皇能吃！"

稚气的童声在辉煌的灯火下回荡，正夹着肉往嘴里送的殷琮登时被吓住，一块肉吃也不是、不吃也不是。其他刚接到肉的人也都犯了怔。

皇帝愣了愣，突然放声大笑："好好好！听到没，只有朕能吃啊，你们、你们、都不许吃！"

似乎真的觉得很好笑，他乐不可支，整个人歪在位子上笑得一颤一颤的。

见他如此喜怒无常，谁也不敢弄出半点儿声响，整个金虎台都陷入一种诡异的安静中。

　　这时，台下忽然起了骚动。隐约听到有人高声斥责着什么，正奇怪时，就见德贵妃快步登上金虎台，气势汹汹地冲到宴席中。

　　她呼吸急促，双颊上那柔媚的红晕此时已然不见，苍白的面容透出一种凌厉来。但眼睛中的恐惧出卖了她，她的目光第一时间落到殷瑱身上，见他脸上挂着泪，一颗心立刻揪紧了。

　　"瑱儿！"

　　殷瑱稍微迟疑了下，就站起身，奔到她身边："母亲！"他毕竟还只是个孩子，"伴君如伴虎"有多可怕，他到现在才真正明白。

　　德贵妃将儿子紧紧护在身后，然后望向皇帝："臣妾来迟了，差点儿错过陛下的盛宴，请陛下恕罪。"

　　皇帝就那么歪着身子，盯着她看了好一会儿，才慢慢坐起身："到朕这边来。"

　　德贵妃颤了颤，像是要做出什么艰难的决定般，沉默了半晌。

　　在皇帝即将失去耐性前，她终于伸手将殷瑱往后推了推，迈出步子慢慢走到皇帝身边。

　　跟过去不同，她虽然柔顺地跪坐在他面前，眼睛却毫不躲避地注视着他。

　　"瑱儿还小，不习惯这样的宴席，就让他先回去休息吧。"没有矫饰，没有伪装，德贵妃清楚明白地说，"有臣妾陪着陛下，就足够了。"

　　皇帝莫名地笑了下，大手按住她的肩："不错，朕有你就够了！"他抬眼睨着胆战心惊的殷瑱，"你回去吧。"

　　殷瑱还在踟蹰，德贵妃就安抚道："走吧，瑱儿，你姐姐在下头等你呢。"

　　"母亲……"

　　德贵妃露出一抹微笑，那笑意柔软慈爱，一瞬间连殷瑱都看得怔住了。

　　"瑱儿别怕，没事的。"

　　当殷瑱走下金虎台，就看到殷琤站在火光下，身后跟着十来个护卫。见到殷瑱，她什么都没说，只是平静地走上前来拉起他的手。她的手指冰冷异常，掐着他的手，力气大得叫他吃痛，她自己却浑然不觉。

　　她也吓坏了……

　　他惊惶的心忽然安定了下来。不用怕，母亲和姐姐都在保护他。

　　"姐姐，我们先回寝殿。"

　　殷琤点点头，正要说话，忽听一声尖啸划破夜空，闻声望去，只见不远处一道响

箭纵入高空，火光在夜色中一闪即逝。

白璧坊的长街上，秦玄正纵马奔行。

为了不让秦廷昭起疑心，这几天他都乖乖待在府里。直到第二批禁军被调出城，他才偷溜出府，直奔东宫。

东宫卫率军靠兵符调动，兵符一直由罗中青保管。在得知他们之中有内奸时，秦玄几乎立刻就排除了罗中青，将目标锁定了冯路之，他相信公主和梁温也是这般想的。但为了不打草惊蛇，他们都决定暂时不拆穿冯路之，借此来麻痹德贵妃。

秦玄倒是忍不住提醒了罗中青两句，但看他的样子，似乎不怎么相信。这也是难免的，跟只来了东宫半年的秦玄不同，罗中青和冯路之从少年时就在东宫伴读，感情自然深厚许多。

等局势平稳了，再来处置冯路之——死罪可免，活罪难逃。

沉浸在思绪中的秦玄并没有看到，在他身后的天空中，一道火箭冲天而起，短暂地照亮了夜空。

这个时辰，白璧坊的坊门早就应该关闭了，但秦玄冲过去时，坊门却半开着，秦九挑着个灯笼蹲在门边。候着他来了，随便抬了下手算是招呼。

秦玄冲他吹了声口哨，风一般地奔出去。

出了白璧坊，离东宫就不算远了。路上他看到东侧集结起来的军队正往金明门的方向冲去，王明德跟他打了个照面，两个人心领神会，各自奔行。

一切都按公主的安排进行，宫中已经没有能跟东宫卫率军抗衡的兵力了，他要再快些，尽量减少伤亡。

不管怎么说，互相争斗的都是大弘人。越快稳定下局势，越能降低大弘的损失。

秦玄没有下马，直接奔进东宫。前头几乎没看到人，想来是罗中青为了方便调度，叫大家先集中起来了。他正要往里走，忽然听到了惨叫声。

呼声迅速变得嘈杂混乱起来，无数人在喊："走水啦！走水啦！"

紧接着就见火光从各处楼阁中蹿了出来。这样干燥的天气，就是一点儿火星子落在木头上也能烧起来。

火势蔓延得极快，烈焰腾腾，转眼间就笼罩了大半个东宫。

秦玄疯狂地冲过去，一眼看去都是人，好多人身上带着火从房里冲出来，惨叫声不绝于耳。

是冯路之！一定是他干的！

到这时，秦玄才惊觉他们都犯了一个致命的错误：他们全都小瞧了冯路之！

从头到尾，他们都只把冯路之当作受命于德贵妃的傀儡。圜丘刺杀的事，他们也以为他不过是偷了太子印玺伪造了那篇檄文。他们刻意地放任他，想要将计就计。但眼前这一幕，却让秦玄明白，他们都想错了！

冯路之绝不简单！

这场大火是从不同的地方同时烧起来的，火情这么狂烈，很明显是人为纵火。这绝不是单凭一人一力就能办到的！

秦玄在火场中胡乱奔跑着，一遍遍地喊："罗中青！谁见到他了？罗中青，你在哪儿？"

他心中发慌，冯路之既然下得了这样的狠手，难保他不会害罗中青。要是罗中青真出了什么事，他一辈子都不会原谅自己！

罗中青觉得自己大概死过去了。

流了那么多血，他却既不觉得痛，也不觉得冷。有温暖的东西围绕在他身边，让他整个人都沉浸在一种暖洋洋的感觉中，就像冬日里被暖阳映照着一般。

好舒服……舒服得让他再也不愿动了。

然而——

啪！

一个巴掌狠狠甩在他脸上，见他仍然没有反应，对方直接拔下簪子，对着他的指甲缝用力一戳。

十指连心，这样的剧痛终于把罗中青从混沌中拉了出来。他勉强睁开肿胀的眼睛，看到一个人影在跟前晃。

"谁……"

"罗中青，爬起来！"女人在他耳边尖叫，"我们都要被烧死了！"

刺耳的声音震得他难受，他摇了摇头："不能、死……要找……找秦玄……"

"你知道就给我起来！"

女人又给了他两巴掌，他挣扎着清醒了些，才看清她的脸。

那是一张柔美如芙蓉的脸，初见的人都会被她秀婉清丽的外表欺骗，完全想不到她真正的模样有多骇人。

罗中青迟疑地唤道："太子妃？"

在他面前的人正是曲灵烟。她脸上都是汗，还沾了些黑灰，这时却顾不上擦，只是叫："快带我出去！门被堵住了，出不去！咳咳咳……"

浓烟呛得她直咳嗽，罗中青虽然有一肚子疑问，但也知道现在不适合发问。他爬起来，才发现这是东阁的书房。周围早就烧成了火海，门口的火焰直蹿到房梁上去。

他跌跌撞撞地往角落里走，推翻靠墙的书架，露出墙上的一扇小窗。这窗离地五尺高，却只有一尺来宽，看着像是胡乱挖出来的。罗中青一脚踹开窗板："爬出去！"

曲灵烟刚扶住窗台，就痛呼一声。她举着双手，痛得直哆嗦："不行，我、我的手……"

罗中青定睛看去，却见她的手掌被烫得皮开肉绽，破开的水泡直流脓水。凭她这双手是爬不出去了。

他刚皱了下眉，曲灵烟就尖叫起来："我不要死在这儿！都是你害的！不许你抛下我逃命！"

她说得颠三倒四，罗中青懒得去听，一伸手抱住她的腰，直接往小窗塞。曲灵烟的尖叫就没有停下过，窗外是一片草地，她一头栽在地上，半边肩膀都摔麻了。

她爬起来就开骂："罗中青，你——"

却见他从窗中伸出一只手，摊开的手掌上放着一枚金印："把它交给秦玄！东宫的存亡，都靠它了！"

曲灵烟忍着痛拿起金印，疑惑地问："那你呢？火越来越大了，你快出来。"

"我没力气了……"

"……胡说八道！"曲灵烟忽然怒了，"我命令你立刻爬出来！"

罗中青却连站都站不住了，他靠着墙滑坐在地，低声说："太子妃快去找秦玄，不用管我。我中了毒，也活不久。"

房中的火光透亮，不断冲出的热浪燎得她浑身发烫。

曲灵烟看着看着，忽然想起那一夜。被她打死的颜浩，就躺在房子里，被火焰一点点吞噬……

她忽然大喊："你不会死！你的命是我的！是我替你解了毒，是我搬开压在你身上的木板！罗中青，你欠我一条命！"

不等罗中青回答，她就飞快地跑出东阁，一边跑一边叫："来人哪！救命！罗舍人困在书房里了！"

殷兆和殷祥踏入延秋门时，那支响箭刚冲上天际。

冯路之手上拎着个东西，站在门前等他们。

"下官奉德贵妃之命，在此恭候多时了。"他说，"城外的事可都安排好了？"

"自然，只等着安定王的人头祭旗了。"殷兆瞥了他一眼，虽然还有几分不信，但他身上那股新鲜的血腥味却昭示着某些事，"你们得手了？"

"大王何不亲自看看？"

说着，冯路之将手中的包袱递给殷兆。

殷兆伸手解开，殷磊的人头赫然出现在眼前。

一时间，他又是震骇又是欣喜："真是他！真是他！"

殷祥在一旁道："有了这个脑袋，雍州兵马必然大乱！"

"正是。"冯路之又将人头包好，交给一个禁军，"快马送到城外。传陛下口谕，安定王殷磊犯上作乱，已伏诛当场，世子殷赟等人一同被诛！"

那人领命去了。

冯路之一面带着殷兆几人往前行去，一面笑道："眼下计划完成了大半，还差一点儿，下官斗胆向两位大王借点儿东西。"

劲敌被杀，殷兆此时心情大好，随口问道："你要什么？直说无妨。"

"那下官就不客气了。"冯路之面向他们，缓缓后退，"下官要的，正是二位的项上人头。"

话音未落，黑暗中箭矢如雨齐发，毫无防备的殷祥瞬间中了两箭，一箭射中他胸口，另一箭从他右肩穿出。

殷兆的反应十分迅速，翻身在地上一滚，接连避过数箭，却不防一个禁军挥刀砍来，他挥臂挡了一下，立时血花飞溅。

他吭都没吭一声，反手夺过对方的刀回砍过去。

铿锵的刀刃交击声响起，却是冯路之挡住了这一刀。

一击不中，殷兆毫不恋战，立刻翻身爬起来，朝延秋门外冲去。是皇帝要杀他们吗？他竟然狠到连亲弟弟都不放过？

没等他跑出几步，一支箭就射中了他的腿。

殷兆止不住去势，一下跪倒在地。这次他连起身的机会都没有，六七把雪亮的钢刀就架上了他的肩膀。

"只有雍州兵乱有什么用？"冯路之笑道，"要乱，就要乱个彻底。连这天虚宫、上邺，乃至整个大弘，都来场惊天动地的大乱，那才叫过瘾！"

他拍拍手，吩咐手下："砍下他们的脑袋，跟刚才一样，送到城外去，宣陛下口谕。"

殷兆厉声喝问:"你到底是谁?"

无论是皇帝还是德贵妃,都不会盼着大弘乱起来。这冯路之的行事做派阴毒狠辣,殷兆想不出他是什么来路。

"我啊,"冯路之摇摇头,"你到黄泉去问吧。"

城外临时搭置的营帐闷热不堪,秦廷昭起初还在里头看书册,没看几页就觉得心浮气躁,就挂上佩刀走到外头。

这片原野离城门有七八里远,周遭静谧安宁,只有草木虫豸的声响。

这个朔夜虽没有月光,但此时天高星密,隐约能看到不远处山体蜿蜒的曲线。对面两座营地都很安分,彼此虽然警戒着,却并没有生出冲突。

看到这境况,本该放心的秦廷昭,却莫名地有些着慌。

好像是漏了什么东西,他心里头发虚,握刀的手无意识地紧了紧。

正在这时,十来匹快马从邺城的方向奔来,很快就到了营地中。但他们并没有停下,反倒一路冲向前,一直冲到雍州军营前十来丈处,奋力将一包包东西扔进拒马刺后,大喝:"安定王谋乱犯上,世子余党一同被诛,人头在此!只要尔等速速出营投降,圣上慈悲,尚能网开一面!"

声音在夜色中回荡,安置着数万人的野外骤然变得死寂。

雍州军中有人冲出来,打开那些血淋淋的布包,登时悲号不止:"真的是大王和世子!"更多的人拥挤上前,士兵们惶惑不解中又带着恐惧愤怒。他们的大王真的死了?被陛下杀了?

同样不解的还有秦廷昭。

局势的发展完全超出了他的预料。陛下为何要杀安定王?难道安定王真想谋反?他来不及细想,就大声地对下属下达命令:"加强戒备!准备出击!"

不管安定王因何被杀,眼前这一万多的兵将都很有可能会哗变。

他的命令刚传达下去,就听见雍州军中有人高喊:"恶毒昏君,还我大王命来!"

"弟兄们,冲进城去!杀昏君,为大王和世子报仇!"

"杀昏君!杀昏君!"

"报仇!报仇!"

怒火激出的呼声一重接一重,宛如愤怒的浪涛,层层卷向那十几个抛出人头的禁军。连大地都似乎被震动起来,马匹发出不安的呼哧声。那些禁军像被吓住了,

忙不迭地拨转马头往回跑。

若不是秦廷昭有先见之明,这一下乱流涌上来,就会将他的营地冲垮。但即便如此,面对突然蜂拥上来的雍州军,禁军临时排出的人墙还是太过薄弱。

两军冲撞在一起,怒骂声不绝于耳,肢体推搡碰撞中,免不了有人做出过激举动。秦廷昭正要号令禁军们控制住局势,就听数声惨叫传来,右翼的人墙中忽然空出了一个缺口。

寂静只有一瞬,紧接着就是更加狂乱的怒吼:"你们杀我雍州士兵兄弟,此仇不报,誓不为人!"

禁军这边也有人受了伤,这时候忍不住回骂:"你们胆敢冲击禁军,莫不是真想反了?"

这话不啻于火上浇油,只听一声:"反就反了!"立时群起响应,一声声"反了"传散开来,迅速蔓延到整个雍州军。

秦廷昭的心一沉,知道这场哗变已经无可阻止,他神情一肃,吩咐道:"传令,凡手持兵械者,格杀勿论!"

他带兵多年,深知军队群起哗变的可怕。对付这些失去理智的人,只有行霹雳手段,杀得对方心怯胆寒,失去战意,才能尽快平息局面。

这个命令自然合禁军的意,他们方才窝了一肚子火,这一出手都十分狠辣干脆。

雍州军的将领都没来得及冲到前头来,更别说组织起有效的抵抗阵形了,混乱的雍州军完全是被压制着,不停后退,转眼间就留下一地的尸首。鲜血叫人疯狂,也叫人清醒,有人已经开始害怕起来,惶恐地四下顾看。

这种情绪最易传染,眼看着躁动的人群渐渐安静下来,秦廷昭嘴角露出一丝笑,命人击鼓高呼:

"持械者杀无赦!持械者杀无赦!持械者杀无赦!"

青徐二州兵马大营中,一直旁观这场乱斗的殷峤眉头一皱,啐道:"什么雍州精兵,竟这般不抵事!再这么下去,怕是真要被秦廷昭给杀退了。"眼前这局面是他们费尽心思才达成的,目的就是要禁军和雍州兵两败俱伤,他自然忍不了就这么草草收场,便下令道:"再派人去趁乱动手,不管禁军还是雍州兵,都随便杀几个!"

那人刚领命离开,忽见三个身着青、徐二州军服的人从夜色中奔入营中,到了殷峤面前猛地停住,从马背上翻滚下来,哭天号地地大喊:"二公子,两位大王都被那昏君杀了!"

殷峤一时不能置信，眼见着那三人从马背上抱下两具血淋淋的尸体，他仍是站着不动。

直到尸体被翻过身来，他看到那两张沾满血迹的脸时，才终于失声痛叫起来："父王！皇叔！"

他扑过去把殷兆的上半身抱进怀里，哭了两声，忽地回过身来问道："到底怎么回事？"

那几人便将冯路之如何骤下杀手、他们如何抢得两位大王的遗体逃出宫门等事一一说出，殷峤听了半晌，目光直直地看着他们："我父王和皇叔都死了，你们还活着做什么？"

那三个人登时吓得没了言语。

殷峤将父亲放下，起身抽出腰畔长剑，反手划过为首两个人的脖子，结果了他们的性命。

剩下那人眼见活不成了，索性一咬牙，拔出短刀来往自己胸口戳去："既然已经带回大王的遗体，属下这就去侍奉大王！"

却听"铿"的一声刀剑交击声响起，那人只觉手掌一痛，短刀就被挑飞出去。殷峤站在他面前，眼神阴鸷，脸上却慢慢浮起笑来："不必急着死，先留你一命，待我为父王和皇叔报仇雪恨之后，再叫你给他们报信。"

说着，他一挥手臂，长剑指天："诸将听令，随我杀进宫去！"

城外刀光剑影血肉纷飞，金虎台却依然胡音悠悠。

"那是谁的箭？"

皇帝望着晦暗的夜空，两刻钟前有响箭腾空燃烧，他看在眼里却什么也没说，连派人去查探一下都没有，只顾着饮酒作乐。这时看着有几分醉意了，才低头问德贵妃："是你的吗？"

德贵妃为他倒一杯酒，脸上淡淡的："臣妾不知。"

这话倒不假，她居于深宫，大多事情都倚仗殷涟安排。至于具体行事，怕是殷涟也是不懂的，只有冯路之清楚。

这位东宫右詹士着实了得，几次献策都犀利狠辣。若不是有元亨阻挠，太子早就不知道死多少回了。

皇帝也不在意，他就是随口一问。

谁发的箭,谁杀了人,又有什么大不了的?想要皇位的人都坐在这儿,等三王到这儿来后,外头的人要打成什么样都不要紧,他只要捏住这些人的性命,就没人翻得了天。

"这肉十分入味,爱妃要不要吃一点儿?"他指了指盘中肉。

"陛下恩赐,臣妾自然是要的。"

德贵妃便要去夹,皇帝却忽然改了主意:"这些都凉了,不好吃。来呀,给贵妃切一盘新鲜的。"

那胡奴就用刀片下肉码好,再由胡女端过来。游贵站在皇帝身边,随意扫了一眼,却见那金盘上搁着一把银匕,正是方才胡奴割肉的那把刀。

是割完肉后随手放到这上头的吗?还是……

游贵心里的念头刚起,那端着金盘的胡女忽地暴起,抓起银匕刺向皇帝!

"陛下小心!"

电光石火间,游贵扑在皇帝身上,锋利的匕首顿时扎在他肩窝上。皇帝被压得往一旁倒去,他慌忙将游贵推开,想要爬起来逃命。但原先依偎在他身侧的那个胡女伸出双臂,狠狠勒住他的脖子,像缠住猎物的毒蛇,一点点收紧绞死。

皇帝瞪着眼睛,第一反应是死死盯住离他不足三尺的德贵妃。

是你布的陷阱吗?是你要杀朕吗?

德贵妃茫然地看着他,突然尖叫着扑过来,拼命地撕扯那胡女的手臂:"放开陛下!放开他!"

胡女吃痛,抬腿将她踹开,手臂稍稍松了一点儿。另一个握着银匕的胡女回转身,刀尖就朝德贵妃身上扎去。皇帝不知哪儿来的力气,猛地挣开钳制着他的胡女,肥硕的身躯像座小山似的往德贵妃的方向撞去。

那握刀的胡女一下就被撞飞开去,皇帝拉起德贵妃,大吼:"快逃!"

这金虎台上并没有多少侍卫,皇帝叫禁军都守在台下,以为仗着这高台就能安枕无忧。却万万想不到,敌人就在他们身边。那些一刻前还娇憨懵懂的胡女,此时都化作了吃人罗刹,一双双纤细手臂都成了鬼爪怪藤,勒得大臣们翻眼吐舌。

——自从上回遇刺后,皇帝再召妃嫔宫女作陪时,都不许她们戴金簪利器。这些胡女不盘发,只把头发绑成小辫,既有别样的风情,又无威胁隐患,皇帝很是喜欢。

她们都没有任何武器,却把身体变成杀人利器。

殷玘有几分身手,袭击他的胡女反被他折断了脖子。但他的勇猛还没持续多久,就引来其他胡人的注意。那赤着上身的胡奴刀柄一转，凶狠地朝他砍去。殷玒平日里哪见过这等阵仗？当下骇得脸色发白，慌慌张张地往后退去。

那胡奴紧追不舍，他被逼到墙边，墙外就是漳河。胡奴一刀当头劈下，他勉强侧身躲过，对方横刀回切，刀刃斩入他肩头。这一下痛彻心扉，殷玒身子往后一仰，半个身子就探出了墙头。眼见胡奴又追砍过来，躲无可躲，他索性狠心往后一挣，身体立时飞出了墙，直往下方黑黢黢的河面落去。

另一边的殷琮却因为不喜胡女，这时候倒捡了一条命。但看到那些浑身染血的胡奴冲将过来，他吓得魂飞魄散，骇叫着往台下冲去。

奇怪的是竟没有人管他，胡奴们的首要目标是皇帝。他们围将上去，手起刀落：

"啊——"

德贵妃凄厉的尖叫戛然而止。

祥福宫中，一直安静躺在榻上的殷琰忽然浑身一颤，猛地睁开眼睛。

守在榻前的玉英吓了一跳："公主！"

殷琰身上的药性还没有完全消退，她一时说不出话来，只能用力抓住玉英的手想要下地。

玉英慌忙将她扶稳，转身端来清茶喂她喝下。

她方才能涩着声音开口："什么时辰了？"

"刚过戌时下三刻。"

"竟睡了这么久……"殷琰皱眉。阿兄离开时天还未暗，她这一躺下，不知不觉就过了将近两个时辰。

玉英看她一眼，悄声道："公主醒得算早了，婆罗粉的药力，寻常人都要睡上一整晚呢。"

殷琰没出声。她想到了皇帝会软禁她，却没想到殷琮会向她下药。

"外头有消息吗？"

"没有。祥福宫被封得严严实实，消息都送不进来。"玉英摇摇头，又倒了茶过来，"公主莫要担心了，咱们在这儿等着不就好了？"

铜爵园离祥福宫很远，玉英之前站在窗前望去，只看到那似悬在夜空中的金虎台灯火耀耀，像一盏巨大的长明灯映照着西边。

殷琰却摇摇晃晃地站起来，神情坚定："不，我要去看看。"莫名地，她心中忽然害怕起来。她想自己到底还是太过年轻，在这样关键的时刻，半点儿也没有一切尽在掌握的充实感，反而觉得这里的安静太过虚幻，仿佛在梦中般不踏实。

拗不过她，玉英只好扶住她，叹道："外头的禁军可多得很，怕是出不去。"

"走密道。"

玉英眼睛睁大："公主说的是那条……"

"嗯，时至今日，也该让它派上用场了。"

第二十八章 梦碎赴死

两个人正商讨时，忽然听到外面传来聒噪声。她们走出去，只见院中的禁军面上都带着慌张，而他们目光所注视的方向——铜爵园西南侧，冲天而起的火光将半边天空都映得通红。

殷琰瞳孔骤然一缩，喝住一名卫尉："起火的是什么地方？"

那卫尉虽然是被调来围守祥福宫的，但元亨公主积威甚深，他下意识就答道："回禀殿下，是乘黄厩和白藏库。"

这话一出口，殷琰和玉英顿时大惊失色。

要知道，乘黄厩养着三百多匹御马，而有一百四十间屋的白藏库，更储藏着整个皇宫的物资用度！

这两个地方一旦被烧毁，宫廷府库必然元气大伤！

"你们还待在这里做什么？"殷琰怒道，"速速调集人员，赶去救火！"她心知现在的天虚宫堪称空城，大部分禁军都被引到城外去了。而城内的宿卫军，这时候恐怕正在互相牵制。无论哪边，都抽不出人去灭火。

见那卫尉还在迟疑，殷琰厉声责骂："孰重孰轻你分不清吗？就算你守在这儿，我想出去，你还拦得住？若是延误救火，日后定斩不饶！"

被她声色俱厉地骂了一通，那卫尉立时不敢再耽搁，连忙带人走了。

殷琰也跟着出了祥福宫，这时候等不及再安排车马，她夺了一名卫尉的马，挥鞭往铜爵园的方向冲去。玉英连劝阻都来不及，眼看着她没入夜色中，急得跺跺脚，转身就去找马匹。

一路狂奔，殷琰心中有些慌。局势的发展完全出乎预料，她似乎漏了什么东西……到底是谁放火烧乘黄厩和白藏库？白藏库就在金虎台下方，这把火烧得这样烈，父皇不可能看不到。更何况台下还驻扎着不少禁军，为何会任由火势扩大至此？除非……

她心底一寒，除非，他们都顾不上救火了！

从文昌殿前穿过，过一道门就是铜爵园。

殷琰策马进去，刚跑了一小段，就见前方有人跌跌撞撞地奔逃过来。双方一打照面，都是一惊："永贞，你们怎么会在这儿？"

来人正是永贞公主殷琤和三皇子殷瑄，他们姐弟俩看着十分狼狈，殷琤头上的环佩凌乱，脚上只剩一只鞋。殷瑄小脸煞白，像是受了莫大的惊吓。

见到殷琰，殷琤的眼睛亮了一下，几乎哭出来："有人在追杀我们！元亨，是不是你……"护在他们身前的两个侍卫脸上都是汗，神情紧张，手中的钢刀还在滴血。

殷琰心头一紧："是谁追杀你们？父皇呢？"她虽然决心要助阿兄夺得皇位，但从未想过要杀殷琤和殷瑄。

殷琤摇摇头，经过方才那场骇人的追杀，她惊魂未定，哪说得清楚？

还是那两个侍卫答话："是一队禁军，突然追上我们就下杀手。幸亏其他兄弟拼命拖住他们，我们才能护着殿下们逃出来。陛下和德贵妃想必还在金虎台上。"

禁军？

殷琰只觉得茫然，除了父皇和秦廷昭外，还有谁能调动禁军？难道父皇疯了不成，不然怎会让禁军追杀自己的亲生儿女？

不及细想，她沉声道："那些人不是我派的。永贞，你若信我，现在就带着瑄弟弟往北边走。从天虚宫的厮门出城，在城外寻个安全的地方待着，等明日局势稳定了，我再派人来寻你们。"她急着走，只能匆匆交代，"千万不要回宫！情况很不对劲，现在的天虚宫恐怕是最危险的地方！"

"那你呢？"殷琤急忙问。

"我去寻父皇和太子！"

殷琤呆呆地站着，直到殷瑄扯她的衣袖："姐姐，别听她的，我们赶紧回宫！"

"……不！"殷琤忽然一咬牙，"我们去厮门，出城！"

"你怎么能信她？"殷瑄大怒，"她巴不得我们死了，好让太子当皇帝！"

"闭嘴！她真要杀我们，刚才直接动手就是了，何必骗我们出城？"殷琤平日看着柔柔弱弱的，这时候发起火来竟气势逼人。只见她拽住殷瑄的衣领，朝两个侍卫喝道，"背着三皇子，快走！"

侍卫们不敢违抗她，扛起殷瑄就往北跑。殷琤回头看了一眼被火光照亮的夜空，转身大步跟上去。

没有人知道，他们这一走，就是永别。

好像噩梦没有出口，刚从金虎台上逃下来的殷琮，目瞪口呆地望着眼前厮杀在一起的禁军们。

前方的白藏库不知何时腾起了烈焰，蹿动的火光下这些扭曲挣扎的人影简直比妖魔更恐怖。

到底发生了什么事？这些人都疯了吗？

上方忽然传来呼喝声，他抬头一看，竟是两个胡奴居高临下地指着他，动作迅速地追了下来。他顿时吓得魂飞魄散，一边狂吼着"抓刺客"，一边慌不择路地往前跑。

很快就有几个禁军从混战中抽身过来，刀光凛凛，殷琮在这一瞬间竟神思清明——这些人不是来帮他的，而是来杀他的！

两边都是敌人，他只有跑。

殷琮这辈子都没跑得这么快过，风声和追杀声他都听不到，只有脚步声如惊雷般响在耳中：

咚咚咚！咚咚咚！

他张着嘴，又湿又咸的水珠从嘴角掠过，不知道是汗还是泪。像个惊慌无措的孩子，他哭着喊："阿玉！阿玉！救我呀！救我！"

到最后，他还是只能依靠那唯一的妹妹。

殷琮被恐惧充斥的心中闪过一丝羞愧，但随即被悔恨绝望取代：他的妹妹被他亲手迷晕了，此时正躺在祥福宫中不能动弹。

利刃的寒风已扫到身后，就在这时，殷琮看到了她！

那个总是冷静沉稳的少女，此时脸上的表情满是崩溃般的慌乱，撕心裂肺地叫喊："躲开呀！阿兄！"

殷琮向前伸着手，好像这样就能抓住她的手。最后一刻，他忘了恐惧，忘了求救，所有的力量都汇聚在喉间，化作一声炸雷般的大吼：

"跑！"

刀刃切开皮肉，他几乎没感觉到痛，就觉得自己飞了起来。整个世界都在旋转，烈焰、寒刀、胡奴、禁军，还有那马上的少女。

她的眼睛睁得极大，不敢置信的眼神中满是痛楚。

到这时，殷琮才觉得痛，痛彻心扉。

兄长的热血喷射而出，溅了狂奔向前的殷琰一脸，眼睁睁地看着那具无头的躯体扑倒在地上，被砍飞的头颅从半空中落下，她所有的理智都在瞬间崩溃了。

"阿兄！"

失去控制的马匹直接冲入围上前来的杀手当中，她从马背上跌落，扑在殷琮犹自温暖的残躯上。

"阿兄，你不要死！不要死啊……不要丢下我……我让你当皇帝，让你自由自在，你活过来啊！"

她哭得不能自已，一个胡奴冲到她身后，兜头一刀砍下。

眼看她要被劈成两半,那胡奴已经咧开嘴笑了,刀下的少女却突然消失了。

胡奴才愣了一下,一股巨大的力量就撞在他肚子上,将他撞倒在地。

他还没反应过来,她就握住他的手腕一拧一折,在他的惨叫声中夺下钢刀,一刀插进他心口。

结果了对方的性命后,殷琰站起身来,满含恨意的目光紧紧盯住一步步逼上前的敌人。

没有一句言语,搏命厮杀就已展开。

在连续被杀了数人后,那些胡奴和"禁军"变得谨慎起来,不再胡乱攻击,而是将她围在中间,慢慢缩小包围圈。

殷琰低低喘着气,她的手掌上都是血,滑腻得让她几乎握不住刀柄。身上添了好几处伤口,尤其是腿上那道刀伤,虽然不算致命,但已经大大影响了她的移动速度。

她本该找机会跳上马逃出宫去,东宫尚有一万兵力,足够她自保或者复仇。

但她没有。

眼前这些人,她一个都不打算放过。

她已经做了太多"正确"的决定,却还是没能保护最重要的兄长。现在,她要任性一次。只盼着阿兄在黄泉路上走得慢一点儿,多等她一会儿。

"呀啊!"

殷琰旋身而起,手中的刀舞到极致。这么多年她从没有一天懈怠,劈、砍、挑、刺,刀锋每一次划过,都会带起一串血珠。但她的力气渐渐被耗空了,当刀身再一次跟敌人的兵器相撞时,她麻木的手掌不自觉地松开,短刀被击飞出去。另一人的刀尖趁势扎入她左肩,大力推出,直接将她钉在身后的树干上。

她奋起最后一丝力气,抬腿将那人踹开。然后握住刀柄,硬生生将刀从肩头拔出。剧烈的疼痛让她眼前渐渐模糊起来,她忽然笑了笑,反手将刀架上脖子。

就到这里结束吧……

"公主!"

玉英的尖叫声似乎离得很远,又似乎很近。殷琰努力睁开眼睛,恍惚中见到一支白羽箭射来,洞穿了她握刀的手臂。

强大的劲道带着她的手臂向后扬起,短刀随之落地。

啪!

秀清躲在窗后,透过窗缝看着外面的禁军纷纷离开,才吁了一口气。

第二十八章 梦碎赴死

"总算走了。"

关好窗户，她埋怨地瞪着倚在榻上的刘仪："要是我挨罚了，可都赖你。"

刘仪虽然面色苍白，但脸上还是笑嘻嘻的："赖我赖我。今天可多亏了秀清姐姐，我才没饿死。"

昨夜中常侍游贵想让他背叛公主，就以那恶毒的银针刺穴之刑"考验"他的忠心，折磨了他大半夜。

到天快亮时他才勉强撑着身子回到房中，一躺下就起不来了。早前玉英来询问，他生怕被发现，死咬着不肯见人。但后来就渐渐支持不住了，身上又痛又难受，肚子还饿得咕咕叫。没办法，只好叫了个宫女帮他找秀清过来。他在这宫中熟识的人不多，信得过的就更少了。秀清原先就是祥福宫出去的，跟玉英又熟悉，叫她来再合适不过。

果然，秀清没费什么功夫就进来了。她为人谨慎本分，做事又细心，被她照顾了一整天，刘仪的精神就恢复了些。

看天色暗了，她正要离开，不想禁军竟围了祥福宫，谁都不能进出。她只好躲在刘仪的房间中，干等了几个时辰。

"哼，喂饭之恩，以后你慢慢还吧。"秀清撇撇嘴，"我走了，你好好睡着，明天我再找机会过来。"

"不用不用，明天我就差不多好了。"说着，刘仪吸着气，小心地从榻上下来，"我送你出去。"

秀清原本想阻止他，想了想，就随他了。因为刘仪行动不便，两个人便沿着走廊慢慢往外走去。

"刘仪，"秀清忽然叹了口气，低声道，"你身上的伤是怎么来的？"这话她忍了一天，这时候终于忍不住问出来。

"我要说是摔的，你肯定是不信的。"刘仪微微一笑，"姐姐就莫问了，你今天见到的也一并忘掉才好。"那位中常侍说的话他半点儿都不敢忘，不能给公主惹麻烦，所以谁都不能说。

秀清似乎料到他的答案，又是深深地一叹："我在祥福宫待了七年，公主的内侍换了又换，有的悄没声息地就不见了，有的被调得远远的。在你来之前，公主已经有三年不曾要过内侍了。"

她的话带着某些叫人战栗的秘辛，若是今日之前听到这话，刘仪大概要惊诧好一阵子。但现在他只是低低嗯一声，并没有更多的反应。想来，那位中常侍"考验"过

的内侍，绝不止他一个人。

秀清安静地走了一会儿，突然停下脚步，认真地问："刘仪，你想不想……离开祥福宫？"

刘仪一怔。

她的语气变得急促起来："若是你想离开，我可以帮你！公主不会强留你的，她心地善良待你又好，更何况内侍之职如此危险，你去求她，她一定会放——"

"正因为公主待我好，我才更不能离开她。公主可以有很多内侍，但内侍刘仪只想站在公主身后。"刘仪稍稍躬了下身，"多谢姐姐今日的照顾。我便送到这儿了，姐姐慢走。"

秀清呆在原地，半响，才苦笑道："你们都是忠义的傻瓜，只有我做了小人。"当初她跟玉英同在祥福宫，最后却没能熬过来，在德贵妃以她唯一的弟弟威胁她时，她违心出卖了元亨公主。然而公主到底心善，没有多加责罚她，只是把她调到了太极殿，做了个粗使宫女。

刘仪拢住袖子，想来想去也没什么话能安慰她，只好抿着嘴，沉默地看着她。

"……别这样看我。"秀清受不住，用衣袖掩住半边脸，转身匆匆走了。

刘仪站在廊下，看她穿过走廊快步离开。走了这些路，他也有些累了，就在栏杆上坐着歇息。

今夜似乎有些不寻常，不知道公主和玉英姐姐睡下没，他要不要去东阁看看……

正在他犹豫不决时，惨叫声忽然响起。那声音太过明晰，惊得刘仪差点儿摔下栏杆。紧接着又是数声惨叫，刘仪心头一紧，顾不得身体不适，大步冲向前方。

刚到了前庭，就见秀清尖叫着跑过来，身后跟着两个挥舞着短刀的禁军。

"住手！"

他刚要过去阻拦，就听秀清大叫："快去东阁！他们要杀公主！"

刘仪心神巨震，转身就要跑，但眼看秀清就要死在刀下，只得冲过去拽住她的手奔向东阁。

然而东阁中空无一人，刘仪立刻松了口气，看来公主并不在祥福宫。只是他和秀清看起来是逃不过了……他四下看了看，将挂在墙上的长剑取下，预备拼上一拼。

秀清却忽然抓住他的手，将他往里头拖："跟我来！"她直接转进内间，将书架上的书一股脑扫落，伸手到里头摸索了一番，随后用力一扳。

只见半面墙忽地移动开来，露出一条幽深的密道！

刘仪惊讶地瞪大眼,外间已传来凌乱的脚步声,秀清不容分说地将他往里一推,回身扣住机关,将密道关闭。

她转过身靠在恢复原状的书架上,看着那两个追进来的禁军,努力平复着呼吸。她从未进过这密道,只是在很久前曾无意间看到玉英开启过。

"怎么只剩一个?"其中一人说。

另一人到处乱翻了一阵,都没什么收获,就走过来:"公主去哪儿了?"

秀清摇摇头。

那人又问:"那个小宦官去哪儿了?"

秀清还是摇头。

那人手中的刀就捅进她的肚子里,搅动几下,又用力抽出,转身跟同伴说:"没找到就算了。时间不多了,我们赶紧出城。"

摔进密道里的刘仪直接就晕了。这密道入口是一小段台阶,有五尺来高。秀清情急之下将他推进来,他就直挺挺地砸在地面上,一口气岔了就昏过去了。

等他清醒过来,只觉得周围昏暗不明,墙壁上的灯盏黑黢黢的,只有远处有黯淡的一缕光亮。

他呆了呆,才突然跳起来,连滚带爬地冲上台阶,用力拍打着入口的墙壁。

"秀清姐姐!秀清姐姐!"

徒劳地叫了几声,外头已经听不到任何声响了。他又不死心地在墙上摸索着,想要找到打开密道的开关,但他什么都没找到。失魂落魄地坐在台阶上,刘仪终于忍不住哭了。

不知道过了多久,他才打起精神,扶着墙朝那亮光处走去。

走近了些才发现,那光是从石壁上透进来的,只是上头盖了一层轻纱,才变得这么朦胧。

刘仪小心揭开那层纱,却是一个开在石壁中的神龛。神龛上部嵌着一颗夜明珠,清晰地映照出龛中的灵牌:

——皇妣孝康孟皇后神主。

刘仪的手一抖,轻纱重又落下,将那神龛笼住。他隐约猜出了这密道的另一头是通向哪里,心中又是惊骇又是惶恐,呆站了片刻,便朝着神龛跪下,连连叩拜几下,才起身继续往前走。

密道尽头被石门阻拦,同他进来的那头一样,也是一段台阶,边上并未看到任何机关，墙壁上同样镶着一盏灯。刘仪想了想，凑过去一看，只见灯盏中干干净净的，一点儿灯油的痕迹都没有——这盏灯，从未被点亮过。

他握住灯盏，用力一拧，灯盏就毫无阻碍地转动起来。随着灯盏的转动，眼前的石门一点点打开。

门外一片漆黑，他从袖中摸出火折子吹亮了，才小心翼翼地摸索出去。

靠着微弱的火光，他发现自己在一间书房中，这房中布置跟那一头的东阁书房十分相像，密道也藏在书架后。

他试着伸手到书架后摸了摸，果然摸到了一个环扣。手指扣住用力一扳，密道的石门就迅速合上，原本分开的书架也移回到原位。

刘仪吁了一口气，转身往外走去。

这座宫殿幽静沉寂，听不到一丝声响，像是与世隔绝了般。

空气中尽是木头陈腐难闻的气味，行走在其中，他几乎能感觉到自己的衣摆掀起尘灰的动静。

一直到走出内殿，才能看到熹微的天光映在窗上，将将照出一点儿殿内的轮廓。刘仪吹灭了火折子，走上前推了推门，不出所料，门外上了锁。他并不气馁，又去推窗子。

每一扇都试过去，终于在推最角落的那扇窗时，窗子开了。

此时天际的启明星正亮，遥遥挂在重檐上方。夜色渐次退去，露出庭院中因无人修剪而异常繁茂杂乱的草木。

不知为何，看到这萧瑟的一幕，刘仪莫名地流了泪。

浓郁沉重的悲伤积聚在胸中，不祥的疑云压在心头，他怕极了，总觉得有什么可怕的事情已经发生。

胡乱擦干眼泪，他跳出窗，并没有奔向大门，而是直接冲向了宫墙。这宫墙约有一丈高，墙上的朱漆都有些褪色了，他飞奔着跳起，在墙上一蹬，就攀上了墙头。这些日子的训练十分有成效，他的身手意外地轻盈敏捷，没费什么功夫就翻墙而出。落了地，他回身看一眼悬在朦胧晨光中的金匾，就头也不回地向前奔去。

昭阳殿。

狂奔中的刘仪恍惚觉得这情境如此熟悉，那一日他为玉英送信去祥福宫，也是这样奔过被封禁的昭阳殿，冲向祥福宫。那时他还不知道自己会遇到什么，心中惶恐与兴奋交织；而此时，远处浓烟不断升起，风中还夹杂着血腥味和烧焦的味道，他脑中

纷乱不堪，什么都不敢想，只想着快一点儿、再快一点儿……

"只要找到公主，就什么都不用怕了！"

一路上，他看到有宫女倒在地上，鲜血积在她们身下，已凝固成一摊暗黑的血渍。沾血的脚印凌乱地印在地砖上，昭示着夜里那一场杀戮的残酷。他不敢停留，只是瞪大了眼睛，一眨不眨地盯着前方。

远远地就看到祥福宫前的石级上俯卧着一个人，深褐色的衣摆汩汩滴着血。他伸着手，消瘦的手掌青筋暴凸，如鹰爪一般死死地扣在门槛上。

"……中常侍？"

刘仪不敢相信自己的眼睛，这个本应该随侍在皇帝身边的人，为什么会倒在这里？他冲过去，将游贵翻过来，第一眼看到那张铁灰色的脸时，刘仪都以为他已经死了。但游贵却睁开眼来，僵硬的手指紧紧扣住他的手臂，口中发出断续而嘶哑的声音："……刘仪？刘仪！"

"小人在，小人在这儿！"刘仪慌忙应道。

游贵的眼睛先是茫然地眨动了一下，好一会儿，才像是看清了眼前的人。他深吸了一口气，喉咙中发出可怕的咕噜声，在刘仪惊吓的目光中，他猛地抬起身子，揪住刘仪的衣领凑到他耳边："去我床下，左起第七块地砖，里面的东西，交给……公主！"

说完，他的头往后一仰，鲜血就从口中喷涌而出，溅了几滴在刘仪脸上。他胸腹间有巨大的创口，污血沿着石级蜿蜒而下。

刘仪呆呆地抱着他的尸体，心头一片冰凉。

天越发亮了，天边的云彩泛起了红光，就如同以往的每一日，旭日将升，万丈金芒会照亮整个天虚宫。

"当——当——当——"

远处的钟楼已迎着朝阳敲响大钟，浑厚悠扬的钟声传遍四方，叫醒沉睡在梦乡的人们，开始新一天的劳作。

然而有许多人，却再也无法醒过来了。

此时，遥远的冀州还是深黑如墨。夜梦如水徜徉，让人无端沉溺其中。

"咻——"

梦境中是一片葱翠的树林，无人扰乱这宁静的午后。忽地，一声尖啸穿破树林，随声而起的白羽箭倏地划破绿叶，射向躲在树枝后的绿色身影。

那绿衣人早有准备，不慌不忙地闪身避开，在晃动的树枝上一蹬，就借力跳向一旁枝叶更加繁茂的大树。只听着簌簌的轻响后，她就像是消失了般，再没有半点儿动静。

不多时，细碎的脚步声由远及近，手持弓箭的少年当先出现。他警惕地打量着周围，手中的短弓时不时扫过及膝高的野草，一步步逼近前方的大树。

"出来吧，琰儿，你没处可逃了。"确认附近没有陷阱后，少年的表情稍稍放松了些。虽然年少，但那俊朗的五官已经透出叫人不敢轻忽的锐气。他这时嘴角带了笑，仰头望着茂密的树冠，"不过是认个输而已，你不会这么输不起吧？"

"她不是输不起，是不想输。"落后他几步的锦衣少年笑嘻嘻地说，"伯微，你方才那箭可真狠！我话说在前头啊，要真伤了阿玉，那我可跟你没完。"

"封锦，"少年时的宇文渊还藏不住多少情绪，表情声音都是无奈，"你莫忘了，咱们俩现在才是一伙的。"

"那我不管，反正就是不能伤到阿玉。"蛮横地说了这话后，封锦嘴一撇，"要不是抓阄没抓好，我才不要跟你一起呢。"

封锦心中万分不满，今天的这场比斗可全都因宇文渊而起。

在日行的剑术较量后，宇文渊照例获得了胜利。看着闷闷不乐的殷琰，他好心安慰她："你是女子，又不用上战场，输了也无妨。"

当时站在一旁的封锦就想把手里的玉如意往他脑袋上敲。这不是傻吗？哪壶不开提哪壶！

果然，殷琰跟只小斗鸡似的跳起来："谁说女子不用上战场？我母后可是常胜将军！哼，母后说过，打仗可不是光靠武力就行，还得比脑子，就跟狩猎一样。你敢跟我比吗？"

结果就变成这样了。连旁观的萧湛和封锦也被拉了进来，抓阄分组。

原本看到萧湛跟殷琰一组，宇文渊还大方地表示，可以把封锦换给她。封锦虽然懒散不着调，但比起大病初愈的萧湛却要强得多。要在这林中奔波"狩猎"，以萧湛的身体状况根本支撑不下来。宇文渊有自信，就算让萧湛在一旁休息，凭他一人，也能打败殷琰和封锦。

没想到不仅殷琰不肯换，连萧湛都显出少有的坚持，封锦只好满心不甘地跟着宇文渊。他从一开始就消极怠工，懒洋洋地看着宇文渊满树林地搜寻殷琰的踪迹。而宇文渊的目标也只有殷琰，萧湛躲到哪里去他是不在意的。

这时听着封锦的抱怨，宇文渊嘴角微抽："……自认倒霉吧。"

封锦刚要点头认同，突然缓过味来："你说谁呢？"

宇文渊飒然一笑，朝他眨了下眼，把弓箭背在身后，忽然转身加快速度，踩着树干"噔噔噔"几步跃上枝丫。目光穿过纵横交错的树枝，望向树冠高处，隐约能看到从枝叶缝隙中露出来的一小片绿色布料。

正要行动，却听封锦在下面喊："阿玉没那么傻吧？就在树上等你去抓？伯微，我看你还是下来，到边上再找找。"

宇文渊暗自哼了一声，没有理他。这种转移注意力的伎俩，封锦已经用了好多次，每回都在他要追上殷琰时拖后腿。宇文渊相信自己的眼睛，他是故意把殷琰逼到这里来的。这周围就这两棵树可以藏身，附近都是空地。只要殷琰到了这儿，就只有被抓的份儿。

这么想着，他动作灵巧地攀着树枝往上爬，迅速靠近那个绿色身影。

下面的封锦看了，只是摇摇头，低声嘟囔："这可怪不得我了，是你自己不听的。"

他转头看向旁边那棵树，刚才那支箭射到的树枝上，赫然出现了一个少女。她的外衣不知道什么时候脱了，只穿着浅碧色的半袖，贼兮兮地缩在树叶后。封锦朝她挥挥手，露出灿烂的笑容。

少女示意他噤声，咬着嘴唇偷笑起来。从她这个位置，恰好能看到那棵大树中的绿色人影，以及正一步步向那身影靠近的宇文渊。

离得足够近了，那个人影似乎发现了什么，身体扭动了下，看起来就要纵身离开。宇文渊顾不得隐藏身形，从那人背后直扑过去。他的手掌按上对方的肩，笑道："琰儿，你输了，这回服气了吧？"

那人顺着他的力道转过身来，却不是殷琰，而是一个清秀白皙的少年。

"萧湛？"

宇文渊惊讶地叫出声，萧湛伸出手将他轻轻一推，沉静的眼眸中却带着狡黠的笑意："是你输了，伯微。"

不等宇文渊反应过来，他就觉得脚下忽然一紧，紧跟着一股大力传来，他整个人顿时失去了平衡，一下就从站立的树枝上滑落下去。但他并没有直接摔下去，右脚腕上不知何时套了根绳索，将他拉得头下脚上，倒挂在半空中。直到这时，他才发现，殷琰竟然站在对面的树上，正涨红着脸死命拽着手中的绳索往树枝上缠。

把绳子绑紧后，她才直起腰，开心地冲着他笑："伯微，你服输吗？"

宇文渊眼睛一眯："言之尚早！"他反手取下背上的弓箭，搭箭上弓，飞快地射了一箭。

殷琰没料到他还有反击之力，愣怔一下，箭矢就已近身。危急之下，她下意识扭

身闪避,脚下却踩空了,猝不及防间朝下方坠去。她脸上满是愕然,神情惊惧又茫然。

……

"炎之!"

沉静的夜色下,博陵王府中骤然传出一声惊呼。

还在睡梦中的萧凛立刻被惊醒,从榻上跳起来就往里间冲去:"怎么了怎么了?"

黑暗中只见萧湛坐在床上,剧烈地喘息着。这境况可把萧凛吓坏了,他慌忙点亮了灯盏,大声召唤外头的侍从。

凌乱的脚步声匆匆响起,火烛一支支点燃,内侍胡为带着几个宫人候在门口:"小公子,可要小人去召丁太医过来?"萧湛自小身体不好,一向是由丁太医为他调养。随着年龄增长,他的身体状况逐渐好转,丁太医就不再日夜守在他身边。因着丁太医年岁已高,除了平日里的诊疗外,萧湛已经极少召见他。但萧凛刚才太过慌张,胡为心中忐忑,以为他们大王身体大不好了,这才有此一问。

"不必惊扰丁太医。"却是萧湛哑着声音说,"我没事,你们都下去吧。"

胡为还在犹豫,就听萧凛不赞同地叫:"二哥,瞧你出了这么多汗,是哪里难受了?可千万莫要强忍着呀!"

"大王既出了汗,怎么也得把衣裳换了,免得积了燥气。"胡为趁机建议。

见萧湛不再拒绝,胡为赶紧命人送来温水衣裳,侍奉他擦身更衣。一通忙碌之后,胡为偷眼觑着萧湛的神色,见他除了面色微露疲惫外并无其他不妥,这才放下心来,带着众人退了出去。

只剩萧凛站在一旁,小心翼翼地问:"二哥,你是被梦魇住了吗?炎之又是谁啊?"

萧湛并不答话,只是低着头,手指轻轻摩挲着颈间挂的玉蝉。好一会儿,他才低声说:"去把萧越叫来。"

"现在?"

"嗯。"

带着惊讶,萧凛转身出门,命人去请萧越。更叫他惊讶的是,萧越来得极快。他抓着从不离身的佩剑,身上只披了件外衣,发髻乱糟糟的,显然是胡乱扎上的。一进门,他就抛出一个惊人的消息:"大王,雍州失守了!"

雍州?

萧湛猛地抬头:"雍州怎会失守?安定王呢?"

"属下方才接到斥候传信,前日北境的羌胡偷袭雍州北部边境,安定郡城门被居于城内的东羌人打开，羌胡直接冲入城中，烧杀无数！连王府也一并被攻陷，王妃和两位小公子都被杀死，头颅挂在城门上！"一口气说到这儿，萧越却忽然迟疑起来，"安定王……"

萧湛皱眉。

"安定王……"萧越不敢看他，只是咬牙道，"安定王殷磊半个多月前带兵前往邺都，世子和二公子一同随军出行。"

这个瞬息，萧凛清楚地看到，二哥脸上的表情变了数变，从惊愕到不可置信，再到恍然大悟，他的眼神变得极为锐利，在苍白的面容上显出逼人的冷：

"还有呢？"

萧越"咚"的一声跪下："齐王和广陵王也同时率兵入邺都……属下知罪，请大王责罚！"

"邺都可有消息？"

"最新的消息，是三王在邺城外扎营对峙，陛下派光禄勋守在城外。"萧越再次请罪，"属下知情不报，延误时机，请大王责罚！"

萧湛从榻上下来，萧凛想去扶他，却被他推到一旁。

"羌胡在雍州有内应，知道安定王不在，才能借机攻占雍州。接下来，他们定会据守雍州，往东吞占司、并二州。萧越，你即刻调兵前去援助，攻打羌胡东线，逼他们回兵自救！"

萧越却不肯起来："待属下领完大王的责罚后，再去不迟。"

他知道自己这次铸下大错，已经大大触怒了萧湛。萧湛虽然极少发怒，但他的威严不容置疑，王府内外不管谁犯了事，他都秉公处理，从不姑息。此时他越是不提萧越的过错，就越说明他是真气狠了，怕是从此要对萧越生出疑忌来。一想到这点，萧越就肝胆俱寒，无论如何都要让萧湛罚他。

见他一动不动地跪着，萧湛冷笑起来："怎么，萧将军这是要逼本王吗？本王还等着你去救人，哪敢罚你？"

"大王！"萧越重重伏下身，手中托着佩剑，"属下因私心作祟欺瞒大王，以致雍州失守，属下只有以死谢罪！"

他长剑还未拔出一半，就被扑过来的萧凛抱住手臂，只听萧凛颤声道："二哥，你别这样……大哥已经知错了，你原谅他好不好？"

看着他惊恐的模样，萧湛暗自一叹。

萧越真的知错吗？并没有。萧湛比任何人都更了解他这位养兄，单看他肌肉绷紧的脸颊，就知道他并不认为自己做错了。雍州失守哪里怪得到他头上？至于他说的"私心作祟"，指的是什么，萧湛心中最是明白。萧越万事以萧湛为重，凡是他认定对萧湛有利的事，哪怕萧湛反对，他也会执拗地做下去。

"罢了。收起你的剑，立刻整兵出发。"萧湛神色一厉，"待羌胡之乱平定后，你自去领三十军棍。"

萧越大喜："属下遵命！"

等到他离开后，萧湛转身走到案前。他刚拿起笔，萧凛赶紧跑过来，讨好地帮他磨墨。

"你觉得二哥做错了吗？"

"当然不是！我只是觉得，大哥他不是故意的，他也不知道事情会发展成这样……"

"事情会怎么发展，该由我来判断。"萧湛的表情平淡，但说出的话却让人心惊，"一个上位者，最不能容忍的，就是下面的人替他做决定。他不能捂住我的耳朵，只把他想说的说给我听。"

"现在，我需要一个人做我的耳朵和眼睛，把听到的、看到的，原原本本、毫不隐瞒地告诉我。"萧湛笔下不停，嘴里问，"阿凛，你愿意做这个人吗？"

萧凛磨墨的手一顿，傻傻地抬眼看他："二哥……"

"你父亲的部曲，我一直没有动用。如今，你已经长大了，那些兵力也该交还到你手中。"

"可是，大哥他……"要是平时，萧凛肯定要高兴坏了。但现在的时机不太对，二哥这样做，大哥会怎么想？

萧湛放下笔，转头看他，神色竟有些严厉："阿凛，你跟萧越不同。将来，你是要袭爵成王、承继萧家基业的，不可因私情困住自己。"

"什、什么？"

他越说，萧凛就越是糊涂了："二哥，你日后成家了，王位自有世子承袭，怎么会轮得到我？"

萧湛没有说话，只是将写好的信笺折好，封入袋中。

"你拿着这信，去找兵曹掾史郑公同，他会安排。"说着，萧湛将半块令符连同信袋一同交给他，"雍州此次失守，我担心其他地方也会乱起来。你带了人，探听各州情况，及时传回来。尤其是邺都的消息，更要详细查探。"

萧凛下意识接过，听他又道："出门在外，安危第一，莫要太过逞强……"似是觉得自己说多了，他终于拍拍萧凛的肩，"你去吧。"

萧凛呆站了一会儿，才慢慢转过身，往外走去。他心里头乱糟糟的，有点儿兴奋，又有点儿彷徨。虽然只是做点儿斥候的事，但也算是上了战场。这是他期盼了许久的时刻，可是一想到马上就要离开兄长，离开自小跟随的二哥，他又觉得心里堵得慌。以后谁给二哥磨墨，谁陪二哥解闷？二哥做噩梦了，谁来守着他？

就在他乱七八糟地瞎想时，萧湛忽然叫住他："阿凛，若能见到公主……"萧湛脸上少有地现出犹豫之色，似乎难以说出接下来的话，"……就请她写封信来，好叫我知晓邺都境况。"一句话说完，他都不敢与萧凛对视，立刻转过头去，盯着幽幽晃动的火烛。

萧凛觉得不解，要知晓邺都境况，看回传的情报不就得了？何必要那么麻烦，让公主亲自写信说明呢？他正要开口询问，忽然脑中灵光一闪，顿时瞪大了眼睛：二哥对公主……

他被这突然的发现惊住，见萧湛仍是站在灯前不动，他不敢再多做逗留，慌忙应了声："我记住了。"就逃也似的转身跑了。

六天后，雍州北部，冯翊郡。

作为京川三辅之一，冯翊郡自古以来就是戍守北境的战略要地。但此时，这片抵御北地羌胡的大地，却变得萧索不堪。

五日前，羌胡大举破境，安定、冯翊两郡首当其冲。面对骤然出现在眼前的羌人，毫无防备的守将们方寸大乱，只微弱地抵抗了半天，还没等到天亮，就被攻破城门。

羌人入城后到处放火烧杀，许多百姓还在睡梦中就丢了性命，惊惶的惨叫在无边的夜色中久久回荡。

直到天色大亮，还有很多地方冒着黑烟。残存的百姓被羌人驱赶到城下，像牲畜般被鞭打着，开始修筑破损的城墙。城门处更是喧闹嘈杂，呼喝声、怒骂声、哭喊声混杂成一片。

几辆笼车从城中驶来，车前后都围了数骑人马。

笼车中关满了发髻散乱的女子，总数有二十多个。尽管神情惊惶憔悴，面上有些脏污，但仍能看出来，她们都生得十分美貌。衣饰也比寻常人精致许多，攀在木栅上的手指或纤细或柔润，显然是富贵中将养出来的。

此时她们挤在一起，望着城门处的情形，又是茫然又是悲切，有的簌簌落着泪，却不敢哭出声。

在城墙下努力劳作的人们看过来，待看到押着这些笼车的那些人身上的羌胡服饰，就都见怪不怪地移开了目光。

这几天来，被抢夺出城的女子不知有多少，这一出去，没命不说，怕是还要受尽摧残。

只是大多都是一两个被掳走，像这样成车装运的，又都是这般姿色上等的女子，倒是少见。

门口的羌人兵将也是这般想，对着那些女子露出淫邪的笑容。他朝着马背上的人指手画脚，看着是要留下几个来。

领头的那人脸颊瘦削到凹陷，他只是拿出一枚令牌，低声说了两句话，那兵将就变了脸色，乖乖退到一旁，半句话也不敢再多说。

出了城，再往前就是羌族领地。眼看着烈日下的黄沙被马蹄扬起，车中的女人们终于无望地呜咽起来。

为首那人拧着眉转头看来，立刻就有人拎着鞭子抽到车上："不许哭！"他的汉话说得不太好，口音听起来很是生硬怪异。

"不许哭！不想死的话，就都忍着。"

在女人们中间，一个女子这么低声警告着。她原本一直垂着脑袋，这时微微抬起头来，露出一张清艳姣好的面容。比起这些哭泣痛叫的女人，她的镇定显得格格不入。她似乎有些威望，又或许是被她沉静的目光所感染，女人们慢慢安静下来。

她就又低下头，原来她怀中还抱着个人。

那是个昏睡的少女，额头上破裂的伤口显得触目惊心。但比起她身上严重的伤势，这点儿小伤就不值一提了。

只见她的左肩衣衫碎裂，被当作绷带缠在上头的白色布条已经被血洇红了。而她被洞穿的右臂也是如此，软软地垂在身上。

少女的脸上没有一丝血色，因为多日的昏迷而透出叫人心惊的枯黄色。在这酷热的天气下，她的脸上沁满了汗水，嘴唇都干裂出血了。

"拿点儿水过来。"一边为少女擦拭着脸上的汗珠，那女子一边吩咐道。

其他人便递过来一个皮囊，她扶着少女的头，小心地把水一点点倒进她嘴里。

"玉英，"边上一个略年长的女人开口道，"公主好些了吗？"

"好些了，已经不发烧了。"玉英用自己的身体作为屏障，为少女挡住阳光，"或许到了明天，她就能醒过来。"

听到这个消息，女人们都雀跃了些，有的还喃喃念着："等公主醒来就好了，就能得救了……"

玉英看了看她们，又把目光转回到殷琰身上，以此遮掩住她目光中的忧虑之色。

"公主……"

她把殷琰往怀中拢了拢，心中悲凉，又有止不住的愤怒。

所有人都指望着公主，连她昏迷重伤了也等着她来救。好似她无所不能，不会痛也不会累。却都忘了，她也不过才十几岁。

宫变那一夜，亲眼目睹了太子的惨死，公主其实也不想活了吧？

可是，公主不能死。

玉英不能眼睁睁看她就这么死去，无论如何，也要想办法让公主活下去。玉英暗自想着。

那时公主想要挥刀自尽时，有人一箭射穿了她握刀的手，虽然伤了她，但到底留住了她的命。

再之后，这些人掳了一些宫女，乔装成买卖女奴的商贾，随着乱民过了几个郡县。今日又从冯翊出关，想来并不打算杀掉她们。

既然如此，还是暂且等着，看他们会带她们到哪里去。等公主苏醒了，伤势再好些，再想办法脱逃……

笼车中的动静都落入那首领眼中，他的眼睛盯着玉英看了好一会儿，直到身旁的人取笑地大声咳嗽起来，他才恋恋不舍地转开眼。

"苏赫，等晚上休息的时候，你把那女人带远点儿，爱怎么弄都随你。夜里那么黑，谁都看不见！"一个胡子黝黑的男人凑近到他身边，悄悄说道。

苏赫伸手把他的脑袋推开："呼其图，别以为我不知道你在打什么主意。这些女人是要送给羌帅的礼物，谁都不许擅动！"

"是是是，这我都是知道的嘛，不敢动的。"见他面露凶气，呼其图赶紧缩了回去。但到底还是有些舍不得，眼巴巴地往笼车看，"这些汉人的女子，都是水一样软、雪一样白，真叫人喜欢。咳，羌帅一定会喜欢。"

苏赫不屑地哼道："汉人都是些软绵绵的废物，男人不经打，女人也只会哭哭啼啼。"换了他们部落里的女人，就算被捉了，也不会这么软弱。这么想着，他禁不住又往玉英的方向看了看。

呼其图刚才的话，他听在耳朵里，心头禁不住有些意动。

他这么一走神，就被呼其图发现了。但他并没有戳破，只是嘿嘿笑着退开了。

北境的地貌跟关内大不相同，放眼望去都是光秃秃的黄土地，为数不多的树木像稀疏的毛发，远远地扎在山丘上。

在邺都还不觉得这场旷日持久的大旱有多可怕，但这时看到这些贫瘠而生机匮乏的土地，玉英忍不住有些心惊。

怪不得公主会那么担心旱情……这种地方，人怎么能活得下去？

玉英想象不出来。她是彻头彻尾的江南女子，幼年遭遇的大灾只有水患，滔天的浊浪吞噬一切，至今想来仍觉得害怕。她从不知道，竟有地方能干旱成这种模样。

这期间殷琰曾蒙眬地醒了一次。她睁开眼，却并没有看着什么东西，只是茫然地望向笼车的顶部，就又闭上眼，发出模糊的呓语。

玉英唤了她两声，见她没有反应，又叹息着轻轻拍了拍她的手臂。前几天她烧糊涂的时候，不知道梦到了什么，却是一声不吭，只是咬着牙不停流泪。

车队在丘壑间的山道穿行了几个时辰，眼前的景致又是一变，那些黄土小丘不知何时变成了小沙丘，细小的沙砾被风掀起，扑簌簌地击打在人的脸上身上。

零零星星的绿草长在沙地上，在夕阳下扎眼的亮。马背上的男人们却忽然欢呼起来，他们拉上帽兜蒙面，只露了眼睛在外面，开始挥鞭打马，加速向前方冲去。

只苦了笼车中的人，不仅被颠得七荤八素，更被扬起的尘沙呛得喘不过气来。玉英一手抓紧木栅，一手抱住殷琰，倾身覆在她身上，紧闭着眼睛嘴巴苦熬着。

不知道过了多久，前行的速度才缓下来。玉英只觉得浑身的骨头都要散架了，酸痛难忍。

她慢慢抬起头，发现周围的草色十分鲜嫩，一簇簇地拥在一起。再往前看，在黄沙和绿草中间，一片湖水赫然出现！

这干旱的地方竟然有这样的湖泊！

一看到水，玉英不由得精神了几分。据说胡人逐水草而居，看来今夜是要在这处绿洲休憩了。

她定神看去，只见男人们都下了马，一边扯下兜帽蒙面，一边往水边奔去。

在水边早就站了几个人，正牵着马喝水。一见他们来了，就齐齐迎上前来，大声喊道："苏赫，苏赫！有主人传来的密信！"

他们用的是胡语，玉英只听到"苏赫"两字，知道这是那个面容瘦削的首领的名字。

这几人跑到苏赫面前，叽里咕噜地说了一堆话，又从怀中拿出一封信递给他。

苏赫打开一看，顿时面色大变。

原来信中说的是，冀州的萧家军率兵攻打羌胡东线，短短两天内已经突入到奢延城外，危及王庭。羌帅海日古急忙调兵回救，却被萧家军半道截击，损失惨重。

现在羌胡之地已经变得非常危险，要是不慎撞上了萧家军，他们这点儿人手都不够人家杀的。

因此信中命他们带着公主尽快离开，莫要暴露行踪。至于那些女人，想必羌帅是没有心思再享受了，就地处理即可。

看完信，苏赫面色阴沉地站着，半天没有说话。他们千里迢迢带了这些女人走到这儿，现在却变成了无用功，他自然有些不甘心。

呼其图却嘿嘿笑起来，摸着胡子说："羌帅没机会享受，就叫兄弟们享受一把。反正是要杀了，不如今晚让大家开心开心！"

他这话一出，边上几个人立刻眼睛冒了光——觊觎这些女人的可不止呼其图一人。

被他们巴巴地望着，苏赫心头一动，转头看向笼车中的玉英。

她正抬头看过来，金红的余晖装点着她的身影，连鬓发的拂动都美得叫人窒息。那双眼睛清透明亮，像灵巧秀美的小鹿，勾得苏赫心中发痒。

他终于点了点头。

熊熊的篝火"噼啪"燃烧着，照亮了岸边的人群。

在苏赫的首肯下，呼其图借着减轻负重的由头，把酒囊都搜刮了出来。他们大口嚼着肉脯，互相灌着酒，嘴里糊里糊涂地唱着歌。

那歌声粗豪雄浑，虽然听不懂歌词，但听着像是劝酒的歌。欢快的笑声传出了老远，他们围着篝火又是唱又是跳，高兴得好像在参加一场盛宴。

只除了笼车中安静地看着他们的女人们。

玉英心中莫名地有些不安。所谓反常为怪，这些胡人们数天来都沉默凶狠，少有什么话语，这时候却这么放纵……难道只是单纯地因为离开了大弘？还是跟那几人送来的信有关？

她正思忖着，眼前忽然覆了一道黑影。

身边的宫女们都倒抽着气往后缩去，玉英抬起头，只见男人站在车前，高大的身影无声地将她笼罩住——是那个首领苏赫。

他瘦削的脸酷烈如狼，背光站着，浑身散发出某种叫人战栗的危险气息。玉英没有动，只是紧紧盯着他。苏赫看了她一会儿，缓缓笑了起来。

"把门打开。"

他打了个手势，就有几个喝得醉醺醺的男人走上前来，把笼车上的铁链打开，拉开了小木门。

"出来呀！"

没有人敢动。宫女们惊惧地缩在一起，谁也不敢迈出去。就在男人失去耐心，准备伸手把她们拽下去时，苏赫开口了："出来吧，去洗洗，都臭了。"说这话时，他的眼睛还是盯着玉英，"放心，没人动你的公主。"

玉英的睫毛颤了颤，她不认为这些胡人有这么好心，会放她们出来透风清洗。但

这时候惹怒他们更是不智之举，尤其是在他们明显已经喝醉的情况下。

她看了眼苏赫，他的目光跟之前一样凶狠放肆，充满侵略性，但至少他是清醒的。

她把殷琰小心地放在车板上，然后拿起已经空了的水囊，起身走出了笼车。

这么多天来，第一次能舒展手脚。站在地上的那一刻，她觉得两腿都在发颤。她扶着木栅站了片刻，平复了呼吸，才一步步走向不远处的湖水。

苏赫饶有兴致地看着她的背影，慢慢跟在她身后。

其他宫女艳羡地等了一会儿，终于经受不住自由的诱惑，一个接一个地走下了车。她们没有玉英那样的耐心，等不及身体适应，就跌跌撞撞地扑向水边。

洗脸、漱口，掬起的水从手掌中清凌凌淌下。这些在宫廷中舒服惯了的美貌宫女，平日里哪个不是天天沐浴净身的？这些天窝在车中，又是那样热的天气，就跟苏赫说的一样，她们身上都臭了。若不是顾忌着这些胡人在，她们恐怕早就跳进湖中好好洗漱一番了。既然不能下水，她们就只能捞起衣袖，把手臂浸在水中，借此驱散郁积在身上的燥热。

玉英离她们稍稍远些，她寻到上游处，将水囊灌得鼓鼓囊囊的，才捧起水洗了脸。又从内衬里撕了布条，仔细搓洗干净，绞成半干，才提起水囊站起身，准备回车里给殷琰擦一擦。

一回身，她差点儿吓得叫出来。

只见苏赫不知何时立在那儿，离她不过几步远。到这时她才发现，周围透着诡异的安静，只有女人们拨动的水声和压抑不住的喟叹声。

那些在篝火旁作乐的胡人，这时候都慢慢站起身，眼睛盯着蹲在水边的女人们。

苏赫向前一步，他脸上没有什么表情，只有那双眼睛，在这夜色中亮得恐怖。

仿佛闻到血腥味的恶狼，压抑不住蠢蠢欲动的獠牙。

玉英忽然明白了他的意图，她颈后的汗毛霎时立起，在他的手伸向她的瞬间，她猛地跳起来，手中的水囊甩出，重重砸在他脸上。

顾不得其他，她转身就跑。

但才跑出两步，她就被人拽住了手臂。

"哧——啦！"

布帛撕裂的声音极其刺耳。仿佛是个信号，那些虎视眈眈的胡人都精神一振，吹着尖锐的口哨扑上前，兴奋地冲向自己的目标，谁都料不到竟会有这样的噩运。

皮靴踩入湖中，白花花的水珠飞溅，绣履在沙地上疯狂地踢动，散落的泥沙纷

纷滚落水中。

"住手、住手！啊！"

"呜啊啊，饶命……饶命啊！"

"放过我！求求你们，放过我们！"

衣衫碎裂的声音伴着哭叫声此起彼伏，玉英仓皇四顾，怒声大骂："畜生！你们这群畜生！"

但她的怒骂很快就变成了惊惶的惨叫，她摔进了水中，眼前一片昏黑。

若是能够选择，她情愿在这一刻死去……就这么淹死在这一片绿洲中，也好过在无尽的苦痛地狱中挣扎。

可连这卑微的心愿都成了奢望，她倒在浅滩边，湿漉漉的水草拂过她的脸颊，那冰冷的感觉让她浑身都起了鸡皮疙瘩。无边的恐惧漫出胸腔，逼得她终于忍不住哭喊起来："不要！放开我！放开我！救命啊！公主，救救我！二公子！宝言……"

谁都好，天地神佛，妖魔鬼怪，只要能救她脱出这地狱，她什么都愿做！

然而天地无言、神佛无眼，妖魔鬼怪就在身后，回应她的只有响彻四周的凄厉惨叫和猖狂狞笑，被冷厉的夜风吹得破碎不堪。那些至亲至重之人，谁都救不了她……任凭她如何挣扎嘶喊，她还是像一只被捕获的猎物，轻易地被男人拖了过去。

无底的绝望中，恍惚中她听到自己一遍遍在喊："公主！公主！救救我！救救我们！"

不，不只是她在喊，她那些在噩梦中无法自救的姐妹们，都在向着曾经的庇护者求救。

好似公主真能从重伤的昏迷中清醒过来，像那救苦救难的神佛，顷刻间就能带她们逃离这恐怖的一切。

原来自己跟其他人也没有什么不同，就像太子一样，藤蔓般纠缠依附在公主身上，用无能来吸食她的骨血生命。

玉英的声音忽然停了。

苏赫将她拖到身前，一把翻过来，看到她满脸的眼泪和沙子，顿时大笑："你也会怕？怎么不叫了？再来啊！再跑啊！"

玉英哆嗦着，恐惧到极致，崩溃到几乎想要出声哀求。但她到底还是咬住了牙，浑身的肌肉都在发颤，眼泪流个不停，却没再吭声。

苏赫敛住笑，恶狼似的眼睛盯住她："我看你能熬到几时！"

……

玉英已到了窒息的边缘，一拨拨的剧痛让身体都变得麻木，充血的眼睛中腾起血雾，她感觉不到自己，世界都像是空了，只剩下在身上欺凌她的野兽和心头愈加嚣狂的恨火！

她要他死！

发髻散乱开来，湿漉漉的头发落到手边。狂乱中，她摸到了自己的发簪。便想也不想，反手握住，朝苏赫的左眼刺去！

苏赫正在迷蒙中不可自拔，猛然间瞧见一缕寒光刺来，只下意识偏了下头，玉簪便深深地扎在他眼眶下方，顺着凶狠的力道一路划到嘴角处。

"啊！"

鲜血顷刻间就淌满了他半张脸，苏赫扭住她的手往地上一撞，把玉簪磕飞出去。另一手却掐住了她的脖子，他收紧力道，看着她的脸色变得青紫，才稍稍放松了点儿。

"想杀我，嗯？"

他把脸凑到玉英面前，那道血淋淋的伤口皮肉绽开，鲜血一滴滴落在她的脸上和脖子上。

苏赫面容扭曲如恶鬼，他竟不去处理伤口，反倒狰狞着笑起来。

玉英死死盯着他，忽然挺起上身，唾了他满脸。

苏赫陡然大怒，松开她的脖子，用力一巴掌挥出。

"公主！公主！"

"公主？公主？"

"公主……公主……"

似乎一直有人在呼唤她，凄绝悲凉，像重重叠叠的泣诉，她听不真切，想要去追寻，又被缠绕全身的荆棘困住。利刺根根扎入皮肉中，穿魂蚀骨，她痛到极点，终于大呼一声，从沉重的噩梦泥潭中挣扎着醒过来。

说是大呼，其实不过是一声微弱的闷哼。殷琰出了一身的汗，身体汗湿，竟不比梦中好多少。她迷茫地睁着眼睛，好一会儿，才模模糊糊地看到被木栅分割成一块块的夜空。

夏日的夜，星子总是分外明亮。好似无数只眼睛，沉默地跟她对望。风中隐隐约

约飘来压抑的啜泣声，宛如从梦中追索而来，断断续续的，似乎还夹杂着痛楚的哀鸣。

"公主，你醒了？"

湿润的布条覆在她头上，小心地避开伤口，擦拭她汗涔涔的脸颊。殷琰眨了下眼，看清了眼前的玉英。

玉英侧着头，半边脸落在阴影中。朦胧的光亮勾出她的轮廓，还是那般秀美清柔，却莫名多了几分绝艳的丽色。

乌黑的发丝垂到半空中，发梢悄悄地凝出晶亮的小水珠。她的手指触在殷琰脸上，沁出的湿气冰凉透骨。

"我们这是在哪儿？"

"白天里出了冯翊，现在已经到了羌胡的地界了。"

"冯翊？"殷琰轻轻笑起来，"这么说，雍州也出乱子了。"那些人闯入天虚宫，杀了阿兄，又将她带走，竟然能一路通畅出了关。她知道自己陷入了别人精心策划的阴谋中，然而此刻，她竟没什么心思去细想。只觉得由内而外的疲倦席卷全身，让她只想这么躺着，哪怕下一刻就会被杀死。

"雍州……已经被羌胡攻占了。"在笼车中的见闻，足够玉英了解到大略的情况。她跟随殷琰多年，自然明白，雍州失守对大弘来说意味着什么。

殷琰安静了一下，慢慢垂下眼帘："我躺了很久吗？有邺都的消息没？"

"公主睡了近六天了。"玉英柔声说着，稍稍抬高她的头，将水囊放在她嘴边，"先喝点儿水，过会儿再吃点儿东西。"

殷琰低头喝了两口水，忽然觉得不对："玉英，你怎么了？"从她醒来到现在，玉英一直侧着脸跟她说话。"把脸转过来！"

玉英一愣，仓促地扯出笑来："公主……"

殷琰突然伸出手，扣住她的下巴，强硬地扭过她的脸——

腾跃的火光下，那半边脸高高肿起，被指甲扫到的左眼更是肿到睁不开。嘴角的破口凝着血痂，让她勉强扬起的笑容变得有些扭曲。

"……谁干的？"

殷琰猛地抬起身，她手上的力道失控，玉英顿时痛得倒抽了一口气。她突然挥开殷琰的手，身体往后缩去。脸上那虚弱的笑意已经破碎，强撑的镇定瞬间瓦解。

"公主，"意识到自己的反应太过激烈了，她深吸一口气，努力平稳着语气，"我没事——"

话音未落，就见殷琰的手快如闪电，在她下巴上一托，另一只手用力扯开她的衣领。

玉英惊喘一声，那些惨痛的画面瞬间翻涌到脑海中，她的手指用力抓在殷琰的右臂上，直到指尖感觉到微热的潮湿后，她才回过神来，惊慌地低叫："公主，你的手！"

殷琰却根本听不进她的话，她的眼睛死死盯住她努力遮掩的脖子。指印青青紫紫地印在她纤细的脖颈上，在锁骨的位置，甚至还有一个泛着血丝的牙印。

殷琰这时候已经看出来，她的左肩衣袖齐根断开，只是靠两根布条扎在手臂上。身上的衣服还浸着湿气，触手冰凉。下部的裙摆被撕裂到膝盖处，尽管她刻意遮挡，却还是掩盖不了那曾被施暴的可怕痕迹。

"玉英……"

一瞬间，夜色漫进了眼睛，殷琰只觉得眼前的一切都被黑暗笼罩了。仿佛有无数声音在耳边尖叫哭号，她猛地晃了一下，直到玉英扶住她，她才从那窒息般的惊怒中挣扎出来。

"公主的伤势未愈，不宜动怒。"看着殷琰惨白的脸，玉英的目光闪动了下，再一次地说，"……我没事。"怎能再叫公主忧心？眼下什么都不重要，只有公主活着最重要。

在她无力地承受那些暴虐的摧残时，有那么一丝意念在庆幸，幸好公主昏迷着，若是她醒着，又怎么能忍受亲眼看到那样的场面？她那样自苦的人，怕是要把她自己逼死了才罢休。

这么想着，玉英终于又扬起些微的浅笑。

——她不知道，她的声音很轻很轻；正如她不知道，她此时的表情，比哭泣更让人悲愤难忍。

殷琰反手抓住她的手，嘴唇不受控制地颤抖起来。她说不出话来，痛苦和愤怒哽在喉咙中，叫她连呼吸都觉得难受。紧咬的牙关咯咯作响，口腔中迅速弥漫出铁锈般的血腥味。她一点点逼近到玉英面前，重重地喘了几口气，才用嘶哑的声音问："是谁？到底是谁？我要杀了他！"

玉英的笑容一震。这个瞬间，她几乎要哭出声来，想求公主什么都不要说、什么都不要问。不要让她回想起那只恶狼，是怎样残忍地蹂躏自己。但她反抗不了噩梦般的记忆，每一刻都历历在目，身体的痛楚总是在提醒着她，那屈辱的过程中自己有多软弱无力。她逃不了，也躲不开。

她的嘴唇颤了颤，慢慢抬起眼帘，她们的目光凝在一块儿，好一会儿，她的眼中

终于抑不住泛起泪光。

她摸索着捏紧殷琰的手指,红肿的嘴角微微抿起:"怎么能让公主脏了手?让我自己来。"

殷琰还想说什么,忽然视线越过她的肩头,看到了笼车中其他人的情形。

之前她一直被玉英挡在角落里,并没有注意到有什么不对劲。这时候抬眼看去,只见车中或坐或躺着几个女人,样子都惨不忍睹。

坐着的那几人惨白着脸,无神的眼睛不知道在看哪里,失去布料遮蔽的手臂和大腿就这么袒露着。

躺着的两人身上已经没多少衣服可以蔽体了,她们脸上都盖着一片湿漉漉的破布,被水泡皱了的脚趾在火光下显出骇人的白。

而这样的笼车,不止一辆。

殷琰原本挺起的腰忽然塌了下去。她失去了力气,跌撞在木栅上。一阵锁链的声音响起,她低下头,看到自己的右脚腕上锁着一条铁链。

这时,不远处有个女人脚步趔趄着走来。她的长裙空荡荡地飘在小腿处,晃晃悠悠地扑向笼车。

一看到她,车中死寂的女人们不由得坐起身,眼中都是同样的悲怆之色。玉英连忙从车中爬起来,向她走去。

只听"砰"的闷响声中,那女人撞在木栅上,把整辆车都撞得晃了晃。她抬起头,散乱的黑发纠结在身后,露出一张娇美柔弱的脸。

"公主!"

她的手上沾满了沙砾,十个手指磨得血肉模糊:"奴婢伴雪,特来向公主拜别。"她挣扎着退开两步,俯身跪拜下去。

伴雪,是殷瑄宫中的宫女。殷琰心神一凛,不等她反应过来,伴雪拜了三拜后,也不站起身,手掌在地上一撑,就朝车尾用铁皮包住的尖角撞过去。

"不要!"

殷琰骇叫出声,好在玉英早有准备,大步挡在她身前,双臂张开一把将她抱住。伴雪本来就是挺着最后一点儿力气寻死的,这时被玉英拦住,登时就软倒在地,扑在她怀中痛哭:"让我死……让我死啊……"

伴雪生得比别的宫女要美上几分,往日在宫里,她和玉英都算是宫女中的翘楚。她跟着殷瑄,小皇子聪明伶俐,待她又好,把她娇惯得心高气傲。又因德贵妃跟元亨公主不和，她就跟玉英也做了对头，凡事都要比着来。但此时落入这样的境地，那些龃龉都烟消云散，她抱着玉英，哭得几欲昏厥。

其他宫女慢慢爬下车，跪坐在她们身旁，默默捂住嘴巴流着泪。虽然都受了糟蹋，但伴雪要比她们凄惨许多。她那样的容貌，想要染指她的人可不止一个……

这些哭声如刀一般割在殷琰心头，她死死咬着嘴唇，硬是不肯让眼泪落下。她有什么资格落泪哭泣？玉英和伴雪她们会遭受这样的欺凌，根源不正是她吗？因为她的无能，阿兄死了，天虚宫毁了，恐怕连父皇也不能幸免……而这只是开始，雍州已经被羌胡侵占，邺都一旦乱起来，整个大弘恐怕都要被拖入战乱中。

这一件件的，她都不敢去想，就这么死了反倒轻松。可眼前这些血泪，叫她连死也不能了。

殷琰呆呆坐着，一生中从没有哪个时候，比这一刻更绝望。

只听着玉英沉静的声音响起："想死多简单，看看萍芙和慕景，连自尽的机会都没有，就死在那些畜生手中了。你说她们甘心吗？我把布盖在她们脸上时，她们的眼睛都还不肯闭上。"

伴雪的哭声停住了，她慢慢抬起头，红肿的眼睛中还带着泪。玉英抬手理着她的发丝，轻声问："你甘心吗？"

一条皮鞭突然抽在她们身前的沙地上："不许哭！上车！"

是呼其图。

他的胡子乱糟糟的，因为烈酒的作用和纵欲后的餍足而步履不稳。一看到他，跪坐在地上的宫女们吓得瘫倒，依偎着瑟瑟发抖。伴雪的身体变得僵硬，但她没有动，手指紧紧绞住玉英的衣服不放。

车中的锁链忽然震荡起来，眼看着殷琰神色冷厉地抓住木栅栏，玉英心头突地一跳，她立刻把伴雪往身后一推，站起身挡住呼其图的目光："我要见苏赫！"

呼其图揉了揉嘴边的胡子，眼睛朝被锁在笼车中的少女瞟了一眼，又回到玉英身上。

"都是美人，可惜碰不了……"那个公主是不能碰的，眼前这个宫女又是苏赫看中的。呼其图耸起肩膀，鞭子探上玉英的脖子，"我说，上车。"

玉英只是僵了一下，那纤瘦的腰板却越发挺直了。她没有看他，嘴唇一抿，就径自走向篝火旁的苏赫。呼其图抬鞭要拦她，那边的苏赫就叫道："让她过来！"

呼其图摇摇头，吹起了口哨："烈性的小母马，苏赫最喜欢了……"

话刚出口，就觉得一道尖锐的目光射在他身上。抬眼看去，只见那个公主正盯着他。

明明他说的是胡语,但她似乎听懂了似的,目光冷厉得像要将他刺穿。

呼其图忽然有些胆寒。那一夜他们随主人赶到金虎台时,她已经斩杀了三十多人,其中还包括几个彪悍的氐人力士。

他那些以勇猛著称的兄弟,围在她身边,竟不敢动手,只是眼睁睁地看着她拔刀自尽。若不是主人那一箭射得及时,她早就死了。

眼下她重伤未愈,又被锁住,脸色苍白得像是随时都会倒下。但呼其图丝毫不怀疑,只要自己靠近到她伸手可及的范围内,她会毫不手软地拧断他的脖子。

胡人崇尚强者,即使是呼其图,这时候也小心地退开两步,微微低下头以示敬畏。随后站远了些,干巴巴地挥着鞭子催促:"都上车!都上车!"

玉英目不斜视地从他身边走过去。

篝火前,苏赫赤着上身,正往嘴里灌酒。他身上不乏新鲜的伤口,一道道指甲的抓痕赫然在目,他大咧咧地挺着胸膛,似乎这些是战胜的勋章。

脸上那道血口子在火光下越发狰狞可怖,鲜血凝固在脸颊上,他看起来也没有清洗的打算。

看着玉英一步步走过来,他的眼睛中不觉迸出异样的光彩。

玉英在他面前站定。这个一个时辰前还在痛叫挣扎的少女,现在镇定从容地注视着他,仿佛那场暴虐的摧残从不曾发生。

跟其他那些要死要活的女人不同,事情结束后,他还躺在地上享受着余韵的喘息时,她就挣扎着爬起身,一头扎进了水中。

他还以为她要投水自杀,正要去捞她,就见她从水中钻出来,开始清理自己。散乱的长发再次绾起,身上的泥污都洗去,连破碎的衣服也尽量整理妥当。

苏赫在那儿看着,觉得像在欣赏自己浴后的情人,有一种奇异的安适和满足。他想自己先前大概太过粗暴,但她也在他身上留了不少杰作,他们是彼此彼此、不相上下。

这么想着,他不由得露出笑容。不多久,就见她从湖中走出来,直接无视了他的存在。她找到先前扔掉的水囊,转身又回到车里照顾她的公主。望着她那柔美曲线,苏赫放声大笑。

此时在明亮的篝火映照下,她更是美得像个仙女。草原上的女人不如她纤柔,汉人的女子又不如她硬气。苏赫眯起眼睛,看着看着,眼里的惋惜越来越重。真可惜,

这样的美人，明日就要杀掉啊……

"我有个请求。"

听到这话，苏赫先是一愣，随后忍不住笑起来，这个女人真是有意思，她嘴里说着请求，却还是站得笔直，像高高在上的主人在发布命令。

"说出来。"他的汉话并不纯熟，只能简短地说道。

"你们……"玉英顿了一下，转头看了看周围的胡人，"我请求你，约束你的人，让事情到此为止。"

为了让他听懂，她说得很慢，但苏赫仍是花了好一会儿，才明白她的意思。还没等他开口，边上就有人大声反对："不行不行！等到太阳升起来了，这些女人就要死了，我们可还没尝够呢！"

玉英虽然听不懂胡语，但看样子就知道，这个人在挑衅苏赫的权威。

果然，只见苏赫霍然站起身，把刀扔在地上："木答罕，你要接刀吗？"

在他站起来的瞬间，玉英猛地往后退去。她脸上现出惊愕之色，似乎对于自己下意识的畏惧十分诧异。苏赫顿时有点儿得意，她表面上装得再好，心里到底还是怕的。

那边木答罕看到他扔出刀来，脸色立刻变了。旁边的人也都噤了声，他踌躇了下，就低下头去，不敢再出声。

苏赫扫视全场，沉声喝道："你们要把命都耗在女人身上吗？玩得差不多就收手，别忘了，明天处理掉她们之后，我们还要跑上几天才能回到部落！"

他这么一说，胡人们就都收敛了神色，不再有人反对。苏赫这才转向玉英："我答应，没人再碰你们。"

玉英点点头："现在，我的姐妹们需要到湖里清洗身体。我们会在你们的视线范围内活动，不会走开。"她软下音调，"她们受了苦，让她们舒服点儿。"

不知为何，苏赫心头忽地一跳：她说"她们受了苦"，并没有把她自己包含进去。

他挑起眉，左脸上的伤口跟着扯动："我可以答应，也可以不答应。"

玉英看了他一眼，微微垂下眼帘，轻声说："你的伤，痛吗？"

苏赫一下子就愣住了，只听她又说："你到水边来，我给你擦擦。"

她说完也不停留，转身就走了。苏赫呆了呆，看着她纤细的背影，忍不住跟了上去。

篝火旁的胡人们立刻大声鼓噪起来：

"汉人的女子会法术，把苏赫的魂都勾走啦！"

"苏赫明天还舍得杀她吗？干脆把她带回去！"

……

玉英把这些声音都抛在身后，她回到车旁，低声招呼大家去清洗。其他人还有些迟疑，伴雪却站起身来："洗干净点儿也好。就算要死，也要干净地来、干净地走。反正，也不会比现在更糟糕了。"

被她这话触动，宫女们渐渐都往水边走去。玉英正要跟过去，却听殷琰突然痛叫一声。

"公主！"

玉英吓了一跳，连忙回到车上去扶她。她的手刚碰到殷琰，就被一把拽过去抱住，旁人看起来还以为是殷琰不慎摔在她怀中。

玉英一怔，就听殷琰在她耳边悄声说："找机会就逃！天亮后，他们就会把所有人都杀掉！"

她猛然睁大眼，虽然心中隐隐有预感，但真的听到这个消息，她还是不敢相信。沉默一瞬，她低声问："公主怎会知道？"

"小时候母后教我学过胡语，他们方才言谈中有提到。"殷琰的手指按在她肩头，语气急促，"看到那边的马了吗？待会儿你趁他们不注意抢一匹走，直接往东边跑。这里离并州不远，到了那儿就安全了。这些人似乎急于离开这儿，肯定不会花太大力气去追你。玉英，别的人我管不了了，可是你一定要活下去！"

玉英直起身，看着殷琰，轻轻摇头。

"玉英！"殷琰急了，"听话！"

玉英还是摇头："不行的，公主。不管是我还是她们，我们谁都跑不了。只有你，公主，只有你可以。你身手好，就算受了伤，也比我强得多。"不知想到了什么，她忽然恍惚了下，"公主可知道，这么多年，我跟你虽是主仆，但在我心里，一直都把你当妹妹看。"

"你本来就是我的姐妹。"殷琰轻声说，"母后过世后，多亏有你陪着我。就算阿兄，也不如你跟我亲近。"

"我知道公主待我的心意。"玉英逸出一丝笑，"所以，若是我有什么请求，公主一定会答应。"

殷琰没有说话，只是端视着她。玉英却不以为意，径自说道："公主可还记得，玉英其实有个妹妹。"

186

"……记得。你刚到祥福宫时曾说过，你们姐妹俩在洪灾中失散了。"

"我那妹妹名叫宝言，她出生在腊月，要到年尾才刚满十四岁。"玉英轻叹，"这世上，我最亏欠的人就是她了。若有哪一日，公主见到她，就把她当成自己的小妹妹，好不好？"

"就算你不说，我也会待她好。你不必……"殷琰似是喉中哽了一下，涩然道，"不必做这托孤的样子。"

玉英悄声笑起来，神情中有几分狡黠："我有公主可以托付，公主你呢？从这里往东走是并州，若是往西过金城郡转道秦州，就是汉中王之地了。"见殷琰不自然地缄默着，她了然地握住她的手，"那一日在建春门，世子未等到公主，负气走了。如今……如今什么都变了，公主难道就不想再见世子一面？"

在她的目光下，殷琰不由得低下了头："什么都变了，再见他，又有什么用……"她只觉得茫然。

原来，比起活着，赴死是那样简单。一蓬热血洒落，就能把万千烦恼抛在身后，让别人去操心难受。可她竟没有死成，那接下来又该如何？想办法回到邺都，先让局面安稳下来？这些思绪从脑中飞快闪过，都虚得很，抓不牢靠。

"至少，世子可以陪着你，免得你一个人孤孤单单。再有什么难处，他就能帮你挡了，再不用你独自撑着。"玉英柔声说，"把宝言托付给你，再把你托付给世子，这样，我就没什么可挂心的了。"

她这一句句的都跟交代后事一样，殷琰实在听不下去了："别说了，你既然不愿走，那我们就同生共死！只不过，也不能就这么白白死了，那些畜生……"她的眼睛狠狠眯了一下，戾气尽现，"若是有刀在手，我定要将他们一个个活剐了！"

顺着她的视线看去，只见苏赫高大的身影像木桩一般伫立在不远处。

他在等她。玉英静了静，回头看了眼殷琰脚上的铁链，突然用力握了一下她的手，旋即放开："交给我！"

殷琰来不及反应，就见她轻巧地跳下车，朝等在前方的苏赫点点头，两人一前一后地走到湖边。

那边伴雪领了宫女们，浸在及胸深的水中。沙漠里的夜风吹得人直打战，她们在冰冷的湖水中瑟瑟发抖，却没有一个人想上岸。冻到麻木了，才能暂时忘却她们所遭受的屈辱和痛苦。伴雪把脸闷在水里，直到憋得再也受不了了，才猛地抬起头来。却见玉英站在岸边，苏赫坐在水草旁的石头上，正仰着脸让她清理脸上的伤口。

那个男人喜欢玉英。伴雪嘲讽地笑起来，真可笑，畜生也会喜欢人呢！

似乎察觉到她的目光，玉英侧头看来，她偏着脸微微一笑，那笑容中的讽刺跟伴雪一般无二。然后她低下头，用湿布拭去苏赫脸上干涸的血渍。为他清理好伤口后，她才走到一旁的石头坐下，弯下腰用手指拨弄着水面。

在她身旁的苏赫只听到一声深长的叹息，随后响起的，是从未听闻过的清幽歌声：

"江南莲花开，红花覆碧水。色同心复同，藕异心无异。"

柔声软语推开夜色，连风声都变得和缓。篝火旁醉醺醺的胡人们渐渐停下笑闹，抬头张望过来。

只见玉英含着笑，唱起这婉转轻扬的江南民歌。四下都安静下来，水中的女子们屏住了呼吸，听着她音调一转，凄清又满怀期盼地唱道："渊冰厚三尺，素雪覆千里。我心如松柏，君情复何似？"

她唱的是《子夜四时歌》。以前在天虚宫中，宫女们闲暇时常会聚在一起对歌消遣。这些歌分春夏秋冬四部，唱的都是女子的情事。年少的宫女们不免为歌所惑，含羞带怯地唱起来，互相嬉闹捉弄，好不快活！

想来真是一场梦。

而梦碎，是如此的痛。

泪水滴落在湖中，那漾起的涟漪无人看见。哽咽的哭声压抑着、躲藏着，女人们泪眼婆娑地互相对望着，不明白玉英为何要在此时唱这般叫人心碎的歌。

只有伴雪怔怔地看着她，听她反复地唱着"我心如松柏，君情复何似"。听到第三遍时，伴雪忽然把湿透的长发往身后一拢，击水而歌："兰叶始满地，梅花已落枝。持此可怜意，摘以寄心知。鸿雁塞南去，乳燕指北飞。征人难为思，愿逐秋风归。"

她的声音甜腻柔媚，把这怨歌唱得情意绵绵，动人至极。其他宫女们听着听着，都似有所悟，慢慢向伴雪身边聚拢过去。

坐在岸边的苏赫听了，还当她们是在对唱情歌，只觉得这些汉人女子真能叫人腻酥了骨头，连歌声都这般软糯温柔。他的目光忍不住又黏在玉英身上，方才那短暂的柔情叫他意犹未尽，心中越发不舍。

那些胡人们也被歌声吸引了过来。但碍于苏赫在这儿，他们并不敢靠得太近。三五成群地坐在沙地上，像盯着肥肉的恶狼，对着湖中的女人们垂涎不已。

只剩了殷琰坐在车中，她小心地捞起脚上的锁链，发现另一头扣在了车架上。锁链虽是铁的，但这笼车却是由牛车改成的，车架不过是木头所制。只要能拿到武器……

她只顾着打量着四周，并没有细听飘来的歌声。玉英她们唱的歌带着江南吴语的口音，她其实听不大懂。

湖岸边的玉英听到伴雪回应，顿时神色一振。她抬起头，隔着幽静的湖水望过去。只见星光在湖中荡漾，不停地破碎又重合，女人们静静站着，有人低声应和："草木不常荣，憔悴为秋霜。今遇平生恨，一死何能偿？果欲结金兰，但看松柏林。经霜不堕地，岁寒无异心。"

"江南莲花开，红花覆碧水。含桃落花日，黄鸟营飞时。"玉英缓缓站起身，目光从她们身上一一拂过。这样暗淡的天光下，她看到她们的脸上已经没有半分惊惧，取而代之的，都是沉静的坦然——那是幽幽燃动的恨火，在焚尽一切前的平静假象。

她嘴角的笑意越发柔和，歌声绵绵长长，好似在对那并不存在的情郎锥心呼唤："一死未能偿，冤家共赴殇。明朝归故里，碧血濯赤心。"

伴雪的眼睛瞬间亮了起来。

无声的誓言已然许下，女人们肩并着肩聚在一起。或轻柔或清丽的歌声一个接一个响起，与之相呼应的，是在水下紧紧交握的冰冷手掌。

生亦何欢，死亦何惧！

"今夕已欢别，合会在何时？明灯照空局，悠然待来生……"

　　大半夜没睡，就算是身强体壮的胡人们也都有些颓唐。离开那片绿洲前，他们将熄灭的篝火移到沙丘中掩埋起来，连马粪都清理得干干净净。那两具尸体也一并带上，车队最后面还留了个人，一路把车辙和马蹄印都扫掉。

　　殷琰盼着他们多说些话，好能探听些消息。只可惜白天为了避免风沙吹扰，他们都蒙上了脸，互相并没有多少言语，只是沉默地带着车队奔向沙漠深处。

　　大约走了两个时辰，烈日已经爬上了头顶，车队在一座沙丘上停了下来。这座沙丘十分巨大，足有十数丈高，两侧的凹陷形成深深的谷地。

　　苏赫收住缰绳，打量着周围的环境，点点头："就这儿吧。"

　　胡人们都翻身下马，将车门尽数打开，硬邦邦地喊："出来！"

　　女人们心中都是一凛。

　　停在这里，自然不是为了休息。她们用目光传递着彼此的心思，谁也没有出声，只是安静地下了车。

　　伴雪勾起手指，将鬓间落下的碎发绾到耳后。昨夜车门打开时，这些畜生用湖水当诱饵，哄着她们出去。那时她在他们蠢蠢欲动的目光下胆战心惊，却还是逃不过。现在他们看她的样子，像在看一只将死的可爱玩物，脸皮虽然绷着，眼神却透着不舍。

　　她咬着嘴唇一笑，温顺地任由那个叫木答罕的胡人抓住手臂，拽着她往沙丘下方走去。

　　玉英正要下车，却被殷琰拉住："玉英，你跑吧！他们不会杀我，我等你找人来救我！"借着衣袖的遮掩，她把握在手中的东西塞了过去。

　　那东西触手冰凉，玉英摸了摸，竟是一枚粗长的铁钉。见她惊讶地睁大眼，殷琰只是微微一笑。这是她昨晚趁人不注意，偷偷从车架上抠下来的。

　　玉英紧紧握住铁钉，忽然张开双臂，倾身将她抱住。

　　"你骗不过我的，公主……"她在殷琰耳边低声说，"我走了，你就好跟他们同归于尽了？可是我偏不走。"她松开她，咬着牙笑："我要亲手杀了那个畜生！"

她把殷琰一推，转身跳下车。

看到玉英走上前时，苏赫的眼神就稳不住了。眼看着她跟着其他人一起往沙丘下走去，他脸颊的肌肉不由得抽动了几下。胯下的马感受到他情绪的躁动，烦乱地踱着步。他握着缰绳的手背青筋暴凸，眼睛紧紧盯着玉英，她也回头看来，眼波盈盈闪动。她身后的胡人不耐烦地推了她一把，她趔趄地转过身，就深一脚浅一脚地往前走了。

苏赫紧紧盯着她的背影，深吸一口气，忽然扬声高喝："把那个女人带过来！"

这声音震响四周，胡人们一时都愣住了，所有人的目光都落在玉英身上，紧接着转向苏赫。昨晚他们虽然起哄让苏赫把这女人带回去，但那不过是酒后胡言，谁也没有当真。没想到苏赫却在这时说出这样的话来，气氛顿时有了微妙的变化。

呼其图压着声音劝解："苏赫，你要是把她带回去，主人肯定会发怒，到时候惩罚下来……"他们的主人极其严酷，胆敢违抗他命令的人，从来没有好下场。光是想到那可怕的刑罚，呼其图就心里发怵。

"主人要罚，苏赫一人承担！"

苏赫翻身下马，大步走到玉英身前，拽住她的手臂："跟我走！"

玉英看了一眼前头，那些宫女们都在胡人身边站定，比起胡人们的惊诧不解，她们看着都十分平静。她不由得一笑，随后就跌跌撞撞地被苏赫拖到马前。众人的注意力都集中在他们俩身上，她喘着气，脸颊微微发红，一双明眸紧紧凝在苏赫脸上，忽然扑入他怀中。

苏赫脸上的惊喜之色刚扬起，就蓦然僵住了！

有什么尖锐的东西刺入了左腹，他瞪大了眼，不敢置信地盯着眼前的女人。她脸上还带着娇怯的红晕，嘴角抿住了笑，左手环住他的腰，右手却毫不留情地将那利器抽出，再狠狠刺入！

呼其图离得近，觉得有些不对劲："苏赫，你……"

却听苏赫大吼一声，猛地抬脚踹翻了怀中的女人。玉英翻滚出去，正落在呼其图马前。她反手将手中的铁钉扎在马屁股上，那马痛得长嘶一声，扬蹄往前冲去。呼其图一时没坐稳，从马背上摔了下去，顺着沙丘一路往下滚。

他们这边异变发生的同时，那些胡人见状要围过来，站在他们身旁的女人们却在此时骤然发难！

这些柔弱的宫女们，此时却比最勇猛的战士都更悍不畏死。有的抽出了胡人的马刀，有的撕扯住男人的发辫，有的牙齿咬上了仇人的皮肉……她们没有一丝声响，直到剧

痛临身,胡人们才反应过来。他们愤怒地吼叫起来,像被激怒的野兽,急切地想要将这些胆敢冒犯他们的弱小生物撕碎。

伴雪跳到木答罕的背上,在他惊慌转头时,她低下头,狠狠咬在他的喉咙上。

"啊——"

男人痛苦的号叫在烈日下散落,无论他如何用力,都不能将她从背上撕下来。她就像是长在他身上的蔓藤一般,他脸上鲜血淋漓,什么都看不见,只是想要摆脱这可怕的禁锢。

他嘶声惨叫着,痛到失去神志,身体一歪就滚了下去。其间他的手掌碰到了刀柄,就猛地拔出来,奋力往肩头砍去。

在他前方三尺远处,从马背上掉下来的呼其图吓得魂飞魄散。

他亲眼看到木答罕的脖子被咬出一个可怕的血口,而木答罕背上的女人,已经被乱刀砍得不成样子了。她竟然还没断气,缓缓抬起头,那张原本娇美动人的脸上全是血。看到呼其图,她朝他一笑,露出的牙齿猩红如恶鬼。

"啊——"

呼其图吓疯了,连滚带爬地冲上沙丘。从上头滚落的人越来越多,这场力量悬殊的厮杀惨烈恐怖到无法形容。

呼其图吓破了胆,疯癫一般地四肢着地,犹如丧家之犬般在沙丘上窜动。他飞快地冲到自己的马前,翻身上马,竟不顾其他人,挥舞起马鞭,满面惊恐地向远处逃去。

这些剧变不过是瞬息之间的事。

苏赫捂住肚子上的伤口,对于周遭的一切他似乎全然不在意,阴骛的双眼兀自盯住玉英不放:"你想杀我?"

玉英慢慢从地上爬起来。刚才那一脚力道极重,她几乎晕厥过去。还没等她站稳,苏赫忽然大步冲上前,一脚踩在她的肩膀上,将她踢翻在地。

"想杀我?你敢杀我!起来啊!来杀我啊!"

一脚又一脚,玉英蜷缩在地上,被他踢得不停在地上滚动。

"玉英!"

眼见着玉英被这样对待,马车上的殷琰目眦欲裂,她不停拽动铁链,想要脱离这牢笼。铁链将她的脚腕磨出了血,她却毫无所觉。山丘下发生了什么她并没有看到,耳中听到的只有那些胡人的惨叫。但她不会天真地以为那些宫女们能全身而退,她们付出的,想必是更惨烈的代价……惶恐逼压在心头,她什么都顾不上了,只想救玉英!救玉英!

一次次重击下，鲜血从口中喷出，玉英却一声没吭，反倒抬起头冲苏赫笑。那带血的笑容满是轻蔑，看得苏赫杀意迭起。他蹲下身，伸手扯她的头发。就在这时，玉英不知哪儿来的力气，突然跳了起来，猛地将他扑倒。

苏赫抬掌捏向她的脖子，却发现她的目标是他悬在腰侧的马刀。她夺了刀，烈日下刀光凛冽劈下，苏赫摸出袖中的短匕架住。她拼了命地往下压着刀刃，精致的面容此时因为咬牙切齿而扭曲，那双叫他着迷的美丽眼睛近在咫尺，不容屈折的眼神冷厉锋锐，无声地屠戮着映在她眼中渺小的他。

就算到了这一刻，他也觉得她美到了极致。

苏赫心头忽然生出了恨意，他用力一振臂，爆发的力量将她整个人掀翻了出去。她迅速爬起身，却没有冲向他，而是转身朝笼车的方向奔去。

他想也不想，就将手中的短匕射出！

出手的一瞬间，他就后悔了。只见匕首准确地扎入她的后背，血花飞溅中，她猛地趔趄了一下，差点儿扑倒在地。但她随即就稳住身形，继续奋力向前奔跑，背上的衣服迅速变得殷红。

到了笼车前，她唤一声："公主！"就扬起马刀，用力劈向铁链。火星四溅，铁链咔咔脆响，却连个缺口都没出现。她还要再劈，殷琰忽然伸出手来，一把抢过她手中的刀，同时把她往旁边用力一拽："你快跑！"

但殷琰的手却忽然一空，只觉一股大力猛地把玉英往后拽去。

却是苏赫来了，他扯住玉英的长发，将她拖到身边，手掌握住插在她背上的匕首。恶意地摇动下，她终于忍不住低叫出声，苍白的脸上沁满了汗水。他盯住她，声音从齿缝中迸出："你也会痛吗？"

玉英痛得不能说话，殷琰怒吼一声："畜生！"马刀横扫笼车，直接将木栅栏都劈断，斩开了固定着铁链的车架。她从车上扑下来，凶狠地冲向苏赫。

这一刀劈下，冷厉的刀光将日光都截断，苏赫松开玉英，仓皇地窜向右侧。刀刃从他肩头扫过，切开衣袖，在他的手臂上划出一道深可见骨的血口。

苏赫闷哼着在地上打了个滚，一伸手抓住了连在她脚上的锁链，殷琰立刻被拽倒在地。虽然身体失去平衡，她却没有半点儿慌张，左手挽住铁链，借他的力量顺势撞过去，马刀反手一抹，直往他脖子上削去。

想不到她的刀法如此狠辣，苏赫慌忙拉起铁链，挡住砍来的马刀。

铁链发出一声脆响，马刀被震得往后弹开。殷琰右手臂箭伤未愈，本就使不上多

少力气，这一相撞，马刀就脱手飞了出去。她飞快地踢出一脚，把苏赫踹得朝后仰去，紧跟着弹身而起，冲到他身后，手上的锁链往他脖子上一缠一绕，就狠命地勒紧。

苏赫只剩两只手紧紧抓着铁链，给脖子留下了些微的喘息空间。他黝黑瘦削的脸迅速涨红，眼睛充血暴凸，手臂上的肌肉紧紧绷起，竟然一点点将铁链拽开了！

殷琰虽然铁了心要勒死他，但她的力量毕竟敌不过男人。再强撑下去，怕是要被他挣开这束缚了！更何况玉英一动不动地趴在地上，背后已经渗出了大片的血渍……

她当机立断，猛地反手一旋，将铁链从苏赫颈上解开，再抬脚将他踢到一旁。趁他一时爬不起来，她冲过去扶起玉英，见她眼睛微合，气息微弱得几近于无。殷琰心中大恸，半扶半抱着将她带到最近的一匹马前。

这马十分高大，殷琰无法将玉英抱上去，只能自己先跳上马，再俯身来拉她。但她们俩都浑身是伤，试了几次，都没能把玉英拉上去。

眼看着那些胡人从沙丘下爬上来，玉英悄声说："让我留在这儿吧，公主。我累了，姐妹们都还等着我呢。"因为失血，她的脸色苍白到极致，看着摇摇欲坠，每一个字说出口都费了莫大的劲。

"你别这样……别这样！"即便是刀剑加身，殷琰也不曾这般无措过。她神色惨淡，徒劳地抓住玉英的手，几乎是哀求地，"别丢下我一个人，玉英，我没有你不行的……"

"公主，莫让我变成你的累赘。"玉英轻声打断她，眼神认真而坚定，"只要逃出去，从今往后，公主就是天地间自由的鹰，再没有人能束缚住你。不用为兄长而活，也不用为天下而活。这世上的人都得靠自己活，谁生谁死都不是公主的责任。"她已经站不住了，软绵绵地坐到地上，仰头望着殷琰，"走吧，公主，去找世子，去找宝言，去找害我们落到这步田地的仇敌……活着，才有希望。"

有温热的水珠从上方落下，滴在她的脸颊上，缓缓滚落。像是她自己的泪。

看着玉英的眼睛渐渐失去光亮，身体软倒在地，殷琰咬紧了牙关，强忍着悲痛转过头，双腿用力一夹马肚子，朝远处狂奔而去。

放弃是什么滋味？

是血，是恨，是挽不回的痛。

殷琰永远都不会忘记这一天。软弱无能是这世上最大的恶，这一天她仓皇逃离，将最好的姐妹抛在了茫茫黄沙中。

"苏赫，那公主跑了，我们赶紧追啊！"

见他站着不动，一个脸上带伤的胡人忍不住推了他一把。

苏赫点点头："追！"

嘴里这么说着，他却迈向倒在地上的玉英。她背上流出的血将沙子都浸湿了，此时她安静地侧躺着，像是陷入了沉睡中。他半跪在她身旁，盯着她看了半晌，手指拂过她脸颊上未干的泪痕，忽然一把揪住她的发丝，将她半提起来："你这女人……你这女人！"

他咬牙切齿地恨着，完全没有要起身行动的样子。那个胡人只好打了个手势，示意其他人先上马去追。

"不过是个女人，死都死了，你就别想了。等回部落里，让主人赐几个美人不就好了？"苏赫对这个汉人女子太过反常，那又爱又恨的样子实在叫人看不懂，那胡人随口安慰了几句，就提醒他办正事，"要紧的是那个公主不能丢，主人留着她还有大用处呢！"

却见苏赫将额头贴在玉英的脸颊上，也不知道他听进去了没。又等了一会儿，苏赫突然将玉英扔下，反手抽出那胡人的马刀，高高扬起的刀刃直往她的脖子落去！

那胡人虽然惊异，但并没有阻止。

草原上的战士常会将俘虏的脑袋割下，绑在马背上，以此来彰显功勋。这些女人给他们制造了这一场大麻烦，除了呼其图逃走了外，剩下的十五人中有三人被那些疯狂的女人杀死，其余的人身上或多或少都带了伤。首领苏赫更是腹部被刺，差点儿被勒死。这样的事若是传回了部落，他们今后就会成为整个部落耻笑的对象！

苏赫现在砍下这女人的脑袋，一来是泄愤，二来主人问起时也算有个交代。

刀风赫赫，却停在了离玉英身上一寸处。

苏赫握刀的手掌微微颤抖，少顷，他猛地扔开了刀，抓起一匹马跳上去，飞快地往前奔跑。

只剩那胡人站在原地。死的那三人尸首已经被带走，这沙丘上下，就只剩下他和那些女人的尸体了。

明明是烈日当头，他却忽然觉得有些胆寒，燥热的空气中都似乎浸着阴冷浓郁的怨恨。想到木答罕几人可怖的死状，他猛地打了个寒战，赶忙将笼车上的马匹都解了下来，扬鞭追了上去。

蹄铁击飞沙砾，刺眼的日光烘烤着黄沙大地。

殷琰目视着前方，眼前却渐渐昏眩起来。身上的伤口早就崩裂了，比起疼痛来，

更难受的是腹中的空虚和干渴。

她不知道自己跑了多久,也不知道自己要跑向何方。她只是茫然地、机械地操控着马匹前行,不敢停下,不能停下。

身后的沙丘一片寂静。在她挥舞着锁链砸翻几个追上来的胡人后,一直响在身后的皮鞭裂响声和呼喝追赶声,就渐渐地消失了。多少次,她都想拨转马头,拼上这条命,痛快杀一场,能杀几个是几个。

但她不能。

这条命再不是她可以轻易放弃的了。这是玉英和宫女们用命换来的,她的肩头担着她们的血和泪,再难熬都得活下去。

不知不觉间,日头偏落至西山。

回身望去,身后已经没有任何追踪者的影子了。她在沙丘上方停住马,远处的沙地中有稀疏的草叶在夕阳下招摇。

在干旱的夏季,缺水的草原会渐渐荒芜,有的来年还会焕发出生机,有的就逐渐沙化,直至寸草不生。羌胡中南部之地沙化严重,他们之前走过的沙丘,就是如此产生的。此时既然能看到植物,说明她已经跑出了渺无人烟的危险地带,再往前去,就能寻到当地人问路了。

这么想着,她翻身跳下马,转过身朝着绵延无际的沙丘跪下。

"苍天在上,我殷琰在此立誓,不报今日血仇,誓不为人!"

重重磕了三个响头,她才整肃心情,起身回到马前。马背上挂着个背囊,先前忙于奔逃,她都没能查看一番。

这时候实在饥渴难耐,就探手进去摸索起来。一伸手就抓出了个半大的皮囊,她心头顿时一喜,打开塞子就往嘴里灌。没想到里面装的都是烈酒,一口下去就从喉咙烧到了肚子里。

"咳咳咳!"

狼狈地呛咳半天,不知为何,她竟笑了起来。一边笑着,一边又伸手去摸。这回倒抓出了一包干粮,连带着出来的,还有一封信。

她先掰了块干粮,就着酒吃了些填肚子。然后才打开信,或许这里面有揭示这些人身份的信息呢?

入眼的却是:"冀州萧越已入羌境,逼近奢延城,羌帅无暇自顾。为免行踪暴露,此批汉奴就地坑杀,速将元亨公主带回……"

她的眼睛死死盯在"就地坑杀"四个字上，许久许久，她才无力地跌跪在地，将脸埋在犹自滚烫的沙子上。

"啊——"

痛到极致，嘶哑的吼声变成了哭号。那场惨烈的死别一幕幕都在眼前，热泪滚滚而下。

眼泪这等无用的东西，也就只有在这种无能为力又万般不甘的时候派上用场。

天地不仁，命运如此捉弄人。若不是萧越来袭，那些宫女或许就能活着被送到羌胡王庭，而不会被半道坑杀，玉英也不会就那样倒在黄沙里……明知道不应该，明知道是迁怒，她心底却还是对萧越生出了一重怨恨。

上天像是偏偏要跟她作对，在她因这封信恨上萧越，甚至恨上萧湛时，前方忽然传来了高亢的号角声。

她怔怔抬起身望去，只见旌旗招展，一队队士兵缓缓登上不远处的小丘，那赤色的旗帜上赫然一个大大的"萧"字。

萧家赤军，萧越！

错愕地望着那腾动的旗帜半响，她忽然跳起来，将那封信往怀中一塞，就登上马背，拨转马头，头也不回地往另一个方向奔去。

这边的动静引起了萧家军的注意。

随侍在萧越身边的部将向他请示："将军，那一骑看起来鬼鬼祟祟的，会不会是羌人的斥候？属下叫几个人把他抓过来！"

"……不用。"萧越眯着眼看了一会儿，"那人身上穿的是大弘的衣服，又是往那个方向跑的，应该是汉中王世子派出来的。"

提起这事，那部将咂着嘴巴，忍不住说："那位世子可真够能耐的啊！咱们辛辛苦苦攻打羌胡，逼得那个海日古回兵自救。他倒好，带人从西线溜半圈，借势打个落水狗，轻轻松松就回攻雍州，夺回冯翊、安定数郡。嘿嘿，仗咱们打了，功劳人家领了！"

"就是就是！"边上几人都附和他，"居然还要我们配合他们，一同围剿从雍州逃出来的羌人，真是好大的脸！"

萧越看了他们一眼："都是为大弘而战，何须计较这么多？"他嘴上这么说，但并未阻止手下们发牢骚。事实上，对于宇文渊这等做法，他暗地里的不满比谁都多。两天前收到宇文渊的传信时，他就想直接扔掉。但顾及宇文渊同萧湛的交情，他才不情不愿地应下了。

"今夜就在此扎营,明日再向西推进二十里。待汉中军稳固雍州防线后,我等便要尽快赶回冀州。慕容鲜卑之乱还未平定,近日来拓跋鲜卑又蠢蠢欲动,留着羌胡之地,也可暂为屏障。"在北部的拓跋鲜卑这些年越来越强大,几成一蓬遮蔽北境的乌云。若不是有羌胡挡在中间,这次雍州之乱,冲入大弘的就不是羌人,而是更加骁勇善战的鲜卑人。

听他这么说,部将们面容都是一肃:"是!"

他们各自散开了,萧越骑在马上,遥遥望着先前那一骑离开的方向,不自觉地皱起眉头。不知为何,他隐隐觉得,那个鸦青色的瘦削背影有几分熟悉。

呼啸的羽箭伴着尖厉的口哨声一同袭来,苏赫扑在马背上,勉强回头看了一眼,就见落后几丈远的一个胡人躲避不及,被一箭射穿了脑袋。那人连惨叫都来不及发出,就身子一挺,从马上摔了下去。

到这时候,连同他在内,原本的十多人只剩下了他们五个。呼其图倒跑得快,跟他只差一个马身的距离。只见呼其图整个人都贴在马背上,恨不得跟身下的马融为一体。

这场祸事,说到底还是呼其图引来的。

他先前被吓散了魂魄,一个人骑着马跑了。没想到跑了不多久,迎面就见到一小队人马。这队人看着都很年轻,都是身背短弓,腰挎马刀,穿一式褐色衣装,脑袋上散落的发辫十分显眼。

一看到那些发辫,呼其图转身就跑。

是鲜卑人!

不管是哪一支鲜卑人,现在他们出现在羌胡境内,只有一个可能,他们是趁乱打劫来了!

呼其图料得不差,那些鲜卑人看到身穿羌服的他,就兴奋地吹起口哨,打马紧追不舍。

有人摘下弓箭就要射,却被领头的少年拦住。他浑身的皮肤晒成了蜜色,眉眼分外俊俏,在阳光下咧开嘴,露出雪白的牙齿。

"打只落单的野雁有什么劲?慢慢跟上去,叫他带我们去找雁群!"

眼看他们跟在身后,呼其图明知他们的意图,却还是奋力往回冲。跟苏赫会合,他们或许还有一战的机会;要不然,他就等着被鲜卑人剥皮吧!

他就这么带着一群鲜卑人冲向了苏赫。那会儿,苏赫正带人追击逃跑的殷琰。两方一遭遇，那鲜卑少年早早排好阵势，一挥手羽箭齐飞，当场就射杀了三名胡人。

这一天，胡人们是连番遭挫。坑杀汉女这样简单的事，都把自己弄得伤痕累累，又见那公主跑了，不管是苏赫还是其他人，从上到下的士气都很低迷。这时候又骤然遭袭，不等苏赫反应过来，剩下的胡人就一哄而散，跟着呼其图逃命了。

见此情形，苏赫只得闷着头一起跑了。

但就算要逃跑，也没那么容易。那群鲜卑人把他们当作窜逃的猎物，不慌不忙地在后头追着，时不时抓住机会射几箭过来。追了一阵子，领头的少年忽然"咦"了一声，莫名停住了。

"怎么啦，西子羽？"

其他人不明所以地看过来，却见他望着下方的沙谷出神。循着他的目光看去，赫然发现数十具尸首乱七八糟地横在沙地上，暗红色的血水像胡乱涂抹的色彩，将这黄沙染上了诡异的颜色。在对面的沙丘上，还停了几辆无马的笼车。

"好多死人啊！"少年们惊叹着，又回到原来的话题，"还追不追啦？"

"不追了，没劲。"

被称作西子羽的少年耸耸肩，用脚跟踢了踢马肚子，就加速冲向下方的沙谷。

"喂喂，死人有什么好看的？还不如去杀那几个羌人！"

虽然这么嚷嚷着，但他们一向唯西子羽马首是瞻，况且又清楚他的个性古怪，就一边大叫，一边纷纷跟了下去。等到离得近了，看清了谷地中的情形，就算是这些把杀人当狩猎的少年，也不由得倒抽着凉气。

这一地躺着的，竟然都是些女人！

她们的死状极其凄惨，几乎每一个都至死睁着眼睛，脸上尽是咬牙切齿的仇恨之色。她们身上的衣裳破碎不堪，在拼死的厮打中，那些残破的布料更遮不住身体，露出的惨白躯体上布满青紫红肿的印记。

残辉未尽，静静照拂在这些逝去的生命身上。

"……定是方才那些羌人干的！真是群畜生！"

一个少年激愤地骂道。其他人也面带怒色，战场厮杀如何残忍都无妨，但对女人下这样的狠手，就叫人愤怒了。

西子羽没出声，他正低头注视着面前的尸体。那是个美丽的女人，身体陷在血泊中，她的左手不自然地扭曲着，手指间却还紧紧抓着一个东西——那是一颗被硬生生挖出来的眼珠子。

"脱衣服！"

他忽然命令道。

少年们都愣了，他又犯什么毛病了？

只见他迅速将外衣脱下，动作轻柔地盖在那个女人身上。然后拔出腰间马刀，就地掘出沙坑来。众人顿时都明白了他的心思，立刻效仿他，脱衣为女人们蔽身。接着跑到他身边，齐心合力地卖力挖坑。

都是些气力足的少年人，这沙地又松软，挥汗如雨地挖了一阵，就挖出了一个深三尺、长数丈的大坑来。他们将女人们一个个抱进坑中安放好，正要掩埋时，西子羽忽然说："术南，到上面看看，或许还有人。"

一个少年立刻应了，他飞快地冲上沙丘，在笼车周围转了转，就看到了躺在前方不远处的女人。

"果然有一个！"

走过去一看，见那女人背上还插着把匕首。术南不由得摇头轻叹，他们族里的巫神常说，人死后身体上要是留着刀剑凶器，灵魂就会被钉在尸体上，无法超脱。他就想将匕首拔出来，好叫她安息。不想匕首刚拔出，就见鲜血喷溅而出，他手掌顿时陷入一片黏腻的温热。

……这血是热的？

他一下傻了眼，定睛看去，只见那女人秀丽的眉毛蹙起，额上沁出了汗珠，显然十分痛苦。

术南顿时跳了起来，朝着下方大喊："西子羽，这个是活的！"

西子羽一愣，立刻就跑了上来。

其他人面面相觑，都惊讶不已：竟然还有活口？

西子羽一眼就看到女人的后背血流不止，登时大怒："术南你个烂泥脑子，都不知道止血吗？她就算是活的，也要被你弄成死的了！"他回身就冲下面的人喊，"把我马上的背囊拿过来！"

只见他蹲下身，让她面朝下趴在地上。随即上手撕开她的衣服，一边捂住伤口，一边查探她的鼻息。等背囊拿过来，他在里头一通翻找，摸出一瓶药粉来。先用清水简单清理了伤口，再将药粉撒上，用布条缠紧。

一通忙活下来，他才吁了口气，招呼众人："快把那个坑填好。天黑了，我们要赶回营地。"

"这个女人怎么办？"术南问。

"你说怎么办？扔在这里让她等死呗？"西子·羽没好气地说。

术南吃惊地瞪着他："那你还救她？"

"术南，人长着脑袋，是要拿来用的。"彻底被同伴的愚钝打败，西子·羽落寞地叹了一口气，"这个女人当然要一起带回去。"

术南压根没发现他脸上的无奈，还在孜孜不倦地求问："怎么带啊？她伤成这样，都不好放在马上吧？"

西子·羽不想理他，只是摇摇头，小心翼翼地抱起地上的女人，径自走向空荡荡的笼车。

殷琰这一跑，就跑到了夜深时分。

满天星斗悬在头顶，紫微帝星高居天际，耀眼到让下方的半轮月盘都黯然失色。她一路向西，天地间好似只有她孑然一身，在这夜空下跋涉于沙尘间。

马儿也累极了，在她身旁歪歪扭扭地走着。夜里这样冷，她一边发着抖，一边往嘴里灌酒。身体像烧起来般，每一步都仿佛踩在云端，轻飘飘的。

但这感觉意外地好。

她以前总想在地上踩实了站稳了，以为那样就安全无忧。却没想到，若是脚下所站的都只是浮萍，那么不管如何努力，也都是稳不住的。

走吧，走吧，去找伯微……

终于喃喃念出了这个名字，还未能在脑海中勾勒出那人的样子，她就"扑通"一下摔在了地上。马儿往前走了一步，又被缠在她手腕上的缰绳扯住，它晃了晃脑袋，就依着她跪伏下身体。

月色朦胧照着这酒醉的姑娘，照着她酡红的颜和在混沌中暂得安宁的心。

"明月独照三千里，此身天地一浮萍。"[①]

遥远的西凉，有人拎一壶酒，倚在窗前悠然长叹。

墙角正在为炉火打扇的小童眨眨眼，盯着眼前颀长不凡的青年半晌，突然把手中的蒲葵扇一扔，转身就往里屋跑去，边跑还边喊："娘亲！娘亲！谢先生又犯病啦！"

谢玑愕然回头，待看到被小童生拉硬拽过来的女子时，不由得啼笑皆非："铁娘，你又对小池说什么了？"

那女子作妇人打扮，头发用块藏青色的布巾包在脑后，身上也只是一袭素蓝衣裙。但这般朴素的装扮，却掩不住她一身凛冽爽利的气质。只见她将手中提着的满满一桶石头拎到炉旁，方才扬眉一笑："我能说什么？不过是告诉他，见到谢先生神神道道念诗卜卦，就得防着谢先生犯病赖账骗酒喝。"

屏障帝都的雍州，死了安定王，来了羌人。如今羌人跑了，却是他们汉中子弟登上了城头。短短几日，这些城池就几易其主，不只是城中的百姓难以从数次剧变中回过神来，就连宇文渊自己，也被这变幻的局势惊诧了。

他知道大弘终有一日会乱，却没想到，这崩乱会来得如此迅速，叫人猝不及防，叫人……喜出望外。

从上邺回梁州的途中，他就收到消息，知道三王的兵马正往邺都汇聚。当时他就敏感地意识到，大弘的局势怕是要有大变动了。果然，羌胡很快就有了动作。羌胡的行动之迅速、下手之狠辣出人意料，若说背后没有筹谋，实在叫人不能相信。

但不管怎样，羌胡侵占雍州，对宇文氏来说却是个千载难逢的机会。宇文氏辖着秦州、梁州两地，这些年养精蓄锐，早有逐鹿中原的实力。但汉中王宇文拓老谋深算，不愿做那出头鸟、秀林木，更何况北部还有叫他忌惮的安定王。因而他安坐于汉中，等到三王异动出现，觑着羌胡进入雍州，才命长子宇文渊带兵出击。不出手则已，一旦出手，必如闪电雷霆，一击必得！

雍州此时已无主事者，宇文氏趁机将之纳入掌中，就算之后朝廷反应过来，在既定事实下也无可奈何。何况，眼下邺都乱成一锅粥了，根本就顾不上别的地方。

想到这儿，宇文渊轻轻吐出一口气，压在心底的担忧终于翻涌上来。

那一夜的动乱中，元亨公主失踪，生死不知。

拿到那条八百里加急传回的情报时，他正要领兵出发，准备进攻雍州的羌人。一瞬间他的脸色大概很难看，以至于为他们饯行的父王冷哼一声，很是严厉地训斥了他一通。

父王说了些什么，他竟没听进去。面上如常地恭敬应了，登马出城，一路行，一颗心越沉越低。

邺都中到底出了什么事，竟会变成这样……情报中只是简单地交代了现下的情况，并没有说明其中的成因。宇文渊想不通，以殷琰的能耐手段，为何会落到这种境地。她的失踪，到底是有意隐藏行踪，还是真的陷入了无法脱离的困境？

越是想，心思越是躁动不安。

就这么带兵从北边攻进了冯翊，与另一路军配合呼应。那些羌胡进城时日尚短，还未能做下细致的布防，城内的百姓对他们都恨之入骨，几方助力下，不到两日就杀散了城中的羌人，余下的零散逃窜过境。宇文渊早就修书给萧越，要他配合剿灭这些散兵。

恐怕有人会蠢蠢欲动。

"难道真要奉他为帝？"秦玄双眉倒竖。他这几日暴躁得浑身冒火，就等着哪天被人点着了，就要不管不顾地爆发。

梁胜更是愤然："兄长，我绝不同意！当初爹撞死在忠恕钟上，不就是他进的谗言吗？"

梁温的目光微微一冷，好半响才轻声道："眼下的局面，我们已经没有别的选择……"

"那倒不一定！"

娇柔的女声忽然在门外响起，在场众人一愣，房门就被人推开了。一个素白的身影迈步走了进来，却是太子妃曲灵烟，只见她浑身戴孝，身姿娉婷地一站，越发衬得那张芙蓉面清丽无方。

没人料到她会来，一时间都怔住了。这些天他们驻在东宫中，人员往来频繁，却压根没人想到这位太子妃。梁温还未出声，秦玄就开口问道："太子妃来这儿做什么？"因着她救了罗中青，他的态度勉强好了些。

曲灵烟扶了扶鬓上插着的白绢花："听说二皇子想登基？"

秦玄一愣，看向梁温。

"国事不当与妇人谈。"梁温勾起嘴角，"太子妃请自重。"

曲灵烟被气笑了："哦，原来元亨不是妇人吗？"

秦玄眉一拧，她就凉凉接道："我知道，我跟元亨比不了。不过呢，你们的国事，也是我的家事。"她环视众人，目光定在梁温脸上，"我今日来，只是想问一句话。"

"太子妃请讲。"梁温探究地看着她，终于端正了神色。

"我跟诸位，是一条船上的吧？"

这话说得莫名，梁温不由得笑了："不知太子妃要如何跟我们一条船？"

曲灵烟扬唇一笑，像是个下对了注的赌徒般兴奋。她抬起还缠着绷带的右手，缓缓抚上自己平坦的小腹，眼角眉梢都透着得意："我有身孕了。"

"什么？"

三声惊呼一同响起，梁温猛地站起身，瞪着曲灵烟。静寂半响，他忽然大笑起来："好好好！"

"秦失其鹿，天下共逐之。"

纵马追击仓皇逃窜的羌人时，宇文渊心中不期然又浮上了这句话。

八月初三，北境羌胡攻破安定郡，将安定王府上下尽数斩杀殆尽，侵占雍州。消息传出，各州震动。守在上邺城外的一万雍州兵将悲愤交加，都尉刘雄率兵回救雍州。

八月初四，殷岐以为父报仇之名，开始铸造器械准备攻城。

八月初五，冀州萧家军出兵援救司、并二州，自东线攻入羌胡境内，直达奢延城。

八月初六，汉中王世子宇文渊分兵两路，一路自扶风郡而入，直击占据安定郡的羌人。另一路则绕道金城郡，自羌胡境内穿过，从背后进攻冯翊郡。

八月初七——

东宫。

"咚"的一声，秦玄踢翻了脚边的矮凳，气冲冲地揪住面前的内侍："你说什么？"

一旁的梁胜更是直接拔了剑，那内侍立时吓得面如土色，抖抖索索地求饶："大、大人饶命，小、小的只是替二皇子传话……"

梁温挥挥手，让放了他。

"二皇子还说了什么？"

那内侍慌忙跪在地上："回大人，二皇子说，如今宫中无主，才会让殷岐猖狂。要解邺都被困之围，他应当尽快登基称帝，再广发诏书，叫各州兵马赶来勤王[③]！"他一口气说完，生怕说得慢了，再惹起面前两位小煞星的怒火，就没机会说了。二皇子可是下了死命令的，要是不能把这差事办妥，他就别想再活了！

"二皇子可知会了光禄勋？"梁温又问。

"那边也已派人去了。"

梁温点点头："我们知晓了。你回去禀告二皇子，事关重大，登基大礼繁重，一时半会儿怕是筹备不齐全，容我等再商量商量。"

那内侍如获大赦，忙不迭地告退离开。

秦玄犹自气怒难平，在房中踱了几步，恨恨一击桌面："殷玒那等小人，也配当天子？若不是公主失踪了，哪轮得到他在这儿得意？"

"但他现在是大弘唯一的帝位继承人选。"梁温叹口气，抬手揉了揉眉心，"太子已死，三皇子也失踪了，只有他是名正言顺的继承人。"

城内现在有禁军一万五、东宫卫率军一万、宿卫军一万多，零零碎碎加起来，倒也有四万多人，足够跟殷岐抗衡。但正如殷玒所说，如今帝位空悬，邺都里的这些人都各怀鬼胎，若不能以皇帝之名将他们都捏合在一起，只怕不等殷岐攻进来，他们自己就要先乱了。不只是邺都，就连整个大弘也是如此。内忧外患，再这样下去，

"欸，那不叫赖账骗酒，"谢玘一本正经地纠正，"那叫以卦易酒。在下也是凭本事吃饭的。"

"你？得了吧！"铁娘嗤笑起来，"瞧瞧你给我们这孤儿寡母算的卦，说什么小池天生富贵，还说我姻缘美满，差点儿没把左右邻居的大牙笑掉！"

"你的姻缘如何，还得未来慢慢看。至于小池是不是天生富贵，铁娘你应该再清楚不过。"谢玘好脾气地应道。

铁娘一愣，忽然有些不自在地转开话题："说吧，你刚才又瞎说什么了？把小池吓成这样。"

"不过是对月偶发一叹罢了。"

谢玘轻轻敲着手中的酒葫芦，侧耳倾听着沉闷的响声，应和着节奏吟道："其声浊浊，其心浊浊。黯淡天光难为灯，颠倒人寰谁称臣？行路难，行路难，多歧路，今安在？[2]"

小池偎在母亲背后，偷偷看了看他，就凑到铁娘耳旁，悄声说："娘亲，谢先生病得不轻呀！"

铁娘"扑哧"一声笑出声。但看到他微垂着眼，沉静的眉目无形间透出一种庄重来，便不由得敛了笑，问道："又要走了吗？你这次能待多久？"

"不急，不急。"

谢玘回身望向窗外，那颗紫微星光芒闪耀，在夜空中熠熠生辉。

"等到那颗星找到自己的方向，我才能确定，是不是要去迎接它。"

这一夜的上邺，依然是兵荒马乱。

八月初一之夜，一批"禁军"突入天虚宫，杀安定王殷磊、齐王殷兆、广陵王殷祥。金虎台上胡奴杀皇帝殷硕、贵妃韩甄，太子殷琮死于金虎台下，身首异处。二皇子殷玒坠入漳河，被金明门将士所救，得以活命。宴席上数十位大臣被绞杀。元亨公主、永贞公主和三皇子下落不明。其他宫女内侍被屠戮达数百人。

宫内乘黄厩并白藏库、东宫，城内永平里并朔春里皆起大火，火势冲天，彻夜不灭，救之不及，万民惊惶。

城外三王部属夹击光禄勋秦廷昭所领禁军，事发突然又兵力悬殊，禁军死伤惨重，只得逃回城中。

八月初二，齐王世子殷岐率三万兵马赶到，并其弟殷峤所领一万五千兵力，将上邺团团围住。

许是知道萧家军在后，逃脱无望，昨夜逃散的羌人们聚集了数千人，又杀了个回马枪，想要再夺冯翊城。宇文渊料准了他们会回来，备下弓矢石料。待月上中天，羌人们鞭马冲至城下，城头忽然灯火熊熊，箭矢纷纷如雨下。羌人死伤惨重，转身要逃，又被飞落的石块砸成肉饼。宇文渊随后打开城门，带兵出城杀敌。激战彻夜未歇，羌人被连番攻击打得溃不成军，直到天色大亮，才有数十骑人马得以突围，奔入黄沙中。

宇文渊一边命人清扫战场，一边亲自带人追击。

羌帅海日古已在萧越的强劲攻势下缩回了王庭，作为战略缓冲，羌胡的存在十分重要。无论是宇文渊还是萧越，都不会为一时的战功将羌胡灭尽。只是既然雍州由宇文氏接手，那么这一战，定要让海日古胆战心惊，从此不敢轻易扰边。

追出十多里，远处沙丘上有军队长蛇般逶迤而来，赤色旗帜在骄阳下极为醒目。

那些羌人对这旗帜再熟悉不过，前有狼后有虎，他们已成砧板上的鱼肉，插翅难飞了。

正聚在一处，团团彷徨时，却见一人摇摇晃晃地坐着马，从沙丘下的阴影中走出来。那人一手扶着额头，将整张脸遮住，随着马匹前行，脚腕上的锁链哐当作响，在这寂静中尤为刺耳。似乎根本没发现她面前这些人，她就这么晃悠悠地，一步步走到羌人身前。

一夜苦战又奔逃许久，羌人们都积了满肚子的怨愤惊惧，此时见这个汉人女子竟敢如此轻视他们，右侧的羌兵忽然扬起刀，暴吼一声："女人——"

话刚出口，刀在半空，却见对方陡然抬起头。

一瞬间，面貌如何都没有看清，只见着那一双眼，锐利如寒冰。在这样炙热的日头下，竟叫人从头冷到脚。

在那羌兵愣怔的当口，沉黑的铁链自下而上，蓦地抽上他的下巴。

咔嚓！

清脆的骨裂声响起，铁链一甩卷上羌兵高举的短刀，那人挥臂一拽，就将短刀自他手中扯脱。她接刀，反手一刀划过他喉咙，在鲜血喷溅出来前踢马后退。

到这时，那羌兵才晃动着身体栽倒在沙地上。

这一幕夺刀杀人只在刹那，那羌兵至死都没能叫出声。

在场几十个羌兵全部陷入死寂中，只见那人抬袖擦去刀上的血珠，声音沙哑："就别跑了吧？下马归降，我留你们一命。"

不消说，这女子正是殷琰。她整夜都醉在沙地上，再睁开眼金阳已爬上天空。宿

醉之后浑身都觉得虚软，她就躲在荫蔽之处休息。躺了一阵，忽听得远处传来追击喊杀声。起身见是一伙羌人仓皇逃来，身后沙尘扬天，后头有许多人紧追不舍。尽管距离有些远，但仍能看到那些人身上的银甲耀眼夺目。

是大弘兵将！

昨日见到萧家军后，她就猜想，其他地方的守将应该也开始反攻了。这时候见到大弘人马追赶羌人，更是证实了她的想法。

若是之前，她一人遇见这些羌兵，就只有转头避开逃命的份儿。但眼下援兵就要赶到，只要拖延一下即可。她当下就拍马上前，预备拦住他们。

也不知为何，羌人忽然停住了脚步，围在一起，看着很是慌张。这对她来说自然再好不过，要不然他们直冲着逃开，她一个人委实拦不住。为了震慑住他们，她才一上手就杀人立威。

领头的是个都护，听到这话终于反应过来，怒喝道："都给我上！把这女人剁成肉酱！"

众人如梦初醒，呼喝着挥舞起刀冲向她。

殷琰不慌不忙地拨马侧奔，避过当头的两人，觑着空当，策马直冲那都护撞去。

那都护一心想杀她泄愤，本就冲得靠前，离殷琰不过几个马身的距离，眨眼间两匹马就撞在一起。都护止不住冲势，从马头上方翻滚下去。殷琰在马背上一踏，腾身后翻落地，抬脚踩住都护的心口，手中的刀同时抵上他的脖子。

"住手！"

望着周围惊愕愤怒的羌兵，她朝他们后头扬扬下巴："追兵来了，既然跑不了，何不投降保命？"

她说的不错，他们耽搁的这阵子，足够后头的人追上来。

那都护浑身脏兮兮的，嘴唇发白："投降也是死，不如拼着杀几个，死了也不冤！"话虽然这样说，但他早已没了斗志，眼睛只盯着殷琰，看她怎么说。

"有我在，你们死不了。"

她的神色太过笃定，那都护不由得问："……你是什么人？"

"现在不是说这个的时候。"殷琰脸色一肃，蓦地大喝，"还不速速下马，弃械投降，难不成真想死在这儿？"

羌兵们都是一震，互相看了看，还在犹豫。眼见兵马呼啸声越来越近，那都护一咬牙："都下马！"

有了他的命令，羌兵们顿时纷纷下马，将手中的短刀扔在地上，默默退到一旁。

"吁！"

带人赶到的宇文渊看到的就是这么一幕：那个羌人都护竟被个瘦削的女子踩在脚下！

她看着十分邋遢，浑身都透着酸臭的酒气。不知道是在沙土里打了多少滚，一身皱巴巴的衣服破烂不堪。凌乱纠结的长发垂在脸颊旁，脚上的锁链在沙地上压出深深的痕迹。此时她正偏过头，看着那些丢下兵刃的羌兵。

宇文渊勒住缰绳，有些意外地眯起眼。他老远就看到这些羌人似乎跟什么人起了冲突，原以为是萧越派来的前哨军，没想到近了才发现，对方竟然只有一个人，还是一个女人。从他们动手到现在连一刻钟都不到，她竟然就将羌人们都制伏了？

部将们显然比他还惊愕，一时间谁都没有出声。不知是天气炎热，还是剧烈的奔跑叫他气血翻腾，宇文渊莫名地有些口干舌燥："你……"

才说出一个字，就见那女子身体忽然僵了僵，缓缓转头看来。

她的眼睛微微睁大，一瞬间的惊讶后，她下意识扯动嘴角，微笑："伯微，真是你。"

宇文渊猛地把脸转到一侧。因为太过用力，他手中的缰绳都发出细微的"咯吱"声。用力吸了两口气，他才能让脸上的肌肉不因愤怒而狰狞扭曲。他跳下马，看着她弯下腰，将那都护拉起来："把这些人带回去，好生看管。我有话问他们。"顿了下，她补充道："莫要用刑。"

她是惯于发号施令的，部将们听得一愣，眼睛都看向宇文渊。

宇文渊皱眉："没听到公主的话吗？还不听命？"

……公主？

不只这些部将们，连羌兵们都怔住了：哪个公主？

答案呼之欲出。大弘只有两位公主，元亨公主英姿飒爽弓马骑射无一不精，而永贞公主温柔灵巧精于乐舞技艺。

所有人都望着眼前这一身褴褛的高挑女子，只见她眉头蹙起："伯微……"

宇文渊立刻就发觉自己失言了。他回身警告地瞥了众人一眼："谁敢泄露此事，杀无赦！"

部将们低头应是，其中一人小心问道："世子，那萧家军那边，还要请萧将军入城庆功吗？"这次若不是有萧家军逼压着羌胡，他们也不能这么轻易就夺回雍州。两边本就约好在此处会师，顺利围剿羌兵后，正好一同回冯翊庆功。只是眼下突然多了

213

个公主，宇文渊又有心隐瞒此事，若是再邀萧越同行，人多口杂，怕是容易泄露消息。

"无妨，你自去请他。萧越在羌胡这儿拖了几天，想必急着回冀州，他定会推辞不来。"宇文渊的目光一直没从殷琰身上移开，口中吩咐道，"其他人先行带俘虏回城，我们随后就来。"

众人听令各自去了，把这一地的安静留给他们俩。

殷琰长舒了一口气，手一松，短刀就插进了沙地中。她抬眼冲宇文渊苦笑："没力气了……"

回应她的是坚实的怀抱。她只觉得眼前一花，脸颊就贴上了热烫的银甲。

宇文渊向来是喜怒不形于色的人，但此时他似陷在某种恐惧中，只能靠这紧紧的拥抱来确认对方的存在。

殷琰惊吓地挣扎了下，待听到他嘴里喃喃唤着："琰儿，琰儿……"她心头一颤，那股支撑着她狂奔前行、杀人拼斗的力量忽然间消散了，她全身都软了下来。每一块肌肉、每一处骨骼，疼痛叫嚣着涌出，明明热得要烧起来，她却觉得有一阵古怪的虚冷从身体深处泛开。

她无法抑制地颤抖起来，张嘴几次，都无法说出一个字。

宇文渊整颗心都揪紧了。他必须要用双手紧紧环住她，才能抱住她不让她滑落下去。这么近的距离，那被酒气掩盖的血腥味冲入鼻端，带着说不尽的沉重和痛楚。

从邺都到羌胡，这短短的几天中，她经历了什么？又受了多少罪？

他清楚地感觉到，从未有过的强烈杀意正在心底迅速膨胀。他要十分努力，才能暂时压下这几乎淹没理智的愤怒。

"没事了……别怕、别怕，有我在，你安全了，没事了……"

听着他轻柔的抚慰，殷琰只觉得茫然。

没事了吗？安全了吗？

可为什么她还是能听到那些宫女的哭喊："公主！公主，救救我们！救救我们啊！"

这样的声音重重叠叠地充斥在耳中，一遍又一遍地将她拽向那无底的黑暗深渊。恍惚中，她看到了玉英的脸，苍白的、带着眼泪和期盼的脸："走吧，公主，活下去才有希望……"

怀中的人忽然没了动静，宇文渊低头一看，却见她双眼紧闭，已经晕厥过去。她的双颊上有不自然的潮红，呼吸急促而滚烫，身子更是烧热难当。

他吃了一惊，慌忙将她抱上马背，直奔冯翊而去。

不远处的萧越看到这一幕,扬鞭指着他策马狂奔的背影:"看来世子是真急着回去庆功。萧某原本还想前去拜会,既然如此,就不打扰世子的兴致了。"

以萧越谨慎守礼的性子,此时说出这样的话,已是气极。就如同宇文渊所说,他确实没打算跑到冯翊去。但这不代表他们萧家军就能被如此轻忽!双方相距不过半里地,宇文渊竟然傲慢到不亲自前来,而是派了个都尉。他把他萧越当成什么了?他们宇文家的走狗吗?

说完,他直接拨转马头:"众将听令,快马加鞭,即刻赶回冀州!"

"哎,萧将军,你听我说——"

萧越已经策马奔向前,他的部属们紧跟其后。那个都尉就被晾在原地,被扬起的尘沙溅了满头满脸。

脚腕,沉重的铁链已被卸下。因为不断地磨蚀,皮肉都磨烂了,踝骨的情况尤其严重,伤口深得几乎能见到骨头。清理好伤口后,上药包扎好。

小腿,半尺长的刀伤早已化脓。生生剜掉了烂肉,血水一盆盆端出。

右臂,箭伤穿臂而过,又被拔出。万幸没有伤到骨头筋脉,但因过度用力,刚长出血痂的肌肉一次次撕裂,导致伤口扩大。

左肩,被刺穿的刀口十分骇人。看得出曾被细心处理过,但还是有化脓的现象。可以想见,这个伤口必然会在她身上留下丑陋的疤痕。

其他诸如手掌的划伤、各处擦破、碰撞瘀青……数不胜数。

宇文渊遣退了其他人,在榻旁坐下,端详着还在昏睡的少女。

已经是第三天了,她依然没有醒来的迹象。

他们分别还不到一个月,她就吃尽了苦头。他忍不住想,若是那时她应了他的求婚,就不会陷在邺都的权力争斗中,更不至于伤成这副模样。

她就是太倔强,又太心软。连自己都不要了,也要顾着她的兄长。

虽然残酷,但如今殷琮已死,再没有人能绑住她。从今往后,她就能彻彻底底地,做他的琰儿了。

宇文渊有些欢喜。她现在看着柔软又可怜,叫他不由得伸出手,细细摩挲着她的额角鬓间。手指探在眼角的位置,在那儿久久停留。

她的脸上只有沁出的薄汗潮湿。就算是剜肉放血,她也只是拧住眉咬着牙,在模糊的低吟中痛得汗水淋漓。却没有一滴泪。

偶尔能听到她挣扎的呼声，虚弱惶恐，似乎被噩梦纠缠住了。然而她从不曾求救，也不曾哭泣。

她把自己逼得这样狠，不管是醒着还是梦里，都把所有的事担在肩头。

发烫的手掌顺着她的脸颊迤逦而下，自纤瘦的下巴经行至颈项，掌心下那处脉搏稳定有力，似在与他相应和。这具瘦削的身体中所蕴藏着的力量，总是出乎人意料。他按住她未受伤的右肩，轻轻揉压着那清瘦的肩胛，只觉得心头一片绵软。

不知过了多久，有人进了门，在屏风前停下："世子，王府有消息传来。"

是他的贴身侍从荀蒙。

宇文渊没有动，低声问："何事？"

迟疑了下，荀蒙才答道："……二公子回来了。"

这消息着实意外。宇文渊身体一顿，将殷琰伸出床外的右手往里放了放，才站起身，走了出来。荀蒙刚要说话，看他的脸色，就自觉地闭上了嘴，跟着他迈出房间。

此时他们所在的地方，乃是冯翊城中的一处小院。殷琰身份特殊，又身受重伤，宇文渊将她安置在这里，除了几个心腹外，谁都不知道这个让汉中王世子如此在意的女子是什么人。

一直走到廊外。道旁种的石榴已谢得差不多了，只把光秃秃的花萼剩在半空中。零散的花瓣落在地上，如血一般艳丽。

宇文渊踩在残红上，半晌才问："什么时候的事？"

"就在昨夜。"荀蒙连忙将事情始末说了一遍，"都过了子时，周管事被门房叫醒，说府中来了贵客，大王都亲自出去迎接了。周管事带人赶到时，才知道是二公子。听说大王与二公子彻夜长谈，还让他留宿在西阁。"

"父王还是这么疼爱二弟。"宇文渊笑了一下，但眼中却没有半点儿笑意。"可曾见到他的样貌？"

荀蒙摇头："二公子进府时身披斗篷头戴风帽，大王后来更遣退众人，只留了出云豹中的两人在西阁伺候。"出云豹是宇文拓亲自培养的一支近卫，虽然只有二十人，但都身手不凡，且完全效忠于他一人。

"这样说来，二公子之前的行踪，也依旧无人知晓。"

"……属下无能。"

不用宇文渊说什么，荀蒙自己都觉得丢脸。这么多年，他们费尽心思，竟然都没能查出二公子的底细，真是羞愧得恨不能撞墙了。

"不怪你们，我父王想隐瞒的事，怎么可能让人轻易查到。"

宇文渊很清楚，他这个二弟能藏得这么好，全都是因为有汉中王的庇护。

人人都知汉中王有三子一女，但除了长子宇文渊外，二公子宇文潜和三公子宇文沧都极少出现在人前。传闻说是那两位公子自小身患怪病，不能见人。时日久了，就连王府中的人也都只知有世子和郡主，不知还有两位公子。

但事实却并非如此。

宇文沧确实患了病，为了让他调养身体，宇文拓没有让他住在王府中。至于宇文潜，他的身世来历就是一个谜。就连宇文渊也只是模糊地知道，他这个二弟的母亲很早就过世了。

那已经是十几年前的事了。那个秋日的黄昏，宇文渊从靶场练完箭回来，正碰上宇文拓。他手中拉着个五六岁的小男孩，见到宇文渊，就唤道："过来见见你弟弟。"说着，他看向男孩，"叫兄长。"

宇文渊还在惊讶中，就见那孩子警惕地看了他一眼，眼神中带着敌视："我没有兄长！"

"你是我的儿子，渊儿当然就是你的兄长。"一向严厉的汉中王对这个孩子却十分有耐心，"你母亲不在了，就不能再任性。收起你的眼神，藏好你的心思。父王给你取名为'潜'，就是要你沉得住气。"

那孩子听了，真的就收敛了神态，恭敬地向宇文渊行礼："宇文潜见过兄长。"

莫名其妙多出了个弟弟，宇文渊忍不住皱起眉头。但他自小教养极严，当下还了礼，随后抬眼望向宇文拓："父王，此事……"

"不必多问。"宇文拓打断了他，"你只要记住，潜儿是你的亲弟弟。"

说完，他就带着宇文潜向外走去。宇文渊站在原地，看着夕阳将他们的身影越拉越长。似乎察觉到他的注视，宇文潜转过头来，挑衅地朝他一笑。

那个瞬间，年少的宇文渊心中陡然腾起强烈的危机感。

这孩子，像是一头狼。

那次简短的邂逅，是他们兄弟俩迄今为止，唯一的一次会面。在那之后，宇文渊再没有见过这个弟弟。他偶尔问起，宇文拓只是轻描淡写地说，宇文潜在很远的地方拜师学艺，等他学成之后自然会回来。

这一等，就等了整整十三年。

若是平常人，可能早就忘了这事。宇文渊却记忆深刻，他暗地里观察他父王的举动，

知道宇文拓暗地里一直跟宇文潜保持着联系。他们往来的信件,只有出云豹能经手。他隐约觉得,二弟是被父王派去做什么秘密的事了。

宇文潜到底在什么地方?他又在做什么?父王为何连他也要瞒着?

这些疑问压在心中,叫宇文渊时刻都如芒刺在背。他十岁就被立为世子,十三岁开始掌兵,梁州军马大半都在他手中。单从这些事看来,父王对他信任有加。但只要一想到那个无影无踪的宇文潜,想到父王不知瞒了他多少事,他就觉得郁气在胸、无处可吐。

现在,宇文潜竟然就这么回来了。父王还想再继续将他藏着吗?

他眼中划过一道冷芒,吩咐道:"你去准备,半个时辰后出发回汉中。"

荀蒙应下,又朝里头指了指:"那位……琰姑娘如何安排?留在这儿恐怕不妥当。"

确实不妥当。不说其他诸多考量,光是想到让她独自待在这儿,与他分隔两地,宇文渊就受不了。好不容易才能重逢,他又怎么舍得跟她分开。但带她回汉中更是不妥,对于他们之间的事,父王的态度一向不甚明朗。上次被当众拒婚,回到汉中后,父王只问了他一句:"可死心了?"

他思忖半晌,就做了决定:

"带她一同出发,过秦州时将她送往天水郡的别院。"

荀蒙吃了一惊:"您是说,让琰姑娘待在三公子的院子里?"

"嗯,那里环境幽静,又多的是名贵药材,正适合她养伤。"

"可是,琰姑娘还在昏迷,让她跟我们一起走,就不能快马加鞭赶路了!"荀蒙指出更实际的问题。他们现在可是要赶着回汉中,带着个病人同行,又哪里快得起来?

"不必赶路。"

宇文渊一步一步走得缓慢,说出的话却不带犹疑:"方才是我思虑不当。何必让父王牵着鼻子走?隔了这么多年,二弟终于回府,想来父王已经决定让他走到台前。既然如此,早一时或晚一时见到他,又有什么干系?我们只消把该办的事情办好,照常回去便可。"

荀蒙一想也是:"属下明白了。"

"雍州的局势表面上已渐趋稳定,但原先安定王所属的兵将仍需注意。尽快用梁州兵接手南线布防,把雍州兵调往北线守边。那个刘雄快进入雍州了,若他识时务,尚可留着用一用;否则,就杀了了事,他手头那一万的兵力都是雍州精锐,需得找人接管过来。"

对于这件事,荀蒙早有考虑:"始平郡太守鲍予田闲雅有威望,素来倾慕世子为人。世子夺回雍州后,他几次三番写信来,赞誉世子威武不群。属下认为,可以让他跟刘雄接触,无论要杀要留,都会轻松许多。"始平郡位于雍州最南部,正跟荆州接壤。刘雄要回雍州,就得先通过始平郡。

宇文渊侧头想了下,隐约记得有这么个人,就笑道:"那倒好,就叫荀胧带兵过去,一面接手防线,一面协助鲍予田。"

"是,属下这就去安排!"

注释:

①明月独照三千里,此身天地一浮萍。

化用自宋代王以宁的词《虞美人·宿龟山夜登秋汉亭》:

归来峰下霜如水。明月三千里。幽人独立瞰长淮。谁棹扁舟一叶、趁潮来。

洞庭湖上银涛观。忆我烟蓑伴。此身天地一浮萍。去国十年华发、欲星星。

②其声浊浊,其心浊浊。黯淡天光难为灯,颠倒人寰谁称臣?行路难,行路难,多歧路,今安在?

化用自唐朝李白的长诗《行路难·其一》:

金樽清酒斗十千,玉盘珍羞直万钱。停杯投箸不能食,拔剑四顾心茫然。欲渡黄河冰塞川,将登太行雪满山。闲来垂钓碧溪上,忽复乘舟梦日边。行路难!行路难!多歧路,今安在?长风破浪会有时,直挂云帆济沧海。

③勤王:臣下发兵救援地位岌岌可危的主子。

　　江南的丝竹就如江南的月，清新柔美地在沉墨夜空中一挂，恣意地把银纱似的月华轻飘飘洒落在江心的画舫上。细腻委婉的乐声缭绕而出，底下的水波静谧，将月轮片片摇碎。

　　幽丽暧昧的光从船上泻出，画屏上映出的纤腰不盈一握，仿佛一抹诡媚的屏中魂，慵懒地倚在娇艳的芍药旁。她在咿咿呀呀地唱："这汪水呀，娇时它涟漪泛，嗔时它细浪卷。你道它是可怜爱，猛然间它掀起滔天浪，翻覆了舟船，淹没了性命。回身再看它，呀！还是这汪水，银波灿灿惹人醉……"

　　世子封瑞倚在凭几上，一只手在桌上敲着拍子，另一只手抓着玉杯。这一晚他喝了不少，已是半醉的模样，连杯中的酒洒出来了都没发觉。

　　这些日子他过得万分舒心。没有了封锦，他浑身上下简直无一处不舒坦。就如此时畅游在江上，赏着夜景品着美酒，再有美人相伴，想来天上的神仙也比不上他逍遥快活。

　　畅快的笑容爬上他的脸。这是一张十足英俊的面容，细长的丹凤眼总显得凉薄高傲，叫人不敢亲近。但现在他带了笑，就生出几分孩子气来，看着倒是可亲可爱。

　　"彤辛，唱、唱得好！"

　　那唱曲的歌伶止住声，美目一转，忽然掩嘴笑道："世子这副样子，真跟二公子像极了！"

　　封瑞一僵，脸上的醉意未散，眼中却已经透出冷意。

　　"……你又管不住嘴了。"

　　"彤辛是什么样的性子，世子还不清楚吗？"她懒懒伸了下腰，也不理封瑞，径自摸出一面小镜，用酒水沾湿手帕，将唇上娇艳欲滴的胭脂三两下擦干净。"奴想说的，大半都是世子不爱听的。"

　　"真该撕了你这张嘴！"

　　封瑞身形不稳地站起身，扑向她："擦得这么快做什么？这可是最贵的'媚花奴'，

十两银子才不过一小盒。总得让本世子先尝尝，这滋味有多媚多销魂吧？"

"想尝胭脂味还不容易？奴手里还剩了大半盒，都给世子吃，成不成？"彤辛被他抓在怀里，微微仰起头，一双唇濡湿粉嫩，散出的酒香熏人欲醉。

"不成，本世子要先吃眼前的……"

他低头攫住她的唇，正要细细品尝，整艘船忽然震了一下。

砰砰砰！

沉闷的声响接连传来，似乎有什么东西重重撞在船底，画舫猛地晃动起来。他们俩一时没稳住，狼狈地跌在船板上。彤辛"咻咻"笑出声，封瑞迅速爬起来，大喝："来人！"

话音未落就有人冲了进来："世子，船舱进水了！怕是要沉！"

"怎么回事？"封瑞大步要走，又想起什么似的，回身把彤辛拽起来，"你跟着我。"

彤辛一怔，脸上迷离的笑缓缓收住。她低下头，目光落在被他紧紧抓住的手臂上，轻应了一声："哎。"

快步上了甲板，众人都觉得不太妙，船身已经倾斜了不少，看样子过不了多久就要翻了。

封瑞命令："放响箭求援！"

江边停着备用的小船，他的手下就等在那儿。

"方才已经放过响箭。"一人说，"只是此处离岸边有些远，属下担心会……赶不及。"

封瑞皱起眉头。确实，这里正是赣水最宽阔的地带，在救援人员来到之前，恐怕这画舫就会彻底翻覆了。忽然有人拽了拽他的衣袖，转头看去，却是彤辛："世子莫怕。奴的水性好着呢，就是船翻了，奴也能带世子上岸。"

这样的时候，封瑞呆了呆，竟不由自主地扬起了嘴角。

其他人倒认真考虑起来："实在没法，就只能如此。从船上放下木板去，我等推着世子往岸边游。"

正说着，有人眼尖，伸手指向江面："看！船来了！"

但见明月映照下，数艘乌篷船自远处飞快划过来。那橹桨来回摇动，玉白的水花翻滚，推着船身宛若乘风破浪，迅速靠近了。不多时，最前头的那只船到了画舫前几丈处，就停了下来。摇橹的人大叫："画舫快沉了，小船靠不过去！请世子跳进水中游过来！"

封瑞有点儿迟疑。并不是畏惧下水，生在水乡，他的水性自然不会太差。只是他

隐隐觉得古怪,却一时想不明白。

画舫又猛烈地摇晃了一下,甲板上的人差点儿摔出去。眼下情况紧急,不能多作犹豫,众人纷纷劝他:"世子放心,下了水有小人护着您,出不了事!若是再耽搁下去,这画舫沉了会有水涡吸人,到时要走就来不及了!"

封瑞还没说话,彤辛忽然用力推了他一把,他猝不及防下就一头栽进了水中。其他人都被她如此"豪迈"的举动给惊住了,不及反应,就见她一扭身,自己也从画舫上跳了下去。

入了水,她直如游鱼般灵动,沉了一口气在胸中,在黑乎乎的水下准确捞住了封瑞,带着他游出水面。

封瑞惊魂未定地瞪着她:"你……"

她嫣然一笑,登时把他刚腾起的怒气都堵在了喉中。只得闭了嘴,奋力向那小船游去。剩下的人也跟着下了水,一颗颗黑色的脑袋露在江上,前前后后地泅着水。

距离并不远,没几下就到了船前。船头那人放好橹桨,弯腰将彤辛拉了上去。船篷中又钻出一个人来,坐在船舷上,朝封瑞伸出手。

封瑞连忙抓住他的手,正往上爬,忽然间看到他抬起脸。只见月色下那张脸呀,似笑非笑的眼眸晶亮,唇边一抹笑慵懒可爱,像个坏心眼的少年郎,正瞅着兄长出丑呢!

"……封锦?"

简直跟见鬼了似的,封瑞大叫一声,猛地松开手,"扑通"又掉下水去。

"啊呀,大哥见着我,也不用这么激动吧?"

封锦好整以暇地趴在船舷上,笑盈盈地看着再一次浮出水面的封瑞。

——阴魂不散。这是封瑞脑子里唯一能想到的话。有那么一刻,他荒谬地想着,眼前这小子,是不是真就是一只鬼魂?

现实打破了他不切实际的幻想。只听封锦幽幽地说:"大哥呀,这么热的天,泡在水里挺舒服的吧?不过小弟还赶着回府拜见父母,可等不了大哥泡太久。"

封瑞第一反应是回头看了一眼。身后空空如也,他那些手下,不知不觉间都不见了。好似这水中有吃人的鬼怪,悄没声息地就把他们全部吞噬了。

最初的慌乱过后,他迅速冷静下来。很显然,今晚的事都是封锦搞的鬼。

"你想怎么样?"

封锦挑眉,把手一伸:"当然是拉你上来。"

后头的船围了过来,船头都有人手握火把站着,把这一片水域都照亮了。离封瑞不远的地方，有浑身光滑水亮的黑色人影不停钻出，将昏死过去的数人抛到了船上。

看着自己的人像死了一样毫无反抗之力，封瑞气得用力一击水面，愤恨交加得无以言表。

……又输了。

输得彻底，输得难看，输得丢脸至极！

羞愤难当，封瑞眉角的青筋突突跳动。封锦还在那儿伸着手，等着他自己去抓。另一人站在旁边，根本没有帮忙的意思。这小子……封瑞牙根都要咬碎了，本来想自己爬上船，死都不要封锦帮忙。但眼睛看到坐在船头的彤辛，只见她嘴角带笑，似嘲似讽。他忽然就蔫了，这时候逞强有什么用？不过是更加丢脸罢了。

狠狠一掌拍在封锦手上，只觉得封锦的手指一紧，就抓住他的手腕猛地往上提。那副少年的身躯竟力量十足，一下就将他拽上了船。

"舱中备了干净衣物，两位先进去换掉湿衣服。"封锦拿着手巾擦了手，跟身旁的人说，"返程。"

封瑞和彤辛进了船舱，见里头不仅放了衣服鞋帽，矮几上还温着一壶酒。他们草草换好衣服，待了一会儿，封锦就掀帘走了进来。

他像是没看到封瑞难看的脸色，径自在矮几旁坐下，倒了三杯酒："来，喝酒。"

封瑞冷哼一声，彤辛已经抓了一杯酒在手，巧笑倩兮："多谢二公子救命！"

"怎么个谢法？"封锦把她上下一打量，摇头直叹，"唉，这样的美人，竟然不能以身相许——"

封瑞登时一拳砸在矮几上，把酒杯都震翻了。

"封锦，你到底想怎样？"

这话他已经问第二遍了。封锦慢吞吞地喝着酒，好生思索了一番，才奇怪道："还需要怎样吗？大哥凿了我的船，害我掉下水；我刚刚也凿了大哥的船，叫你泡在江里。这不是扯平了吗？"

他半倚在矮几上，扬起的脸被烛光蒙上了一层柔和的光。外头橹桨击打水面的声音此起彼伏，他这般轻描淡写的语气，让封瑞陡然变了脸色。

封锦北上邺都时，封瑞派人守在汉江岸边，没想到等来的却是冀州的人。后来才知道是封锦临时改了路线。封瑞自然不甘心，又再图谋其他机会。等到回程时，封锦走的是水路，过贡水时，他们乘坐的船半道上就沉了。封瑞以为他这次是真的葬身江底了，心情大好之下，连着几日都在外饮酒作乐。今夜更是趁着月色，带了他最喜欢

的歌伶彤辛到船上消暑。没想到，封锦竟然活着回来了……

"你怎么会知道？"压下心头的不甘，封瑞问道。他们兄弟俩暗地里较劲多年，他清楚封锦并不像表面上那么纨绔无用。但封瑞自问这两次布局都十分谨慎，他怎么能如此准确地一一避过？

封锦笑了笑，反问他："大哥不是对我的行程了如指掌吗？"

封瑞一愣，猛然反应过来："是佳兰！"

"是呀！"封锦开心地眯起眼睛，"佳兰那么乖巧，一路上事无巨细都向你汇报。我说要走水路，你就安排了人凿船。不过在你们动手前，那艘船就已经被凿空了。"他弃了船，带了几个心腹沿着江岸走了两天，找了个野渡过了江。封瑞料不到他没死，自然没做防范。他们轻易就混入城中，觑着他乘上画舫漂到江心，才动手给他"找乐子"。

虽然只有寥寥数语，但彼此都是聪明人，已经能想明白这之间的弯弯绕绕。封瑞瞪着他，许久都没说出话来。

"所以说，我们这就算扯平了。"封锦朝他举了举杯子，仰头把酒喝完。又转头看向彤辛，半真半假地讨好，"好彤辛，救命之恩，换支曲子如何？"

彤辛眼波扫向封瑞，柔媚一笑："正好，奴的这支曲，送给两位再合适不过。"

她亮起嗓子，再一次唱："这汪水呀，娇时它涟漪泛，嗔时它细浪卷。你道它是可怜爱，猛然间它掀起滔天浪，翻覆了舟船，淹没了性命。回身再看它，呀！还是这汪水，银波灿灿惹人醉……"

歌声飞出船舱，在江面上越飘越远。夜空中的明月静静听着，银色的光铺在水面上。这汪水呀，当真是银灿灿的，叫人猜不透、看不懂。

岸边早有马车等候。船靠了岸，封瑞阴沉着脸登上车。

不用他召唤，彤辛自觉地跟了上去。见他笔挺地坐着，半天不说话，她就靠过去，依在他肩头。

"二公子他……"

"闭嘴。"

"人不坏。"

"闭嘴！"

"奴喜欢他。"

这话一出口，封瑞猛地转过身，将她压在车壁上："你再说一遍？"

他怒气盈满整张脸，一双上挑的眼几乎要在她身上烧出洞来。这么凶神恶煞的模样，换了别人早吓得跪地求饶了，但彤辛可不是一般人。对这位世子殿下，她一向是不怕戳他痛脚的。越看他那张人前平和疏远的脸被气得变了色，她越是开心。

"奴喜欢他……"她不紧不慢地开口，"对世子手下留情。"

封瑞愣了下，在她冷媚的目光下，他忽然觉得狼狈。然而更多的是无名生出的怒火：他一次次下狠手要置封锦于死地，对方却一次次轻松化解。仿佛他那些手段，在封锦眼中，都不过是些小孩子玩的把戏。

这感觉催生出的不甘和愤恨，简直叫他寝食难安。

"世子身份尊贵，为何要跟二公子斗气呢？"

看他沉默地避开眼睛，彤辛莫名地有些可怜他。烦恼都是自寻的业障，身居高位的人，看着并不比她们这等贱籍更开心。

在这扬州地界，封瑞是能一手遮天的人物，可说是要风得风、要雨得雨，但他还是这般恼怒不安，只因为有封锦这根刺存在。

但封锦对他并不构成威胁，不管封锦多受皇帝宠爱，封瑞才是世子、才是未来承袭庐陵王封号的人。封锦至多也就是封个郡王，继续做他的富贵如意儿。更何况从种种迹象来看，封锦并没有跟他相争的心思。就连被暗杀的事，封锦也只是轻轻提起就放下了，可以说，他对封瑞真是万般忍让。

正因如此，彤辛才越发不解：封瑞到底为什么要处处针对封锦？

许是因为彤辛说话从不顾及他的颜面，在她面前，封瑞总是比平常要更坦率些。他松开她，仰头靠在车板上，似乎笑了一下："没什么原因，我就是看他不顺眼。"

他是含着金玉出生的贵胄，父亲立下赫赫战功，是整个大弘的英雄；母亲是世家大族的小姐，美丽娴雅高贵端方。他不仅承袭了父母的俊美相貌，更兼天资聪敏、早慧伶俐，走到哪儿都是人人称赞喜爱的骄子。就连先皇，也不止一次地抱着他赞叹，"有子如此，爱卿之幸啊"！

他顺风顺水地长到六岁，却突然冒出了个弟弟，还是个母不详的私生子。

那时他还不太懂"私生子"的含意，只见着一向跟父亲恩爱的母亲第一次动了大怒，连手上戴的玉镯都砸断了。父亲一言不发地坐着，任凭母亲怒骂哭泣。

封瑞没见着那孩子。听说因为元亨公主出世，他跟着沾了光，被送到了宫里养育。

后来他们一家离开上邺，到了庐陵。母亲外表看着温柔，内里却极其刚烈。她病了许久，都不肯见父亲。这么过了大半年，她终于走出院子，依旧美丽，但消瘦了许多。

那只摔断的玉镯用金子镶连起来,又戴在她细瘦的手腕上。

日子好像又恢复到了过往,只是母亲的性子淡了许多,常常抄诵佛家经典。跟父亲在一起时,总不如过去亲密,像是隔了层冷冰冰的东西。时不时地,就会听到邺都传来的消息,他那个弟弟在天虚宫中备受宠爱,连皇孙都比不上他骄纵。

——那孩子毁了他的家,却能在皇宫中无忧无虑地幸福成长。

在跟封锦还不曾谋面的时候,恨意和厌恶就在封瑞心底扎了根。

命运到底还是公平的。封锦终于失去了庇护,被赶出了天虚宫。封瑞几乎是雀跃地等着他的到来,到了庐陵,到了王府,他一个私生子,哪里斗得过自己?

庐陵王府前灯火通明,管事带着人候在门前。早前就有人回来通报,说世子亲自去迎接二公子,正在回府的路上。

等了约莫一炷香的时间,就听着辚辚的马车声从夜色中传来。不多时,两驾马车就一前一后停在门前。

世子封瑞从前头那辆车中跳出来。他容色冰冷,发冠有点儿歪,头发似乎带着湿意。跟在他身边的女子是城中有名的歌伶彤辛,据说世子为了她,专门置了一处别院来藏娇。管事留心看了一眼,觉得世子的衣服似乎不是先前出门时穿的那套。

二公子封锦紧跟着就从后面的车中下来,他脸上的笑一如既往地甜蜜:"大哥辛苦了,还请大哥先行去更衣。我自去拜见父王。"

封瑞瞥了他一眼,什么也没说,就大步走了。

恭敬地目送他离开,封锦才看向管事:"父王还醒着吗?母亲呢,可睡下了?"

"大王和王妃一直在等公子。"

封锦点点头。管事亲自提了灯笼,引着他往里走。

即便是在这样的旱暑中,王府中也并没有什么变化。都是熟悉的景,游廊蜿蜒、假山嶙峋,连空气中的花香也不曾改变。封锦轻轻抽动鼻子,就嗅出了凤仙、茉莉和美人蕉互相混杂的浓郁香气。

庐陵王封绥住在倚翠轩中。还未到门口,就闻到了药汤的苦味。

封锦脚步微微一顿,稍站了几息,就迈了进去。

封绥和楚秀兰坐在主位上,两人中间的小几上放着一碗药汤,腾腾热气不停冒出,把整间屋子都熏得苦涩难当。

封锦快步走到他们跟前,俯身拜下:"孩儿拜见父亲大人、拜见母亲大人!"

封绥伸手将他托住，仔细端详了他一会儿，才淡淡地说："回来就好。"他容颜清俊，即便因为病痛而消瘦，也无损其风采。叫人注目的是他的头发，竟有半数都染了风霜。算起来，他今年不过四十七岁，却老得这样快。

说了这一句后，他就坐回位子上，盯着那碗药出神。

他这样的态度，封锦早就习惯了，就转向问候楚秀兰："母亲一向可好？"

楚秀兰一直微合着双眼，轻轻捻动手中的佛珠。到这时她才抬起眼皮，朝他颔首："尚可。"

"饭食用得如何？孩儿走时送来的梅子，吃完了吗？"

"每日两顿素斋。梅子还有半坛。"

"夜里睡得好吗？天气炎热，莫被燥气入了身。"

"一夜能安眠两三个时辰，已是足够。"

你问我答，封锦问得殷勤恳切，楚秀兰答得淡然随意。等到把吃喝拉撒睡都问了个遍，封锦才住了嘴："夜深了，父亲母亲该歇息了。孩儿这就告退。"

他正要往后退出去，却听楚秀兰忽然开口："等等。"

"母亲，还有何事？"

楚秀兰站起身，走到他面前。她叹了口气："你是怎么回来的？"

"孩儿走的水路，到了城外，是大哥亲自接的我。"封锦毫不迟疑地回答。

"……真的？"

"当然是真的。"封锦扬起笑，"母亲怎么这样问？"

"罢了。"看着他无一丝勉强的完美笑容，楚秀兰无奈地摇摇头，轻轻问了一句，"可有伤到？"

封锦愣了愣，嘴角不自觉地往下塌，他低着声音说："不曾伤到。多谢母亲关心。"

"那就好，你下去休息吧。"

看着他走出去，楚秀兰转过头，看向封绥："你的儿子，你不管？"

封绥模糊地应了两声："这不是没事吗？放心，锦儿会处理好的。"

"哼。"被他这无所谓的态度气到，楚秀兰冷哼一声就要走。想了想又站住，"你再盯着，这药也不会自己钻进你肚子里！硬要放凉了失了药性，还不如直接倒掉了事。"

封绥嘿嘿笑了笑，听话地端起碗，一仰脖子喝了个干净。放下碗，他抓住她的衣袖："我知道你口不对心。莫担心，药我都吃着。这么晚了，你就别去经楼了。"他摩挲着她的手掌，恳求地，"兰儿，今晚陪我好不好？"

　　有那么一瞬间，楚秀兰的眼神变得柔软。但当她的目光落在手腕上那只光灿精美的金镶玉手镯时，多年来郁积在心底的尖刺就又冒了出来。她缓慢但坚定地抽回手："不念完经，我睡不着。大王还在病中，就早些安寝。"

　　说完，她就头也不回地走了。只剩了封绫看着空荡荡的房间，又低头盯着空荡荡的手掌，怔怔发愣。不知道过了多久，他才逸出一声深长的叹息。

　　退出倚翠轩，跟管事分开后，封锦并没有直接回自己的如意阁，而是绕过游廊，转到了另一处院落。

　　一见他，守在门前的小厮就跳起来，冲着里头叫："二公子来啦！"

　　他边上的婢女立刻给了他一脚："瞎叫什么？想把全府的人都给吵起来吗？"她转向封锦，脸色还是很难看："二公子，快进去吧！可莫要耽搁太久，我家小姐明日还要早起陪王妃诵经呢。"

　　封锦略笑了一下，轻轻吐出一口气："看到千青还是这么嫌弃我，才真觉得回到家了。"

　　千青一愣，看他已经走进门去，不由得摸了摸脸："他这是怎么了？心情不好？"

　　"跟世子一同回来的，怎么着心情也不会好吧？"小厮耸耸肩，转身往里走去。

　　进了屋，窗边对弈的两人就抬头看来。执黑棋的青年一脸苦闷，看到封锦第一反应就是埋怨："素君，你怎么才来？我半年的月例都输给屏屏啦！"

　　封锦径自到桌边坐下，端起备好的茶喝了一口，才笑道："半年的月例算什么，你煌少爷还会缺银子？再说，敢跟屏屏赌棋，输钱不是明摆着的吗？"

　　"错了，"坐在楚煌对面的黄衣少女将手中的白棋稳稳按在棋盘上，神色平淡地说，"是七个月的月例。"

　　"啊……啊？"

　　楚煌瞪着棋盘半晌，颓丧地扔开棋子："连输七盘……屏屏，大哥再也不要跟你下棋了！"

　　"大公子上回也是这么说的。"跟进来的千青嗤笑，"这还不到半个月呢。"

　　楚煌咳了一声，赶紧转移话题："素君，你见过姑丈和姑母了？"王妃楚秀兰是他们的亲姑母，对于这对兄妹，楚秀兰向来十分疼爱。在他们的母亲过世后，就将他们带到身边养育。即便楚煌已成年，一年里也有大半时间住在王府中。

　　听他挑了个这么拙劣的话题，封锦都不屑去接口，转头问道："怎么不见宝言跟摇风呢？"照理说，听到他回来了，宝言那丫头早就扑出来了，怎么会到现在还不见人影？

楚屏屏正不急不缓地把棋子收入盒中，闻言瞥了他一眼，就吩咐千青："去请何姑娘她们出来。"

不知为何，这一眼顿时让封锦心中一激灵，又见楚煌一副幸灾乐祸的模样，就更觉得不妙了。

只见千青走进里间，旋身就领了两个人出来。走在前头的女孩看着只有十三四岁的样子，粉嫩的脸颊红扑扑的，一双眼睛水汪汪地含着泪："如意哥哥，你可回来啦！"

封锦顿时惊奇："怎么哭成这样？谁欺负你了？"这丫头平时骄纵得很，他还是头一回看她这么怯生生的样子。

何宝言磨蹭着走到他跟前，却不敢说话，只是拿眼睛偷偷地看楚屏屏。边上的摇风扶住了额头，装作没看到封锦询问的眼神。

楚屏屏朝千青点头示意，千青就清了清嗓子，展开手中的册子开始念："寒梅碧玉簪一支、玳瑁梳篦一对、水龙罐一樽、八宝香薰一只、素君兰两盆……"

"停停停！"

封锦打断她："念这些东西做什么？"

"回二公子，这都是何姑娘这段时日里损坏的器物。"千青拢上册子，递给他，"一共三十八项，奴婢都一一登记好的，请二公子过目。"

封锦拿过来扫了一遍。就算是他，现在也有点儿笑不出来了。

"按市价打了八折，共计两百七十六两银子。"千青又补了一刀。

"千青，"楚屏屏细声细气地提醒她，"莫忘了何姑娘做了绣品抵扣的。"

"是。何姑娘统共绣了两把扇子，虽然绣工只算下乘，但所用丝线布料都是精品，勉强还能抵个一两银子。"千青露出胜利的微笑，"这样扣掉后，二公子就只用赔两百七十五两银子！"

看着脑袋垂到胸前的何宝言，封锦诚恳发问："若是我不赔呢？"

"那也简单，何姑娘只需再绣五百五十把扇子就成。"千青十分爽快。

楚屏屏点点头："不错。前几日传来消息，说你死在外头了，何姑娘大概觉得要绣一辈子的扇子了，哭了一整夜。"

"……你胡说！"

何宝言终于绷不住了："我才不是因为扇子哭，我是担心如意哥哥……"不知道

是委屈还是吓的,她越说越哽咽,干脆扑到封锦身上哇哇大哭,"呜呜,如意哥哥,幸好你平安回来了……"

封锦轻拍着她的背安抚了几下,声音温柔:"好了,别哭了。眼睛哭肿了,可怎么绣扇子呀?"

什么?

何宝言惊得忘记装哭了,愣愣地抬头瞪着他。

"五百多把扇子呢,没个一两年大概做不完。我看呀,你干脆别回如意阁了,就待在这儿,安安心心地还债。放心,我得空了就会来看你。"

何宝言这下是真被吓哭了:"呜哇哇,我不要留在这儿!如意哥哥,你可怜可怜我嘛,你看我的手……"她举起两只圆润的手掌,十个手指头上有好些红肿的针眼,她真是一刻都待不下去了。

看她脸上挂着泪,急得鼻子上都冒出了汗,封锦问:"还乱砸东西吗?要不要听话?"

"不砸了不砸了,我保证听话!"

封锦轻轻哼了一声,把她推开:"摇风,带何姑娘回去休息。怀袖受了伤,你去看看。"

"怀袖受伤了?"一直装聋作哑的摇风顿时一惊,她也不多说,直接抓住何宝言的手往外拖,"奴婢告退。"

"怎么回事?"

刚才还笑得直打跌的楚煌坐直身,皱眉问他:"连怀袖都受伤了,这次当真这么凶险?"

"大哥做事,总是很认真。"

封锦轻轻敲着手中的册子:"怀袖被佳兰捅了一刀,被水流冲走后又泡了几个时辰……"到这时,他脸上那浅淡的笑意已经完全散去,毫无表情的面容透出一种别样的冷。

"……果真是,忍字最难。"

楚煌跟楚屏屏对视了一眼,两人都没吭声。在封家两兄弟的事上,他们兄妹的位置既尴尬又微妙。从血缘上来说,他们跟封瑞是表亲,又自小一同长大,感情自然深厚。但另一方面,封锦的性子却颇合他们胃口。以楚煌好玩爱闹的脾气,当然希望封瑞和封锦放下成见,大家开开心心的,不是更好?

可惜封瑞似乎铁了心要跟封锦斗个你死我活。这些年来,要不是封锦机敏善忍,两人早撕破脸了。就连庐陵王似乎都默许了这种情况,不管他们俩私底下怎么斗,至

少在他面前，还是兄友弟恭的模样。只是，这样脆弱的平衡，全靠封锦维持。若是有朝一日，他不想再忍下去了……

房中静了静，不过几息的工夫，封锦就又提起精神："说起来，这次真多亏了屏屏，帮我照看宝言和摇风。"

"有报酬的，我不亏。"楚屏屏朝他伸手，"我要的东西呢？"

"落水时都糊了。"

楚屏屏的脸色顿时一变，封锦又补充道："不过里头的东西我记得清楚，过两日就默出来给你。"他笑着晃了晃册子，"我好歹辛苦一场，这笔小账就算了吧？"

他的笑里都带了疲倦，看起来这一趟出行当真是累了。楚屏屏偏头看了看他，说："那就可怜你。"

楚煌连忙举手："屏屏，也可怜可怜大哥啊！那七个月的月例——"

"一分不能少，明天送过来。千青记得入账。"

直截了当地碰了个钉子，楚煌讪讪地放下手，顾左右而言他："屏屏，你这回要素君一路上搜集各地的物价，是要做什么？"他这个妹妹，明明是世家的小姐，却天天对些个钱银账目之事十足上心。时下之人都爱清雅，最是看不起黄白之物。要是知道她凡事都要算钱，恐怕要惊诧万分，还以为她在王府中过得多可怜呢。

"物价即民生。"提起这事，楚屏屏明显兴致高了些，"今年受旱灾影响，势必会粮食短缺、赋税下降。江南情况尚还好些，但若不能及时调整，怕是会有奸商趁机囤积居奇、恶意哄抬物价。此事对扬州民生极为重要，我预先做了这些准备，以备姑丈不时之需。"

封锦若有所思，楚煌却调笑道："屏屏你真是为庐陵王府尽心尽力，日后做了世子妃，定是位贤内助。"楚秀兰对楚屏屏疼爱有加，一直在等着她长大，好把她嫁给封瑞。

听到这话，楚屏屏安静地盯着他，直把他盯得汗毛竖起："怎、怎么了？"

"这鄙俗之人是谁？"楚屏屏转头问千青，"看着竟有几分像大哥。"

"小姐看错了，大公子风姿高雅，哪是这般模样？"千青一本正经。

"说的也是。千青，把这俗物赶出去，莫碍了我的眼。"楚屏屏起身，对封锦说，"你也回去吧，早点儿把东西默出来才好。"

说着，她就转身进了里屋。

封锦忍不住笑出声，拉着鼻子都气歪了的楚煌出了门。走出老远，他还是笑个不停，觉得浑身都轻松了许多。

楚煌郁闷:"屏屏这丫头,越来越放肆了!我不过提了一句,她就给我摆脸色!"

"她对封瑞只有兄妹之情,怕是不愿嫁给他。"

"青梅竹马的,不嫁封瑞嫁谁?姑母的心思,她又不是不知道……"说着说着,楚煌的表情突然变得古怪起来,"你怎么知道她对封瑞只有兄妹之情?难不成,屏屏对你……"

这么一想还真是有可能。楚屏屏对谁都是淡淡的,亲大哥也明算账。唯独对封锦还和气一点儿,不仅帮他照看那两个丫头,刚才竟然还肯免了他一笔钱……越想越是不对劲,楚煌的脸色迅速变化着。若真是这样,那封瑞不更得砍死封锦?

咚!

封锦不知从哪儿摸出了个玉如意,给楚煌当头来了一下。

"清醒了没?不清醒,本公子打到你清醒。"

他上上下下地扫视了楚煌一遍,摇头直叹:"屏屏怎么会有你这么傻的哥哥?一点儿都不懂她。在你妹妹眼里,这天底下的男人,都是些俗物。我和大哥,不过是稍微好点儿的俗物,哪个都比不上她的账簿可爱。"

楚煌正想说什么,却见摇风飞快地跑过来,低叫一声:"二公子!"

见她神色焦急,似乎有什么重要的事要禀报。楚煌就识趣地走开了,不管是封瑞还是封锦,他们做什么他从来都不参与。

没走几步,就听摇风压着声音,隐隐约约地飘来几个字:"邺都动乱……陛下驾崩……公主失踪……"

这消息实在太过惊骇,楚煌一时停住了脚步,回身看去。只见封锦站在原地,被震慑得不能动弹。他的眼睛灰暗得似乎什么都不能映入,那张脸……

楚煌悄悄吸了口气:那张脸,惨白得好似被夺去了所有生机的人偶。

——本季完——